WHERE WAR ENDS

トム・ヴォス　レベッカ・アン・グエン

木村千里訳

草思社

帰還兵の戦争が終わるとき

歩き続けたアメリカ大陸2700マイル

WHERE WAR ENDS
A Combat Veteran's 2,700-Mile Journey to Heal
by Tom Voss and Rebecca Anne Nguyen

Japanese translation rights arranged with
New World Library
through Japan UNI Agency, Inc., Tokyo

目次

I

滞

Ⅱ

動

III

静

まえがき

　モラルインジャリー（道徳的負傷）とは、魂に刻まれた傷だ。この傷は、善悪に関するゆるぎない信念を持っていながら、それに背く行為を実行または目撃したときに生じる。極度のトラウマであり、嘆き、悲しみ、屈辱感、罪悪感などのかたちで、あるいはその複合形として現れる。そしてネガティブな思考、自己嫌悪、他者に対する憎悪、後悔の念、強迫行為、破壊的傾向、自殺念慮、病的なまでの孤立感といった症状を呈する。

　虐待を受ける、暴力を目撃する、生死に関わる戦闘に参加する、その他どのようなかたちであれ、自他を問わず人間とはこんな残虐行為のできる生き物だったのかと気づかされるトラウマを負った人であれば、モラルインジャリーを経験する可能性がある。戦闘経験者の場合、多くは戦争中にモラルインジャリーを負う。戦争中は異なる2つの人格へと引き裂かれるからだ。1人は戦争前の自己で、親や宗教、文化、社会から長年にわたって植え付けられた道徳観念に従っている。もう1人は戦争中の自己で、かつての道徳観念は、戦闘地帯を生き抜くのに役立つ善悪の観念に置き換わっている。

　硝煙が晴れ、混迷を極めた戦争が終わると、今度は、異なる倫理観を持つ2人の自己が対立し、延々と戦いを繰り広げる。戦争前の自己は戦争後の自己に指を突きつけて言う。「おい。

お前のしたことを知っているぞ。お前の見たものを知っているぞ。お前は過ちを犯した悪人だ。二度と善人には戻れない」

戦士がモラルインジャリーを負う可能性があるのは、戦闘中の自分の行為を振り返ったときだ。しかし、他者の行為を目撃することでも同じ事象が発生する可能性がある。瀕死の民間人を顔色一つ変えずに見下ろす、指揮官の姿。無実がはっきりしているのに、捕らえられ、拷問にかけられた人。人命を奪う目的で仕掛けられた地雷。そのすべてが、根っからの悪人はいないという確固たる文化的信念を揺るがしかねない。道徳を意に介さない態度や計画的な暴力を目撃すればどうしても、道徳性に対する理解がゆがみ、誰と接していても相手の道徳心に懐疑的になる。その結果、復員軍人〔軍務を解かれ帰郷した軍人〕は人を信用したり、自他に善意があるという前提に立ったりすることが難しくなる。

暴力への加担と暴力の目撃に加え、モラルインジャリーにはあまり知られていない第3の原因がある。それは、帰還した戦士が市民生活に戻ろうとしたときに襲われる困惑、無力感、背徳感だ。

市民の中には復員軍人を英雄と呼ぶ人もいるが、本人としてはそうは思えない場合がほとんどで、つまるところ実際の戦争体験と市民から見た戦争体験には乖離がある。その乖離が「自分は孤独だ」「誤解されている」という気持ちを復員軍人に抱かせる。また、なかには、偽りの大義名分によって始まった戦争に参加した――あるいはどんな性質のものであれとにかく戦争に参加した――という理由で、復員軍人の道徳心を疑う人もいる。さらにはごく一部だが、「復員軍人は税金泥棒だ」とか「怠け者だ」と声高に主張する人もいる。兵役の対価として約束されている利益を復員軍人が享受するのは、政府を、ひいては納税者を利用する行為だ、というのだ。そうした非難や誤解、疑いを目の当たりにすることで、復員軍人は懐疑的な視線を自分自身に向け始める。

モラルインジャリーを負うと、感情面、心理面、精神面に症状が現れる。そこが、心的外傷後ストレス障害（ＰＴＳＤ）と異なる点で、ＰＴＳＤでは生理学的反応——長期間極度のストレスや不安にさらされることで起きる脳と体の反応——のほうが目立つ。そうした症状——悪夢、フラッシュバック、不眠、解離——は薬物療法で落ち着く可能性がある。しかしモラルインジャリーには薬物療法は有効でないようだ。少なくとも、永続的な効果、魂の傷を癒やすほどの効果は見込めない。

モラルインジャリーの苦しみは時が経つだけでは癒えない。時間は傷の痛みを和らげることもあるが、記憶を強化し、感情に残った傷痕の組織をむしろ治りにくくさせることもある。傷をきちんと手当せず化膿させてしまったパターンだ。その結果、何十年も薬物療法を受けているにもかかわらず、引退や離婚などによって自身や過去に向き合わざるをえなくなったとたん、苦しみの世界は消えたわけではなかったのだと気づくベトナム戦争の復員軍人が大勢いる。その人たちの薬物療法は対症療法にすぎず、根本治療ではなかったのだ。そうやって対症療法でやりすごしているうちに、魂の傷が広がり、重篤な状態に陥ってしまう場合もある。この苦しみから逃れるには死ぬしかないと思わせるほどに。

アメリカ合衆国退役軍人省（ＶＡ）の試算によると、アメリカでは１日に20人もの復員軍人が自ら命を絶っている。その大半が50歳以上とはいえ、「１日に20人」という統計値の一因となった50歳未満の復員軍人の数は、着実に増えている（参考：Office of Public and Intragovernmental Affairs, "VA Releases National Suicide Data Report," US Department of Veterans Affairs, June 18, 2018, https://www.va.gov/opa/pressrel/pressrelease.cfm?id=4074.）。イラク戦争とアフガニスタン戦争の復員軍人が、モラルインジャリーを認め、治すことができなければ、ミレニアル世代の復員軍人は、先に命を落とした軍人たちと同じ運命を、延々とたどることになるだろう。

本書は、モラルインジャリーに対処する意外な手段を提案している。トークセラピーやＥＭＤＲ（眼球運動による脱感作および再処理法）〔ＰＴＳＤなどに有効とされる心理療法〕や薬物療法といった従来の手法で効果がなかったとしても、諦める必要はない。実は、ほんの少しの間じっと座り呼吸に専念する気さえあれば実践できる治療法があるのだ。本書を読めばお分かりいただけるように、患者本人が治療の責任を進んで負うようになれば、とたんに神の恩寵が奔流となって押し寄せ、苦痛を和らげ、トラウマの記憶を解きほぐし、過去を永久に解き放つ。そして、瞑想や呼吸法や体に本来備わっている身体知能の助けを借りれば、理屈や意志力では解消しようのない、根深いトラウマを治すことができる。気分は、晴らそうと考えれば晴らせるものではない。傷は、治そうと決意すれば治せるものではない。しかし瞑想のような訓練に取り組んでいるときは、治癒の余地が自然と生まれる。瞑想を行い習慣にすることで、人生を取り戻せるのだ——傷がどんなに深くても、それは不可能なことではない。

モラルインジャリーを認め、受け入れ、癒やす責任を負っているのは、モラルインジャリーに苦しむ本人だけではない。国民の代表として若者を戦地に送ったならば、私たちは彼らの行為の共犯者だ。共犯によって生じた苦痛は、私たちにも負担する責任がある。その責任を負って初めて、私たちにはモラルインジャリーの負傷者に手を差し伸べる権利が発生するのだ——負傷者が道徳の足場を再建し、自ら進んで守ろうとした社会における居場所を取り戻し、人間であることの意味、帰属の意味を思い出せるよう、願いながら。

——トム・ヴォス、レベッカ・アン・グエン

はじめに

2003年から2006年にかけ、私はアメリカ陸軍の現役兵をしていた。2004年10月には、「イラクの自由作戦」の支援部隊としてイラクの都市モスルに派遣された。そこで陸軍初のストライカー歩兵旅団の一つである第25歩兵師団第1旅団を構成する第21歩兵連隊第3大隊の前哨狙撃兵小隊に所属し、偵察歩兵を務めた。イラクで過ごした1年の間に参加した戦闘任務、護送、保安巡察、急襲、地雷除去作戦、人道的任務の数は数百に上る。2006年、名誉除隊により陸軍を退いた。

そして帰国した。

本書が描くのは、その後の物語だ。常に心から離れることがなかった気持ち、私をはじめ誰もが語らなかった気持ち、つまりイラクで目撃または実行したことに対する嘆き、屈辱感、罪悪感、悲しみの物語だ。何を試そうと、そうした気持ちが変化したり消えたりすることはなかった。実際、あらゆる手段を試したのだ。トークセラピー、EMDR、自助グループ、酒、合法薬物、違法薬物ほか、何もかもだ。

やがて、アメリカを歩いて横断しよう、と決意した。他に選択肢がなかったからだ。トラウマを癒すために思い切った一歩を踏み出さなければ、イラクで負ったトラウマに喰われ、自殺するという自覚があった。

アメリカを横断する徒歩の旅は、癒やしに必要な時間と空間を与えてくれた。徒歩という手段を選んだのは、自然と戯れるためだった。自然には昔から、私の心を癒やし高揚させる力があった。子供時代の特に楽しかった思い出は何かと聞かれれば、一度ならず繰り返され た、ウィスコンシン州北部の森林トレイルのハイキングが挙げられる。「自然界を敬い、驚きの心をもって眺めるんだよ」と、私と姉は父から教わった。木々をそよがせる風、茂みに隠れる鹿、凪《な》いだ池の水面に立つさざ波。静かに耳を傾けさえすれば、すべてに学びがあった。だからミルウォーキーからロサンゼルスまで歩くことで、あの頃と同じ環境に戻ろうと決めた。外面である体を動かすことで内面を十分に落ち着かせ、自然から教わるべき教訓を学べるような環境へ。

旅に出ると、かつてのように再び自然が私のヒーラーとなり、師となった。そして良い教師がみなそうであるように、私をほかの師に引き合わせた——シャーマン、アメリカ先住民のヒーラー、瞑想講師、宗教の信奉者——さらには、トラピスト会の名物修道者と、世界的に有名なインド人導師《グル》にまで。

4345㎞のアメリカ横断の旅を終え1カ月ほど経った頃、モラルインジャリーという概念を知った。それは、私が探し続けてきた答え、つまり長い間戦ってきた症状の原因だった。嘆き、屈辱感、悲しみ、罪悪感というすべての感情の根源だった。魂に刻まれたその傷によって、私は道徳観を破壊され、社会や家族から植え付けられた道徳的な判断基準を覆され、社会にとって自分が善なのか悪なのか分からなくなってしまったのだ。根深い感情的症状の原因――鬱《うつ》の底に何があり、不安の裏に何があるか――に気づいたそのときやっと、本当の意味で癒やしの旅のスタートラインに立つことができた。

　徒歩でアメリカを横断した5カ月と、その後の数年間で、モラルインジャリーや深刻なトラウマに苦しむ人たちの助けになると確信できる癒しの手法を、いくつか習得した。瞑想とヨガと呼吸法を通じて、私だけでなく、共に取り組んだ復員軍人たちも、思いもしなかったほど劇的に軽快し、癒やされたのだ。手間さえ惜しまなければ、あなたもその効果を感じられるに違いない。

　アメリカ横断旅行の終わりは、癒やしの旅の始まりにすぎなかった。私は今もその旅路にあり、人生が続く限りその道を歩み続けていく。本書を読み、私の体験を描いたドキュメンタリー映画『Almost Sunrise』（夜明け前）を見ることで、癒やしの旅路にあるあなたがモラルインジャリーから回復するヒントを見つけられるよう、願っている。あるいはせめて、人生も自分も完全に見限った経験を持つ人間の話を聞くことで、あなたが希望を取り戻せるように、と願ってやまない。

　一筋の光さえあれば、闇は切り開ける。一縷《いちる》の望みさえあれば、モラルインジャリーは癒やしへと向かい始める。

　その望みがどんなにちっぽけだろうと、それに全力でしがみつく助けに本書がなれるなら、それ以上望むことはない。

あなたは1人じゃない。
癒やしは訪れる。
私がその生き証人だ。

――トム・ヴォス
カリフォルニア州オーハイにて
2019年10月

I

滞

最強の精神は苦難から生まれる。
強靭な人には傷跡がある。
――ハリール・ジブラーン

1　出かける時間

暖かい曇天の朝。アパートのベッドで横になっていると、誰かがドアをノックした。起きて出ないと。

その思いは宙を舞ってから、散り散りになって消えた。

ドン、ドン、ドン。

ノックの音とはちぐはぐに、頭がガンガン鳴り響く。まるでリズムに乗れないドラマーだ。

ノックの主は断じてキミーではない。最後にキミーに会ったのは、彼女の仕事先を訪ねたときだった。キミーがカウンター裏の安酒のボトルを並べ直している間、端正な顔立ちの無表情な海兵隊員がバーの椅子からこちらを睨みつけていた。キミーは微笑んでくれたが、瞬き一つしない男の凝視が両人の気持ちを代弁していた——元彼が何の用だ、と。私は1歩後ずさりし、踵《きびす》を返し、彼女の人生から撤退した。

起きなさい。

起きてドアを開けなさい。

おふくろでもない。おふくろは仕事中だ。ミルウォーキー郡リバーヒルズにある私立学校で教師をしている。おやじはというと、社会福祉職は引退したものの、綿密なスケジュールを守っていて、何時には何をするときっちり決めている。午前8時から8時半は朝食、9時15分まで運動、その後は、ギターの練習、庭いじり、昼食、昼食後の昼寝——と言ってもお気に入りの椅子で背筋を伸ばしたままだから、昼寝のうちに入らないが——と続く。そんなおやじがギターの練習をすっぽかして街の向こう側から車を飛ばし、事前連絡もなしにイーストサイドの私のアパートを訪ねるとは思えない。

室内の家具がずっしりとのしかかってくるようで、しまいには体がベッド下まで沈み込んだかのような感覚に陥った。床に横たわる自分の姿を想像する。中古で譲り受けたタンスのひび割れた脚に踏みつけられ、身動きが取れない。窓下にある鮮やかな緑色のソファに刺繍された孔雀たちが、非難するような眼つきでこちらを見つめている。**オキロ、クズ**。

ドン、ドン、ドン、ドン、ドン。

姉貴は今この街にいるんだろうか。もはや把握できていない。高校を繰り上げ卒業して以来、彼女はミルウォーキーからシラキュースへ移り、ミルウォーキーへ戻り、マイアミへ移り、ミルウォーキーへ戻り、マディソンへ移り、ミルウォーキーへ戻り、ロサンゼルスへ移り、ミルウォーキーへ戻り、再びロサンゼルスへ。その後台湾、イリノイ州エバンストンを転々としてから——お祭しの通り——またミルウォーキーに戻ってきた。「故郷では自分の探し物は見つからないが、世界に出ても同じだった」と言わんばかりに、この街を出てはこの街に戻ってくるのだ。

ドン、ドン、ドン、ドン、ドン。

体の片側に体重をかけ、起き上がろうと試みた。めまいがする。間違いなく震えていたであろう手を伸ばし、水の入ったコップを取った。ひとくち飲むと、胃がうごめいた。寝ることでしか払拭しようのない不快感。こんな二日酔いのときは、人によっては性懲りもなく、「二度と酒なんか飲むもんか」と思うんだろう。私の場合はこう思う。今は火曜日の朝だよな。いや、水曜日か？

出てきなさい。

ノックの音が徐々に早く、そして近くなってきて、とうとう頭の中の打撃音に追いついた。私はドサッとあお向けになり、吐き気が治まるのを待ちながら、しつこく続く単調なリズムに誘われるまま、今にも眠りに落ちようとしていた。

コン、コン、コン。

音が移動した。今度は窓からだ。いや、これは夢に違いない。もしくは、まだ酔いが覚めていないのかもしれない。

「トム？」と呼ぶ声がした。

やれやれ、彼女だ。

「もう起きる時間でしょ！」と甲高い声。幼少時から聞き覚えのある、からかうような、歌うようなしゃべり方。

私は目をぴたりと閉じたままでいた。さざ波一つない池を心に思い描く。しっかり集中すれば、彼女の声を遮断し、嫌な記憶を軟らかくぬかるんだ池の底に――つまりいつもの場所に――沈めたままでいられるはずだ。

コン、コン、コン。

集中しろ。そして忘れるんだ。ノックの音も自分を呼ぶ声も。嫌な記憶を、あるべき場所に留めておかなくては。そうしないと、せっかく残っているわずかな人間関係がパーになる。両手を下ろしておけず、相手の首に抱きついてしまう。怒りを爆発させたり、泣き出して止まらなくなったりするに決まっている。

ようし。池は守った。危機は回避した。

夢うつつのうちに、窓を叩く音が次第にくぐもり、意識はいつしか20年前へと移ろった。見えてきたのは、緑豊かな並木道の頂上に建つ、青い家。家の裏に設けられたウッドデッキ。家が斜面に建っているため、デッキ下には地面との高低差でできた高さ90㎝ほどの空間があり、一面、灰色や白のすべすべした石で埋め尽くされている。誰かが密かに作り始めた庭を、途中で放り出したかのような光景だ。幼い私はいつものようにしゃがみこみ、デッキの床下を這《は》って最上の石を探し求める。そして特別なめらかな石を選び取ると、ドア郡の砂浜で父が見せてくれたやり方を真似て、ひんやりした平たい石の表面で頬をなでる。その行為は私にとって、自然に親しみ、自然元素《エレメント》と一体になる手段だった。あの石に頬ずりすれば、私の心も角が取れてなめらかになり、ひんやりと冷静になれた。疾風を吸い込めば、空気のように軽くなれた。屋外の自然に身を置けば、自由な気持ちになれた。

空想にふけるあまり、デッキ下に居ることを忘れることもめずらしくなかった。そんなときは決まって、不意に立ち上がり真上の板で頭を強打する。ズキズキする頭を抱え、誰かが来て私の痛みを認めてくれるまで泣き叫ぶ。このときの経験が、男らしい男を目指すきっかけとなった。我慢我慢、とやって来た大人は言うのだ。なんてことないじゃないか、と。真の男は泣かない。感情に流されない。涼しい顔であごを上げ、馬を扱うように感情を飼いならし、柵に閉じ込めて、痛みに耐えるものなのだ。いまだに涙が出てこないのは、そのせいかもしれない。あの日、モスル〔イラク北部の中心的都市〕郊外の某所で、口径7・62㎜の弾薬が頭蓋骨に直撃してゴルフボール大の漏斗《ろうと》孔《こう》〔砲弾などの爆発によってできる逆円錐型のくぼみ〕ができ、分隊長のディアス軍曹が急死したというのに。

「〝トンボ〟ったら。起きて。出かけるよ」

姉のベックが外で窓台と窓枠の間に両腕をもたれさせて立っていた。池の底の嫌な記憶を知っていて、それを掻き立てまいと気遣っているかのような優しい口調だった。病院の予約がどうとか、セラピーがどうとか言っている。今日は「約束の日」でしょとか、いいかげん話を聞いてもらいに行くと約束したじゃない、とかなんとか。聞いてもらう？　何を？　そんなことしなくても大丈夫だ。

＊

戦争から生還し陸軍を退いた私は、祖父《じっちゃん》の前例にならい積極的に第2の人生をスタートさせた。じっちゃんは復員軍人救護法を利用して法科大学院に行き、子供をもうけた。私はというと、部屋を借り、就職し、復員軍人救護法の給付金を使って消防学校に入学した。すべてが順調だった。上出来だった――全体的には、という意味だが。だって、軍事経験の生かし方を理解している雇用者なんて、そういるはずもないじゃないか。だから軍を離れてから私が就いた職はどれも、まったくの適職とは言えなかったかもしれない。しかし、とにかく歩き出さなくてはいけないのはみな同じだ。

私はそれまで、人を生かすか殺すかという、生死に関わる判断を瞬時に下す訓練を受けてきた。そんな私が帰国したら、どう扱われるだろうか。そう、たとえば、何か重要な仕事を任されるかもしれない――農産物品評会《ステート・フェア》のメインステージを酔っ払いから守る仕事とか。品評会が終わった真夜中過ぎ、最後まで居残った数人の酔っ払いが、運転すべきではないのに車を探している頃、ステージ脇に立ち、ステージに登って音響設備に手を出そうとする輩《やから》がいないか目を光らせる。万一ステージに登る者が現れたら、元軍人の私の出番だ。すぐさま阻止してみせよう。

あと向いている仕事があるとしたら、午後10時から午前6時まで、ハイアットホテルのじゅうたん敷きの長い廊下を行きつ戻りつしたり、32個の監視カメラが何時間にもわたって平常の光景を記録し続けるなか、ホテルの地下の警備室でそのカメラが映し出す点滅する画面を見つめたりすることだろうか。その他の似たような任務にも、私はうってつけだろう。

さて、農産物品評会の警備と比べると、私がしていたハイアットでの深夜パートは、キャリアの観点から見れば1歩か2歩後退したと言えたかもしれない。屋外の仕事ではなかったから自然と戯れることはなかった。でも、ときどき廊下を行き来することはできた。少なくとも、パーティションの中にこもってオフィスワークをしたり、装甲車に缶詰めになったりしているよりはましだ。一応、動けることは動ける。だいたい、仕事が*ある*だけでもありがたいじゃないか。多くの復員軍人に比べたら、恵まれていた。だってそうだろう？　仕事があって、住む場所があったのだから。23歳で、寝室3部屋付きのアパートの一室を借りた。酒飲み同士という理由で、18歳の大学1年生の2人組と共同生活をすることにしたのだ。実際、相性は良かった。私は2人によくワインのカルロ・ロッシ——小さなガラス製の持ち手がついた1ガロン容器入りのやつ——を買ってやった。そうやって酔わせてさえおけば、私がバーに行って記憶をなくすほど酔おうと、その頻度が増そうと、2人は、気づかないか、気に留めないらしかった。

平日の夜はバーに通った。そうすることで、自分を保っていたのだ。戦争が終わって月日が過ぎ、数年が過ぎても、ほんのちょっとしたことで過去がよみがえりそうになる。道端に停まっている車を見ると、今にも爆発するんじゃないかと思う。映画を見ようと誘われても、映画館に入ると必ずパニック発作に襲われる。紅白のスカーフをしたパーティーの客は、目の前で反逆者に姿を変える。

しかし、そんなあらゆる引き金が存在するにもかかわらず、外に出るほうが1人でいるよりはましだった。1人でいると、何かに内側から蝕まれる。それが何なのか、はっきりとは分からない。単なるパニック発作やフラッシュバックではない。説明できない他の何かだ。おぼろげに感じながらも理解することはできない何か。何であれ、それが脳内の雑音を増幅する。まるでループする思考をテープにして連続再生で聞いているような気になってくる。

お前のせいだ。

お前のせいだ。

お前はあそこにいるべきだった。

外界に存在する引き金よりも、脳内の思考と記憶の方が耐えがたかった。いつのまにか、別の種類の騒音に意識を向けることで、脳内の雑音をかき消すようになった。そのために騒がしい混雑したバーに通ったりした。その喧噪は通常、雑音であるモスルの記憶を消すのに十分だった。それでも自動車爆弾《カー・ボム》の音がかき消せない場合は、その忌々しい音が聞こえなくなるまで、カー・ボム〔ギネスにアイリッシュウィスキーとアイリッシュクリームを入れたカクテル〕をあおった。

「もう行かないと」と姉貴が言った。「予約の時間に遅れちゃうよ」

人はみな今この瞬間にも命を奪われる可能性があるというのに、予約がなんだというのだろう。死ぬのにふさわしくない人でさえも、あんなふうに死んでしまうことがあるのだ。まだまだ若くても、本当にいいやつでも、妻子持ちでも、関係ない。命とはそういうものだ。だから予約に遅れようと、予約を逃そうと、姉貴を何時間も窓の外で立ちっぱなしにさせようと、そんなことはどうでもいい。酒を何杯あおろうと、どうでもいい。すべてどうでもいいことなのだ――飲みに出かける前にアンビーン〔催眠鎮静剤で、アルコールとの飲み合わせは禁忌とされている〕を服用しようと、後先もたいして考えずにバーのトイレでコカインやスペシャルK〔麻酔剤ケタミンの通称で、幻覚剤として非合法に使用されている〕を少々試そうと。とにかく、私の生き死には私にどうこうできる問題ではないのだから。

深酒や麻薬を試みているのは、気晴らしのためなんかではない。バーの騒音で頭の雑音を打ち消したが最後、酔うかハイにならないことには眠れなくなるのだ。イラクから戻って以来、深刻な不眠が続いている。深酒をしても麻薬を使っても気を失えない場合は、体内を流れる大量の毒を濾過するのに全体力を奪われて、朝にはつぶれているのが落ちだ。

引き金を制御し、嫌な記憶をいつもの場所に留めておくために足りないものは、はっきり自覚している。私はほんの少し睡眠不足なのだ。ただそれだけのこと。特に今みたいに、疲れ果ててひと眠りしたほうがいいってときに、不要な予約について窓際でピーチクパーチクしゃべられたら、睡眠不足もいいところだ。

「あっちへ行ってくれ」と私は言った。「どこも悪くないから」

沈黙。

ベッドに横たわったまま、ハンターを感知した鹿のごとく固まる。そのうち、開いた窓から漂ってくる長い沈黙の間に、ようやく再び眠りにつける隙間をみつけた。喜んで、安らぎという名の、親しみ深い温かく穏やかな状態に入り込む。過去も未来もない場所。無に引きずり込まれる幸福。ここなら、過去を、やっと、永遠に忘れられる。

でもそのためには姉貴が窓際から立ち去ってくれていないと、という考えが浮かんでまた目が覚めた。

まさか、まだいたりしないよな？

ベッドの上で、鼓動が早まる。嫌な記憶が浮上してくるのが分かる。姉貴がまだいたらまずいことになる。

＊

誰かに話を聞いてもらうという計画を姉貴から初めて持ちかけられたとき、私はできるだけその約束を先延ばしにした。たいして難しいことじゃない。セラピーには行くけどセラピストは復員軍人じゃないとだめだ、と言っただけだ。

「まかせて」と姉貴は言った。

「戦闘経験のある復員軍人がいい」

「なるほどね」やや確信が揺らいだようで、難しい顔になる。

「イラクで従軍していた、戦闘経験者にしてくれ。あと2000年以降の経験がいい。湾岸戦争とかじゃなくて」

この言葉が姉貴を黙らせた——少なくとも数週間は。その間に、彼女は素人探偵ばりの調査を進めた。方々の精神科クリニックに電話で問い合わせ、政府のウェブサイトを読み漁り、電話に出た事務員や大学院生や医師に話を聞いた。

聞くことは決まっている。「そちらにイラク戦争の戦闘経験者はいませんか」だ。するとある日、電話口の相手が言ったのだ。ええ、いますよ、と。

「トンボ」とまた姉貴の声がした。沈黙を破ったのは、私の子供時代の愛称だった。

「いいかげん消えろよ！」私は怒鳴った。

これでうまくいくはずだ。考えてみれば、私が世界的な紛争の戦士になるなんて、皮肉なものだ。なにしろ、私が生まれ育った、愛情深く寛大で高潔な家庭は、おそらく地球上で最も紛争を嫌う一家だから。まっこうから戦っておいて後でとりつくろうタイプではまったくない。信じられないほど優しく、対立を恐れるあまり、ちょっとした意見交換で気まずくなるくらいなら、永遠に口に出さないでおこう、と考える。子供の頃はけんかもあったが、けんかの後はたいてい、話し合いをするのではなく、丹誠を込めて書き上げた手紙を寝室のドアの下に滑り込ませたものだ。すると手紙の読み手が部屋から現れ出て、書き手を抱擁する。そこには、すべて許すからこの話はもうおしまい、二度と蒸し返さないようにしよう、という意味が込められていた。ときどき思うのだが、私が仕掛けた戦争は――そして祖父や祖父以前の祖先が仕掛けた戦争は、何世代にもわたって光を当てられることなく押さえつけられてきた、数えきれないほどの些細な紛争が、表出しただけなんじゃないか。結局のところ、あらゆる戦争は、そうやって起きるものなのかもしれない――紛争の対処法を知らない人たちが、自分の唯一知っている方法だけで対処した結果なのかもしれない。

そういうわけで、祖先と同じように正面衝突を避けるＤＮＡを持つ姉貴が、とっとと消えろときっぱり言われた後も窓際に居続けることはありえない。ひるんで立ち去るはずだ。次に会ったら最初にちょっと嫌味を言うだろうが、その後は何事もなかったかのようにふるまうだろう。

「トム」姉貴が繰り返した。

その口調は毅然としつつ穏やかで、岩に打ち付ける波を思わせた。なんなら数千年の時をかけてでも弟の意志を浸食してみせる、という響きがあった。

「ほら、出かける時間だよ」

私は再度起き上がった。今度は、完全に上体を起こした。理由は自分でも分からないが、靴に手を伸ばし、足を入れた。立ち上がったら、あやうく吐きそうになった。ドアを出て、アパートの階段を下りる。

色褪せたレンガ張りの壁や屋根屋根を覆うように、暗雲が空低く立ち込めていた。湿ったどろどろの落ち葉くずが、あるものは側溝にへばりつき、またあるものは縁石の脇に溜まっている。歩道の割れ目からは、ぐちゃぐちゃに絡まった緑の雑草が生えている。肺に残っていた酒の毒気は消え、かわりに10ブロック先に広がる湖の沖から流れ込む新鮮な空気に満たされた。

この街がどんなに平凡だろうと、どんなに古びていようと、そして「かつて栄えた都市」と「今後また栄える可能性がある都市」の中間的位置づけにある意味甘んじていようと、一向にかまわない。ありふれた街角のバー。踏みしだかれた、でこぼこの街路。その上にたたずむ高速道路に、この街唯一の高層ビル。さらに先には、森と農地と新鮮な空気と湖があって、スカイラインの向こうには湖が海のように広がっている。良い日和には、そこから新鮮な風が内陸に渡ってきて、街を活気づけ、市民たちを生き返らせる。

その日、空は灰色のドームとなり、ばらばらになりそうな世界や私を、なんとか1つにまとめていた。その大きさと厚さは、差し出せばなんでも吸収しそうに見えた。これだけ大きければ、過去も飲み込んでくれそうだ。

私は大きく息を吸い、吐いてから、姉貴の車に乗り込んだ。

2　起きたこと

事務員はピリピリしているようだった。四六時中彼女の表情を意識していたわけではないが、姉貴と私が診療所に入ったときに彼女が見せた、引きつった笑みは覚えている。おかけください、と言うと、ノックしてから少しだけドアを開け、見えない相手と小声でぼそぼそ話し始めた。予約には遅れたが、手遅れというほどではなかった。まだ診察できるそうです、と言われた。

姉貴が見つけたのは、イラク戦争を経験した元軍人のソーシャルワーカーだった。診察の予約を取ったのも姉貴だ。なにしろ、何でも自分でやる。モノづくりも、プロデュースもする。この間も、短編映画の脚本から制作、主演まで手掛けたばかりだ。ルームメイトが実は自分の想像の産物だったと気づく、女性の話だ。その中の一場面で、主人公はシャワーを浴びながら手首を切ろうとする。しかしルームメイトの1人——主人公の守護神的な存在なのだろう——が、あわやというところでそれを阻止する。姉貴の意図は分からない。私も自殺するんじゃないかと危惧していたのだろうか。それとも私の守護神になりたいと強く望んでいただけなのか。もしかしたら両方かもしれない。

待合室で私たちは口を利かずに座っていた。ソーシャルワーカーには、何の問題もありません、と言うつもりだった。もう少し外へ出て自然の中で過ごす必要があるだけ。ただそれだけです、と。アパートから姉貴の車まで少し歩いただけでも、元気が出たし、二日酔いもいくらかましになった。外に出て五感が呼び覚まされたおかげで、苦痛が和らいだようだ。肌をなでる風や葉くずの香りに意識を向けられれば、そのときだけはイラクでの出来事を忘れられる。外にいて、動き回れる余地さえあれば、あの頃の出来事にとらわれずに済む。

とまあそんなことを、ソーシャルワーカーには話すつもりだった。自然が大事だ、と。バーの騒音で脳内の雑音を打ち消していると話せば、おそらくアルコール依存症者更生会に通う羽目になるだろう。自然の話をしたほうがまともな印象を与える。アルコール依存症という感じはあまりしないはずだ。その方針で行こう。あとは、「今日はどうされましたか」的な間抜けな質問が出ないことを、心から祈るだけだ。

ドアの向こうから30代半ばの白人男性が姿を現し、待合室に入ってきた。

「ジャックです」と言い、手を出して私の手を握る。「臨床ソーシャルワーカーをしています」

男の黒髪は入念に整えられ、わざとらしい大きなポンパドールにまとめられていた。額から前髪が立ち上がるそのさまは、太陽を求める植物を思わせた。どうやらそれが、かつての若さと色男ぶりを世間にほのめかすための彼の唯一の試みらしく、他は何もかもが中年、中所得、中西部出身という無難な凡庸さにふさわしい要素ばかりだった。ありふれた茶色い靴、実用的なズボン、中肉中背、今朝奥さんにアイロンをかけてもらったんだろうと思わせる、しわ一つないボタンダウンシャツ。しかし彼に計略があることは明らかだった。狙っている結末があるのだ。どんな結末かは知らないが、その狙いを達成する方法が彼にははっきり見えている。ぱっと見は実直そのものだが、握手しただけで、そう直感した。


おやじは32年間ソーシャルワーカーをしていた。自分も同じ道に進んでみてもいいかもな、くらいに思い始めた頃、おやじに言われたことがある。ソーシャルワーカーは２つの人種に分けられる。１つは純粋に人助けをしたいと思っている人種。もう１つは、本人自身が病んでいて、その理由を生涯解明できない人種。後者にとって、他者の問題と向き合うことは、おぞましいほど根深い自分自身のトラウマを検分する手段にすぎない。自分の問題を患者に投影することで、あるいは患者の問題に注目し自分の問題から目を逸らすことで、患者のカウンセリングを利用して自身のセラピーをしているのだという。私がどちらの人種のソーシャルワーカーになるか、おやじには想像がついていたのだろう。目の前の男ははたしてどちらの人種だろうか。

「お姉様と一緒にお話をうかがったほうが安心ですか？」私をカウンセリングルームへと招き入れながらジャックが聞いた。

姉貴が膝を乗り出した。微動だにしない熱いまなざしを私に向けて、イエスという答えを期待している――ねえトンボ、あなたの心の健康問題は、私のＴｏｄｏリストの中でずっと消せずにいた項目なんだよ、と言わんばかりに。

「いえ、大丈夫です」ピリピリした事務員をはじめ全員に念を押すように、私は言った。事務員もジャックも、受診は私の本意ではないと――姉貴がいなければ、私は部屋から飛び出し対向車に突っ込むんじゃないか、とでも――思っているようだ。しかし、二日酔いが残っていることを除けば、何も問題はない。診察に来たのは自分の意志だし、何より、そもそもここにいる必要がない。ここにいるのは、ひとえに、あらゆる手間をかけてくれた姉貴への礼儀を果たすためだ。誰かに話を聞いてもらったほうがいいと姉貴が言うのだから、それはそれでかまわない。話を聞いてもらおう。ジャックに言うのだ。私は社会の一員としてきちんと役目を果たし、貢献している、問題ない、と。問題ないどころか、それ以上だと。みんなは私に問題があると思っているようだが、それはなぜだろう。

姉貴を待合室に残したまま、ジャックの後について診察室に入った。ジャックはでんと置かれた古風な机の奥に腰を下ろした。私は空いていた真向かいの椅子を選んだ。彼の背後の壁には額入りの写真がいくつも掛かっていて、イラクで戦友とともに写真に納まる彼の姿が見える。サングラスや武器や作業服の写真が、立派な医学学位の証書か何かのように、大切に額に入れられて飾ってある。今真向かいにいるのが彼でなく、この町の他のソーシャルワーカーだったら、そうやって飾られている戦争写真に込められた想いを語ることは不可能だったろう。

「それで」と言うと、ジャックは間を置いた。

私はテレビで耳にする、精神科医風の——私を萎えさせる類《たぐい》の——質問が飛び出すのを待ち構えた。「今日はどうされましたか?」と聞かれるよりは、「今日いらした理由は? つまり、何があなたを今日ここに連れてきたんですか?」と聞かれるほうが、まだ少しはましだ。もしそう聞かれたら、何か皮肉な答えを返してやろうか。「私を今日ここに連れてきたのは、姉です」とか。しかし、ジャックは黙ったまま、しばし私をただ見ていた。

やがて、こう聞いた。「何が起きたんです?」

私は完全に呆気にとられ、しばらく彼を見つめた。

何が起きたか、だって?

その質問は私の胸に刺さった。鍵が錠にカチッとささるように。

何が起きたか。

それは、今この瞬間になるまで、誰一人尋ねようとしなかった単純な言葉だった。「イラクの自由作戦」の一環で前哨狙撃兵小隊として従軍した1年間を終え、こちらに帰ってから2年も経つというのに。そしてそれはまさに、私が自問せずにはいられない言葉だった。

何が起きたか。
私に、何が起きたのだろう？

*

トミー・ヴォス。愛称トンボ。高校の全員が友達というタイプ。おとなしいけれど、口を開けば、私の冗談にみんなが笑った。戦うタイプではなく、愛するタイプだった。アメリカンフットボールと、テレビゲームと、放課後の買い食いと、キミーを愛した。キミーは当時バスケットボールがとびきりうまくて、背が高くとにかくすらりとしていて、金髪で、はつらつとした目をしていた。よく、ＡＯＬインスタントメッセンジャーで語り合ったものだ。私たち２人と同様、インターネットもまだ始まったばかりの頃だった。週末には２人でスミノフアイス〔スミノフ社のフルーツテイストのアルコール飲料〕に酔いしれた。

基礎訓練で地元を離れていた時期には、キミーから手紙や写真が送られてきた。そのなかに、ひときわきわどい写真があった。ビーチでビキニを着て友達と写っている写真だ。その数枚の写真を、私は兵舎にある造りつけのロッカーの内側に貼った。よく同じ小隊のやつらが写真に群がって、友達に呼び掛けたものだ。「おい！　ヴォスのロッカーを見てみろよ！こいつ、こんなにたくさん女がいるんだぜ！」

しかし私が付き合っていたのは１人だけだった。キミーだけだった。

キミーは、イラク派遣前の最後の48時間を一緒に過ごすためだけに、3200km を飛んできてくれるような女の子だった。そしてシアトルのホテルでさよならを告げ、私をどこまでも気丈に送り出した後は、私が戦地にいる間ずっと、おふくろが変わりなくやっていることを確かめるためだけに、おふくろのもとへ通っていた。

キミーを残して陸軍に入り戦地へ行くことは、良くも悪くも、息をするのと同じくらい自然なことに思えた。というのも、じっちゃん——おやじの父親——は元海兵隊員で、硫黄島の戦いで戦闘を経験していた。母方の祖父も元海軍軍人で、第2次世界大戦中はロンドンで事務方をしていた。とはいえ、うちは軍人の家系ではなく、奉仕家の家系だった。祖先たちはアイルランドやドイツ、ポーランド、イングランドからアメリカへやって来て、白人のヨーロッパ移民同士で結婚したり、ときにはネイティブアメリカンと結婚したりした。カトリック信者で、子供を産み、教師や、ソーシャルワーカーや、篤志家をしていた。弁護士もいたが、大金を稼ぐタイプではなかった。ミサを絶対に欠かさないジャガイモ農家もいれば、現金の代わりに物品払いを受け入れる獣医も、創設したホスピスプログラムの活動で命を落とした地域社会の奉仕者もいた。

この家系では、他者を優先することで報われる。私利私欲を捨て大義のために尽くすほど、愛され、称賛される。逆に私利私欲に溺れるほど、否定される。この理屈は、職業選択に当てはめて考えると、きわめて分かりやすい。教師、ソーシャルワーカー、ボランティアコーディネーター、公務員は「善」。起業家、ヘッジ・ファンド・マネージャー、映画スター、不動産投資家は「悪」だ。貧乏でも、それが怠慢のせいではなく、高潔な職業を歩んだ結果だと言えるならかまわない。成功を収めるのも、それが自分より他者のためになるなら、かまわない。お金を稼ぐのさえも、ほどほどの額で、そのほとんどを慈善団体に寄付し、財産家気取りでお金を見せびらかすのでなければ、かまわない。フードパントリー〔安全上問題がないにもかかわらず廃棄される食品をフードバンクから生活困窮者に無償で提供する組織〕でボランティアをしている限り、高級レストランで食事をするのもかまわない。金持ちと結婚し、最高峰の法科大学院に通うのも、その学位を用いて社会的正義のために戦うなら、かまわない。奉仕をすることは、神の御眼鏡にかなうことだと、信用していい。

家系の足跡をたどることは難しくなかった。目を向けさえすればいたるところに奉仕の前例——奉仕という犠牲と奉仕にともなう名誉——があった。おふくろが最初に就いた職業は、情緒障害や重度の自閉症の子供たちを見る教師だった。おやじは業務上、手錠をかけられたティーンエイジャーに噛みつかれたり、母親に危害を加えようとする12歳の少年を取り押さえたりすることが日常茶飯事だったかもしれない。じっちゃんは、第1子を身ごもっていた新妻をやむを得ず残したまま、国に仕えるために日本へ行った。祖母は毎年休暇シーズンになると贈り物の寄付を募り、地域の貧困家庭の親が子供たちにクリスマスプレゼントを渡せるようにしていた。噛み痕をさするときに、10歳の子のおむつを替えるときに、赤ん坊のいるお腹にキスをし（二度と会えないかもしれないと知りながら）別れを告げるときに、お礼を言われることもない見知らぬ相手のために100個目の贈り物を包装するときに——そしてそのすべてを、一言の不満も漏らさずにやるときに初めて、奉仕という犠牲と無私無欲はすっかり神聖なものとなる。静かに、自制心を持って受難に耐えるときに、最も愛され、称賛されるのだ。

そんな自制心の塊のような家系に、私は生まれた。キミーとずっと一緒にいれば、感情に溺れることになる。そんなの、身の丈に合わないものにふけって自分をだめにする行為と同じだ。私自身にも、キミーにも、めくるめく幸せに甘んじることを許すわけにはいかなかった。何か困難なこと、過酷なこと、ほとんどの人が不満を言うこと、そして自分は不満を言わない強い人間だと確認できることを探さなければいけなかった。人の役に立つ道を見つけなければならなかった。

その道は、陸軍にあると思った。陸軍に入れば、国に奉仕し、自己防衛のすべを持たない人たちを守り、みんなが安心できる生き方を守ることができる。誰にだって安心して暮らす権利があるし、その理想は守る価値があるものだと思った。それに、陸軍に入れば私と姉貴2人分の学費を出せない両親に代わり、陸軍が大学の費用を負担してくれる。さらに入隊の決め手となったのは、じっちゃんの存在だった。じっちゃんは、私が基礎訓練に発つ数年前に亡くなった。第2次世界大戦で負った50年前の傷に、とうとう心臓をやられたのだ。じっちゃんが生きていたら、孫が兵役に服し自分と同じ道をたどったことを、誇りに思ってくれたかもしれない。じっちゃんなら分かってくれたかもしれない。

何が起きたか、じっちゃんなら分かってくれたかもしれない。

何が起きたか。

友人たちに、何が起きたのだろう？

中東クルディスタンの青々とした空き地で隣に立ち、晴れ渡った広い空が鮮やかな赤や黄やオレンジに溶け合い染まっていくのを眺めていた友人たち。私たちの寝床だった窓なしのコネックス社製輸送コンテナから私が外へ出たあの朝、私を取り囲み、数千羽のクロウタドリが一斉に空へ飛び立ち、無限に続くキャンヴァスを覆う絵具の斑点のように空を埋め尽くすのを見上げた友人たち。まだ私が大きな空を必要としていなかったあの頃、空に差し出す痛みがなかったあの頃、彼らは私とともに、そこにいた。美しい光景に包まれているとき、彼らは私とともに、そこにいた。


その一方で、友人たちは、煙草をひったくったり海賊版のＤＶＤをけなしたりする迷惑な存在でもあった。狭苦しいモスルの街をガタガタと走るストライカー装甲車の、これまた狭苦しい車内では、隣でハアハアと息をし、血や汗を流し、体臭を放っていた友人たち。私が砲弾を浴びて気を失い、走行中のストライカー装甲車内に倒れ込んだときは、かがみこんで私の様子をうかがった友人たち。不快な光景に包まれているとき、彼らはそこにいた。彼らがいたから、私は生き抜けた。


彼らに何が起きたのか。

何が起きたのか。

軍曹たちに、何が起きたのだろう？

クラーク軍曹とディアス軍曹は、果敢に戦闘に飛び込む大胆不敵な指揮官だった。薄明かりを切るように四肢を振り乱し、武器を手足の延長のように華麗に操り、一撃をかわす忍者のように、迫撃砲の射撃をひらりとよけた。そして突然いなくなった。何が起きたかといえば、2人はさっきまで人の命を救っていたのに、次の瞬間には車両から運び出されていた。

何が起きたか。

それは死。

くすぶるバーンピット〔米軍駐留基地における廃棄物処理用の野外焼却炉〕に囲まれたあの街の路上で、敵に急襲され、外国の空の下で息を引き取った人たちの死。

かつての私の死。友人や軍曹たちとともにモスルの道端で死んだかつての私は、二度と帰還することはない。

代々受け継がれ、私でついえた、ある理想の死。何が起きたかといえば、私は人の役に立とうとして、失敗したのだ。

何が起きたか。

科学的にはありえないことが起きたのだ。アリストテレスによると、形質が変わることはあっても、質料が壊れることはない。しかしそれは間違いだ。何が起きたかといえば、質料である私の魂が死んだのだから。

しかし、そうした諸々について、私は何一つジャックに話さなかった。質問されてから、一言も発していなかった。だからジャックは待った。私がまだ返せずにいる答えに耳を傾け、答えを口にするのに必要な間を空けたのだ。

＊

その間に、私の中でずっと固く閉ざされ押さえつけられてきたものが、膨らみ始めた。それが頭をもたげ外へ出ると同時に、私はたちまち滝のようなむせび泣きに襲われて、激しく震えた。むせび声が天井に反響する。涙が、嘆きと屈辱感と悲しみの巨大な波となってあふれ出す。涙が、酒のようにほとばしる——あたかも、前夜に飲んだすべての酒が目から漏れ出すかのように。涙が、血のように流れ出る——その量は、亡き人々の血と同量だったに違いない。少なくとも、私の中からあふれ出す涙は、私1人分の血よりも多かったはずだ。

私は泣いた。それまで泣いたことがなかったから。ただの一度も。ディアス軍曹の死以来、ずっと。私は泣いた。起きたことは、巻き戻せないから。そして、起きたことは、いくら煙草を吸っても、酔いつぶれても、押さえつけても、もはやどうでもよいことだと思い込もうとしても、頭から消え去ることはないから。私は泣いた。この果てしない苦痛を吸収できるほど大きな空は、世界のどこにも、宇宙空間にさえも、存在しないから。子供時代に作られ戦争中にチタン並みに強化された心の鎧《よろい》は、沈黙という許可を得た今、液体になり一滴残らず目から流れ出た。問題ない、なんて嘘だった。私は大丈夫なんかじゃない。ちっとも、大丈夫じゃない。

号泣は、始まりと同じくらい唐突に、終わりを迎えた。部屋が沈黙に包まれた。ジャックはかなり待ってから、再び口を開いた。

「金曜日にまたここでお待ちしています」

この人は本当に人を助けたいと願っているタイプのソーシャルワーカーだ、とそのとき確信した。彼の計略とは、私を救うことなのだ。

結局私が大丈夫じゃないのなら、結局私の魂は死んでいないのかもしれない。今の状態をぼろぼろだと感じるなら、ぼろぼろになれる自分がいくぶんか残っているということだ。

「では金曜日に」と私は言った。

その気持ちに嘘はなかった。

3　頭《こうべ》を垂れて、ズボンを上げて

無生物が床に落ちると、ガシャンという。人間が床に落ちると、ドシンという。**ドシン**。捕食者のように兵舎内をうろつく訓練担当軍曹たちによって、兵卒〔「兵」のつく階級に属する最下級の軍人〕が次々とベッドから引きずり出される。軍曹たちは2段ベッドの上段から、熟睡中の体をもぎとり、マットレスとともに力いっぱい床に投げつける——1・8mの落差を気にも留めない。**ドシン**と音がするたびに、下段でよかった、と心の中でつぶやいた。

「横に整列!」訓練担当軍曹が叫んだ。

1分もしないうちに、小隊の全員が起床し、横1列に並んだ。寝起きで朦朧としつつも、時間感覚をつかもうと試みる。外は真っ暗で、依然として猛烈に暑い——ジョージアの夏の夜は、いつものごとく、息の詰まるような蒸し暑さに包まれていた。兵舎にはエアコンがないため、整列する私たちは究極の薄着だった——身体訓練(PT)用の短パンか、軍から支給されたクソみたいな色の肌着以外、何も身に着けていない。

フォートベニングは、ジョージア州コロンバス市のすぐ外、アラバマ州との境から160kmほどのところにある。7月の平均気温は33℃という酷暑の町だ。ムッとする淀んだ空気の下には平坦な湿地が広がり、やがて緩やかにうねる丘陵地帯へと変わる——過酷な真昼の行進をするのに、これ以上理想的な環境はない。20km近いリュックサックを背負い、汗まみれの軍服を着て、1歩踏み出すたびにブーツがほぼ埋まる赤さび色の泥の中を、ジョージアの熱気に包まれて行進したときには、陸軍に入隊したことを完全に後悔するところだった。

時は2003年春。基礎訓練——ひ弱で自己中心的なティーンエイジャーを、熟練の殺人兵器に仕立てる13週間の新兵訓練プログラム——を受け始めて、およそ8週間が経っていた。同年3月19日——基礎訓練が始まったほんの数週間後、アメリカとその同盟国がイラクに宣戦布告した。戦地に送られるという脅威は、私にとって漠然とした非現実的なものだった。むしろそれは脅威というより、訓練の内容を活用する好機に思えた。戦地で戦う可能性があることは事実だが、そんなことは気にしていられない。特に、2人の辛辣な訓練担当軍曹に目の前で怒鳴りつけられている、今この時にあっては。

私たちは、何かしでかしたのだ。何かとんでもないことを。正装し、階下に降り、隊列を組み、自分たちが犯した過ちの内容を――どんな過ちか見当もつかないが――聞くまでに与えられた時間は15秒だった。それは不可能で、不可能と知りながら出された命令だった。みな一斉にロッカーまで全力疾走し、大急ぎでPTのユニフォームを着る。**急げ　急げ　急げ　急げ　急げ　急げ　急げ**という、鳴りやまない大合唱に追われながら。

90秒後、階下の運動場で頭から湯気を出している8人の訓練担当軍曹の前に、4つの小隊から集まった160人の兵卒が、直立不動の姿勢で並んだ。第10連隊第2大隊C《チャーリー》中隊の全員が、真夜中にベッドから引っ張り出されたのだ。こんなふうに起こされることは今までもなかったわけじゃないが、中隊ごと招集されたのは初めてだった。きっと誰かがとんでもないヘマをしたに違いない。

＊

私は半狂乱になって前日の記憶の迷路に飛び込み、大失敗を犯していないか思い出そうとした。ＰＴは問題なかった——腕立て伏せのタイムは上から3番目だった。ひげは剃ったし、ベッドも整えたし、ユニフォームも間違っていない。ロッカーの鍵もかけた。1回じゃなく、2回、いや3回かけた。何日か前、うっかり鍵をかけ忘れたときは、訓練担当軍曹が切れてロッカーを丸ごと大部屋の中央に放り投げ、下着と髭剃り用具が榴散弾《りゅうさんだん》のように飛び散り、きっちり丸めてあったソックスは真っ二つに切断された頭部のように床を転がった。でももっと最悪だったのは、私のせいで同じ小隊のやつらが死ぬほど腕立て伏せをさせられたことだ。これは友達を作るのにあまり良い方法とは言えない。

今回は自分は関係ない……よな？

どう考えても関係ない。私は兵役にぴったりの性格の持ち主だ。頭《こうべ》を垂れて、やるべきことを黙々とやり、不満を言わない。個より全体を優先する、忍耐強いタイプ。おやじに似ている。おやじは、支援が必要なのに支援を拒みがちな人々を助けるために、人生を捧げた。じっちゃんにも似ている。じっちゃんは戦時中、命の危険を顧みずに、部下の命を守った。もし私が同じようなことを求められたら、すぐにでもそうすると断言できる。

しかし、基礎訓練に来る者がみな、チームにおける自己犠牲の精神を身に付けているわけではない。ニューヨーク州ブロンクス郡出身のフェラーロもその一人だ。頭《こうべ》を垂れ、黙々と活動する私に対し、フェラーロはあごを上げ無駄口を叩いてばかりいた。そしてそれが原因で、しょっちゅう罰を受けていた。筋骨たくましくずんぐりしていて、まるで、やたらと吠えるわりには気の弱い、小さなブルドッグのようだった。直線的で眉山のない眉毛は、『セサミストリート』のバートを連想させた。頭には黒々とした髪の剃り跡があり、どんなにこまめに髪を剃ろうと、完全に消えることはなかった。

フェラーロは、小隊の道化師であることを大いに誇りにしていて、そのせいで自分が――もしくは他のみんなが――火あぶりになろうとかまわないらしかった。彼が十八番《おはこ》にしていたギャグ「ピンクアイ・ナイトメア」をやるには、ベッドの上段と、ゆるいズボンと、寝ている兵卒1人が必要だった。全部がそろうと、フェラーロはベッドによじ登り、寝ている兵卒の顔にまたがり、ズボンをおろして「**起きろ！**」と声を限りに叫ぶ。すると寝ていた兵卒はハッと目を覚まし、待ち受けていたフェラーロの肛門に顔を突っ込む。もしかしたら、彼は奉仕と自制を重んじる家系ではなく、道化師かリアリティーテレビの人気者の家系に生まれたのかもしれない。もしかしたら、彼の家系では、自分しか笑えないユーモアに興じることが、個性のしるしなのかもしれない。いやもしかしたら、単なるバカの類《たぐい》かもしれないが。

目が運動場の暗闇に慣れてくると同時に、私たちと違って隊列に並んでいない兵卒がいることに気づいた。まるで展示品のように、中隊の一群から離れて立っている。その周囲には訓練担当軍曹が立ち並び、今にも獲物に飛びかかりそうな勢いで、兵卒に向かって身をかがめている。その兵卒が誰なのか見極めようと、私は闇に目を凝らした。兵卒を侮辱していた訓練担当軍曹の1人が輪から離れたとき、その兵卒の姿が露わになった。ずんぐりがっしり体形で、眉山なしのストレート眉で、頭に黒い剃り跡がある。肛門は恐怖で縮み上がっているに違いない。

フェラーロだ。あの顔面乗りの、ホモ野郎だ。

私の心は浮足立った――このバカはやっと当然の報いを受けるのだ。そして次の瞬間、心が沈んだ――フェラーロは私と同じ小隊だ。やつが地獄に落ちるなら、小隊もろとも地獄行きだ。

「ゲスめ！」訓練担当軍曹の1人が叫んだ。

暗闇の中、その訓練担当軍曹はフェラーロの前を行きつ戻りつした。白い肌が、夜の漆黒の背景にほんのりと浮かび上がっている。その姿はまるで、有罪判決を受けた囚人に吸い寄せられる幽霊だった。幽霊はときどき思い出したように激しく吠えては、たっぷり間を取った。それだけ間隔があれば、そこをトラックが通れそうなものだ。訓練担当軍曹たちは、こういういたぶりを生きがいにしているのだ。

「**どうやら**」と訓練担当軍曹は叫んだ。「ここにいる**フェラーロ**二等兵は、深夜に少々**視察**をするのがいいと思ったらしい」

みなしんとしていた。身動きする者も、息を継ぐ者もいなかった。フェラーロの胸は荒々しく上下し、あごは小刻みに震えている。そして手には――暗がりのため判然としないが――何やら小さな長方形の物体が握られている。今にも失禁するか、吐くか、その両方かと思われた。

「どうやら、**フェラーロ**二等兵は、**B**《ブラヴォー》中隊に忍び込むのがいいと思ったらしい」と訓練担当軍曹は続けた。

私たちはＣ《チャーリー》中隊だ。Ｃ《チャーリー》中隊が許可なしにその兵舎を離れることは、どんな理由であれ許されない。Ｂ《ブラヴォー》中隊に忍び込むなんて、どう考えてもアウトだ。ましてや深夜に。

「**どうやら、フェラーロ**二等兵は、深夜の**おやつ**を調達するのがいいと思ったらしい！」

中隊のあちこちから、かすかな不満の声が漏れた。その声に、フェラーロは顔中をぴくぴく引きつらせた。

「**黙りやがれ！**」訓練担当軍曹が怒鳴った。

フェラーロのいるほうに唾を吐いてから続ける。

「**フェラーロ二等兵**は、どうしても**チョコバー**が欲しかったため、**消灯後に兵舎を出て、Ｂ《ブラヴォー》中隊に忍び込み、自動販売機でスニッカーズを買ったが、訓練担当軍曹につかまり、所属中隊を偽って、逃走し、つかまった。２度。つかまった**」

ふざけんな、冗談だろ。

軍曹の白い肌が、薄明りの中で、おなじみの紫がかった色に変わってきた——こうなったら、絶叫しすぎて血管がブチ切れるのも時間の問題だ。

「**ホットドッグヘッド二等兵！**」訓練担当軍曹が吠えた。

「はい、訓練担当軍曹！」とホットドッグヘッドが声を張り上げた。その呼び名がついたのは、うなじ部分の皮膚が盛り上がって段になっている様子が、まさにシャーペイ〔広東省原産の闘犬用の犬種で、しわが多いのが特徴〕の人間版を彷彿とさせるためだ。

「**フェラーロ二等兵はどの小隊か？**」訓練担当軍曹が尋ねた。

ホットドッグヘッドの返事がほんの一瞬遅れた。

「聞こえんぞ、ホットドッグ！」

「フェラーロ二等兵は第1小隊の所属であります、訓練担当軍曹！」

あたりが静寂に包まれた。私をふくむ40人の顔から血の気が引いた。

「**ホットドッグヘッド！**」訓練担当軍曹が叫んだ。

「はい、訓練担当軍曹！」ホットドッグヘッドが答えた。

「フェラーロ二等兵の今夜の行動は容認できるものか、できないものか、どっちだと思うか？」

「容認できないものであります、訓練担当軍曹！」

軍曹は劇的な効果を狙っていったん間をおき、声帯をきゅっと閉じてから、訓示を締めくくる壮大な最終章へと突入した。

「じゃあ、**いったい**なぜやつを止めなかった？」

ありがたいことに、軍曹はホットドッグヘッドが支離滅裂な言い訳をする間を与えなかった。

「フェラーロ二等兵の今夜の行動の責任は、おまえたち全員にある。第1小隊には40人の兵卒がいて、全員にフェラーロ二等兵の外出を止めるチャンスがあった。それなのに、お前らは何もしなかったんだからな！」

40の眼から発せられる憎々しい視線が不可視のレーザー光となって、ビビビッとフェラーロの体に突き刺さった。

「よって、今からおまえら全員の根性を叩き直してやる。その間、フェラーロ二等兵にはチョコバーを楽しんでもらおうか」

別の訓練担当軍曹がフェラーロの汗ばんだ手のひらからチョコバーをもぎ取り、包みを破って、彼の手に押し戻した。全員が見守る中、フェラーロはチョコバーをひとくちかじり、もぐもぐやりだした。と同時に、基礎訓練で最も忌み嫌われていた言葉が聞こえた。

「斜め右向け！」

「斜め右向け」の号令は、隊列を保ったまま、体を斜め右に向けよ、という意味だ。そうすれば周りと間隔があき、腕立て伏せなどのＰＴをしても隣にぶつからずに済む。「斜め右向け」を一般用語に訳すと、「これからヘロヘロのぐでんぐでんにしてやるから覚悟しろよ」となる。

フェラーロはスニッカーズをたいらげた。それから、許された唯一のことをした。つまり、訓練担当軍曹に囲まれながら、私たちがこてんぱんに痛めつけられるのを、つっ立って見ていた。

何百回ものマウンテンクライマーと、何千回にも思える腕立て伏せを終わらせ、全員が腰砕けのふぬけになってやっと私たちは解放され、罰の続きを受けるため上階へ戻ることになった。

兵舎への階段をのぼると、膝が笑った。みな汗を流し肩で息をしながら、フェラーロの腕をつかんでいるヴェラスケス訓練担当軍曹の周りに、くたくたの羊のごとく集合した。ヴェラスケス軍曹はマットレスを大部屋の中央に向かって蹴り飛ばした――今夜はフェラーロのだった。各分隊単位でフェラーロを監視することになった。彼が二度と「視察」に出たり、無断外出をしたり、自殺したりしないようにするためだ。人前であれだけ恥をかかされたやつは、ややもすれば自殺を図ったり逃亡したりするおそれがあった。監視は交替制でおこなった。そろそろ30分か？　1時間か？　とにかく疲れているから、ほんの15分も、永遠のように感じる。自分たちの番が終わったら、監視を次の分隊に引き継ぎ、再び自分たちの番が回ってくるまで1時間ほど眠れる。

私の分隊は輪になってフェラーロのベッドを取り囲んだ。フェラーロはマットレスの上で膝をかばうように抱えて座り、じっとうつむいている。口をきく者はいない。体が重く、時計の刻む1分1分が、何世紀にも感じられた。フェラーロの瞼が下がり始めた。

「起きろ**ボケ！**」誰かが叫んだ。

さらに数分経過した。フェラーロがまたうとうとし出した。蹴っ飛ばしてやりたい衝動を抑えながら、私は代わりにマットレスを蹴って言った。

「1人だけ寝てんじゃねえよ」

どれほどの時間が過ぎたのかさっぱり分からなかったが、マラソンをした後に自動車局名物の長蛇の列に並んだらこんな気分だろうな、と思った。第2分隊が来てやっと解放されると、1時間の睡眠を求めてベッドに倒れ込んだ。そして気づいたときには、ヴェラスケス訓練担当軍曹が、2人の軍曹を引き連れて戻ってきていた。午前5時の、点呼の時間だった。

とっとと起きろ。横に整列。ユニフォームに着替えろ。15㎞の行進を始めるぞ。おまえは別だ、フェラーロ。ついてこい。

その朝フェラーロの身に何があったのかは知らない。数日後、彼は何事もなかったかのように小隊に戻ってきた。ただ、彼の中で何かが変わっていた。残りの基礎訓練の間、フェラーロが誰かに話しかけることはめったになかった。黙々と頭《こうべ》を垂らし、ズボンを上げたまま、みんなと一緒に卒業した。しかし、彼らしさは失われた。チョコバーは永遠に私の心に刻まれ、軍人であることの意味を思い出させるものとなった。個人の願望が無意味になるほど、他者と団結するとはどういうことか。欲しいものを「欲しい」と言ってみんなに迷惑をかけないように、欲しいものを我慢できるほど団結するとはどういうことか。軍人になるとは、自分の行動はもちろん、みんなの行動に責任を持つことだ。他者の罰の重荷を、自分のものとして負うことだ。苦しみを分かち合い、その苦しみという絆によって他者とつながることだ。

軍隊に入るとは、つまりそういうことなのだ。自我を完全に放棄すること。自分の欲求と要求を手放し、全体の意志に屈すること。いわば自ら進んで自分の葬式に出席し、棺桶に入り、新鮮な土のにおいを吸い込みながら、鼓動を打つ心臓に土をかけられるようなものだ。そして巨大な集団に属する単細胞生物として生まれ変わり、何も考えずに他者を支援し、何の疑問も持たずに行動し、命をかけて自分より大きな集団を守るのだ。

4　愛を交わさず、戦を交わす

私はシアトルにあるホリデイ・インのホテルの廊下に立っていた。目の前のドアをノックしようと拳を握ったが、その手は宙を漂うばかりだった。ドアの向こうには、キミーがいる。たぶんまだ下着姿だろう。もしかしたらTシャツ1枚かもしれない。それも、私のTシャツかもしれない。断言はできないけれど。本来なら、私はその部屋の中にいるはずだった。

イラク派遣前の数日を一緒に過ごすため、キミーがミルウォーキーから飛んで来ていた。キミーとは、付き合って2年になる。私はその間ほとんど、故郷を離れて基礎訓練をしていたか、ワシントン州フォートルイスに駐屯していた。いっぽうキミーはミルウォーキーに残り、故郷に華を添えるとともに、大学の授業や仕事に精を出していた。こうしてシアトルでホテルの廊下にたたずむ今も、故郷で暮らす彼女の姿が目に浮かぶようだった。友達に微笑みかけるキミー。冗談に頭をのけぞらせるキミー。そこまでおもしろい冗談でなくても、冗談を言った人が気まずくならないように、という理由だけで、そういうことをする娘だった。キミーの実家の車庫には、私の1998年製のホンダ・シビックが見える。邪魔にならないように端に寄せて――まるでクローゼットの思い出箱にしまわれた、高校の卒業アルバムのように――保管されている。それから、キミーのお父さんが見える。私が戻るまでという約束で、毎月1~2回エンジンをかけ、その車を走らせてくれている。だから、私には、帰郷したときにキミーを乗せてデートに行ける車があった。だから、キミーとの付き合いは、いったん途切れても、同じところからすぐに再開できる状態だった。何より、キミーは私が成長し、彼女の望むような男に、つまり結婚し子供を持つのにふさわしい男になるのを、辛抱強く待ってくれていた。

私たちは残された48時間――もしかしたらもっと短かったかもしれない――の間、私がもうすぐ戦争地帯に放り込まれるという事実から目を逸らし続けた。私の小隊の行先はモスルと決まっていた。のちに、イラク戦争の中で最も死に近い戦場と見なされることになる、その場所だった。笑い話だが、その時点では、バグダッド行きにならなくてよかったとホッとしていた。北部のモスルのほうが何となく安全そうだと思っていたのだ。でも軍の輸送機が私をどこに降ろそうと、いよいよ戦士になることに変わりはない。私はそのために、訓練を受けてきたのだから。

本来ならセックスとディナーと酒と「最後にもう一度」の言葉があふれるはずの時間に、そうしたことを楽しむはずだった私の中の私は、引っ込んでしまった。そして別の誰かが現れ出て、その場所に着いた。それは戦争に向かう戦士、義務感に心を奪われた戦士だった。驚くほどあっさりと愛は脇へ退き、刻々と近づいてくる戦闘に道を譲った。

ホテルの部屋で何をするでもなく過ごすうちに、互いの残り時間は減ってゆき、その単位は「日」から「時間」へと変わった。このまま、「時間」が「分」に変わるのを漫然と眺めていることはできなかった。もう一秒たりとも、キミーとホテルにとどまっているわけにはいかなかった。動かなくては、と思った。外に出なくてはいけなかった。外気と空がなければ、窒息してしまいそうだった。

もしその場に観察者がいたら、その人の目に私たちはどう映っただろう。まず私が見える。続いて、ホテルの部屋に20歳のガキとすらりとした脚の金髪娘がいると知る。きっとガキが娘を口説き落としたかなんかしたんだろう。さっさと服を着るガキの横で、娘は上を脱いでみたり下を脱いでみたりしながらベッドに体を預け、ガキが心変わりしてあと数時間一緒にいてくれたら、と思っている。お願い、あと1時間だけ。あと2〜3分ならどう？　ガキは責任のある付き合いをしたり深入りしたりするのを恐れているな。しょせん、男子は男子ってことだ——という感じだろうか。でも、私はいろんな娘と遊びたいわけでも、他の娘と寝たいわけでもなかった。ここを発たないといけない理由は他にあった。イラク行きの飛行機に乗らなくてはならないし、人体が生産できるアドレナリンの量は限られているからだ。その量で、愛と戦《いくさ》の両方を交わすことはできない。戦を交わすなら、愛は置き去りにしなくてはならないのだ。

私は荒々しく荷物を詰めた。キミーの誘いを断り、あとほんの数分でさえもここにはいられない、と言った。行かなくちゃいけないんだ、と。そのときキミーが発した言葉は、後々、私に突如冷たくあしらわれるたびに彼女が言うことになる言葉と、同じだった。

「分かった」
キミーは青い瞳を私の瞳から逸らし、悲しげに微笑んだ。その微笑みを私は知っていた。まだ私を見限ってはいないのだ。自分の完全無欠な愛さえあればなんとかなるんじゃないか、と依然として信じている。私が向こうで何をし、何を目撃しようと、今微笑むか、キスするか、触れるかしておけば、私の一部を永遠に無垢な状態にとどめられる、とでも思っているのだろう。今の私をそっくりそのまま手元に置いておきたいのが本音だが、それが無理なら、せめてひとかけらだけでもキープしようというのだ。しかし私は、まだイラクの国土にブーツで踏み入ったわけでもないのに、もう私のひとかけらを彼女に捧げるつもりはなかった。というより、できなかった。そんなことさえ、できなかったのだ。

キミーに素早くキスすると、廊下に出て、ドアを閉めた。階段の吹き抜けに向かって何歩か進んだところで、踵《きびす》を返し、つかつかともとのドアへ歩み寄り、部屋の前で足を止めた。そしてノックをしてもう一度中に入れてもらおうと、拳を構えた。ドア越しに、キミーの嗚《お》咽《えつ》が聞こえてきた。私はそのまま、彼女が泣くのを聞いていた。やがて拳を下ろし、階段を下りて、キミーと会うために借りたトラックに乗り込み、ホテルを後にした。基地に戻って、空軍基地行きのバスに乗る準備をするのだ。空軍基地には、私を戦地へと送る飛行機があった。

バスに揺られながら、思い知った。キミーを愛してきた私は、いまや、集団の一員なのだ、と。私たちは、基礎訓練でかたちになり始め、戦争まで1日を切った今、完全に出来上がっていた。一体不可分の集団になっていた。だから、今日キミーをホテルの部屋に置いてきたのは、私たちなのだ。私たちは飛行機に乗って、フォートルイスからメイン州、アイルランド、ドイツ、トルコを順に経由し、クウェートまで行った。その地がクウェート（Kuwait）と呼ばれるのは、私たちがそこでさんざん待たされた（wait）からに違いない。ようやく、イラク行きのC－130航空機の音が、静寂な夜を引き裂いた。同時にその音は、キミーの嗚咽の記憶を、そのときを限りに、永久にかき消したのだった。

5　交戦規定

ダンプカーがスピードを上げて車両隊の最後尾に向かってきたら、あなたは次のように行動するだろう。まず、こみ上げる不安を無視する。そして最後に見たダンプカー――運転室《キャブ》の後部に500ポンド爆弾〔227kg爆弾〕を積んでいたダンプカー――の記憶を抑え込み、こっちが殺される前に、今すぐ相手を殺してやりたい、という衝動をこらえる。そして、かわりに交戦規定（ROE）に従う。ROEは、武力を行使するかどうか、あるいは敵と交戦するか否かの判断基準を規定したものだ。道徳上の判断をする際に役立つ基本的枠組みを提供するもので、逆に言えば、これなくしてそういう判断を下すことは不可能だろう。

ＲＯＥに従い、空に向けて威嚇射撃をする。それで運転手が止まらなくても、パニックに陥ることはない。何も考えない。なぜなら、自分はもはや自分ではなく、かつての自分のかつてのルールはもう通用しないからだ。タイヤに向けて3発発砲。ダンプカーは依然ゴトゴトと音を立てながら道路を走ってくる。エンジンブロックに向けて2発発砲。ダンプカーは止まらない。その時点で規定はすべてこなした。フロントガラスを射撃して運転手を殺害する準備は整った。だから、まさしくその通りのことを実行する。ダンプカーは急に進路を逸れ、縁石に乗り上げ、ギシギシと音を立てながらゆっくりと停止する。

現場に一番に駆け付けると、ドアは両方ともロックされている。助手席側の窓を割ると、ハンドルに突っ伏す運転手の姿。3発撃たれた跡がある——胸に2発、手の甲に1発。運転手の血管が虚脱しているため、衛生兵が点滴を指すのに苦労している。そうか、エンジンブロックへの威嚇射撃は手の甲に命中したのだ。車を止めるためにギアを変えたくても、これだけ手の甲が粉々になっていたら無理だ。ダンプカーには、武器や爆発装置はもちろん、一切物がない。後になって思う。たぶん運転手は止まりたかったが止まれなかったのだろう。それとも、死にたかったのだろうか。というよりも、走行音がうるさすぎて、そもそも威嚇射撃が聞こえなかったのかもしれない。

「なぜ止まらなかった?」男に尋ねる。

男は車から地面に引きずり出され、生死の境で苦しそうにあえいでいる。衛生兵に手を貸して、男の胸の傷をふさぐ。

救命を試みていると、ロング一等軍曹がふらりと車のほうへやって来る。そして、イライラしながら、ため息まじりに言う。

「もう済んだか?」

自動車爆弾を防ぐために設置されたコンクリートのバリケードを越えて、病院から1ブロック離れたところに車を止める。男が担架に乗せられ病院へ運ばれる間、その半死人の後ろについて走る。上下に跳ねる男の体を見ながら、治療を待つ何百人もの民間人の列を追い越して疾走する。まるで、誰も来たがらないパレードをしているような気分になってくる。すべての眼が、自分に注がれる。それから一斉に、犠牲者へと移る。そして再び自分に戻り、流れ去る一つひとつの角膜に、抑制された感情がかすかによぎる。そこには、怒りを自制しようとする人類共通の精神が映し出されている。

不意に、担架をかついでいたメンバーの1人が、路面のくぼみに足を取られる。それにつられて、相棒のイーサンがつまずき、転ぶ。大観衆の目の前で、男は担架から舗道へ転げ落ちる。男の頭は、アメリカンフットボールのヘルメットが地面に落ちたときのような音を立てる。

病院の入り口で出迎えるホスピタルアテンダント〔医療行為を伴わないサポートを患者に行うスタッフ〕が男のために車椅子を用意していたが、男が車椅子で座位を保持することはもうできない。

自分はROEに従い、規則に従い、手順に従った。間違ったことは何もしていない。ダンプカーの男のことを考えるようになるのは、だいぶ後、もはや戦争の真っただ中にはおらず、自分の中だけで戦争が繰り返されるようになってからだ。そして、頭から離れることのない苦悩の種は、担架に乗せられた男ではなく、むしろ、ダンプカーにふらりとやって来て「もう済んだか?」と聞いた軍曹だ。

その冷淡で人情のかけらもない一言のほうが、あの日自分の放った銃弾ではありえないほどに、自分を深く傷つけるのだ。

しかし、戦場にいるうちは、それについて考えることができない。ダンプカーを運転していた男は死に、自分は依然として生きている。そして、言われた通りに行動している限り——集団に身をゆだね続け、自分の行動のどこまでが自分の歩みによるもので、どこまでが自分の魂によるものか断言できず、そもそも自分の魂があるのかさえ断言できなくなっているなら——ずっとそのままかもしれない。

6 幸せの場所

エレベーターに乗り、軽量コンクリートブロック造りの巨大な建物の6階で降りると、蛍光灯のうなりを聞きながら、くすんだ白い廊下を進んだ。案内を受け、1つ窓の正方形の部屋に入る。机の奥に、軍隊精神科医のキャンベル医師が待ち構えていた。彼を見た瞬間、私の頭には、『トップガン』でトム・クルーズを激しく叱責していた禿げ頭の男が浮かんだ。50代後半、引き締まった体、身長180㎝以上、丸刈り、シャープなあごのライン――まさか、このいかにも軍人らしい見た目だけで採用されたわけじゃないだろうが。キャンベル医師は元将校で、はじめは陸軍に、その後は海軍に所属していた。今は戦闘地帯や退役軍人省で戦闘経験者の治療にあたっているが、元々は児童精神医学が専門だ。今日の診察を取り付けてくれたのは、ジャックだった。私は予定の時間にきちんと起きて、自分で車を運転してここにきた。ジャックと姉貴のために、治療に全力を尽くさなくてはいけない――今はまだ私自身のためではないにしても、だ。

キャンベル医師が手ぶりで1人掛けのソファを勧めてきた。窓を背にして、それに腰かける。医師は私の記録にじっと目を凝らし、眉を寄せた。何を聞かれようと、心の準備はできている。「今日はどうされましたか?」とでも聞かれない限り、大丈夫だ。

「今日はどうされましたか?」

彼はそう言うと、私に答えるすきも与えず、チェックリストを読み上げるような調子で矢継ぎ早に質問を浴びせた。

いいえ、眠れません。はい、お酒は飲みます。1週間に1回……もしかしたら2回くらいかな。いいえ、嘘はついてません、量はそんなものです。はい、自殺願望があります。いいえ、実際に計画したことはありません。はい、その話しぶりからして、あなたには担当の復員軍人患者があと79人いることは明らかです。

キャンベル医師は、机の奥の壁に掛かっている小屋の写真を、おもむろに指さした。

「見えますか？　私の〝幸せの場所〟だ。落ち込んだときはいつも、ここを思い浮かべて元気になる」

期待のこもった目で私を見つめる。まるで、生徒に壮大なひらめきが訪れるのを心待ちにしている、教授のようだ。その写真を見せれば――きっと本人は「丸太小屋手法」（略してLCT）と命名しているんだろうが――治療に抵抗のある患者が心を開いてくれる、とでも思っているのだろうか。

私はあきれ顔だったに違いないが、何も言わなかった。

「あなたには、こういう場所がありますか？」と医師は言った。

私は彼を見つめた。自分の〝幸せの場所〟を見つけろ、とでも言いたいのだろうか？

「いえ」と答える。「そういう場所はありません」

キャンベル医師がペンで用紙に走り書きする――この患者にはどんな幸せな思考も届かない。丸太小屋に幸せを感じない。むしろ怒りを感じたもよう。心の安定、要。

キャンベル医師は処方薬の名前をつらつらと唱え始めた。ゾルピデム、トラゾドン、抗鬱《うつ》薬、抗不安薬。それを処方箋用紙に記入すると、1枚はがしてこちらに差し出した。

「この薬を飲んでいる間は、酒を飲まないように。いいですね？」

了解しました、お安い御用です。

「他に何か言いたいことは？」処方箋を書き終えたキャンベル医師が言った。その質問もチエックリストに入っているんだろうか。私が黙っていると、彼は腕時計を見て尋ねた。

「もう済みましたか?」

私は立ち上がり、部屋を後にした。

＊

ジャックはうなずくと、電話を切り、ため息をついた。

「キャンベル先生が言うには、セラピーの最中はもっとオ､ー､プ､ン､にな､ってもらわないと困るそうです」

「あの医者の言うことは何もかもでたらめだ」と私は言った。

「相性が悪いなら、退役軍人省の別の医師に代わってもらったらどうです」

「そうですね」と私。

「とりあえず処方された薬を飲んでみては? 眠りやすくなるかもしれませんよ」

「考えてみます」

「医療マリファナならいつでも出してもらえますしね」とジャック。「それで軽快する復員軍人が多いんです」

「ええ、それならもうバッチリやってます」。ニカッと笑って見せる。「医療用とはちょっと違うけど」

「あ、そうでしたか。ならいいんです、ではまた！」

帰ろうと立ち上がると、

「あの、」とジャックの声がした。「実は、次診察に来るときに、お願いしたいことがあるんですけど、いいですか？」

「もちろん」

「ほんのちょっと、僕にも分けてもらえませんかね？」

「もちろん」と私は繰り返した。「いいですよ」

ジャックは私の苦痛を取り除こうとしていた。彼にも同じことをしてやるのが、私にできるせめてものお返しだった。

7 家族の時間

睨むような目つきの奥さんの脇を通って、ジャックは私を2階へと案内し、寝室に入った。そして、私を連れたまま寝室を突っ切り、バスルームに入ると、ドアを閉めた。

私は退役軍人省でセラピーを受け始めていたため、以前ほどジャックの診療所には出入りしていなかった。だから、マリファナを分けてもらおうとしたジャックが、マリファナを家まで持ってきてもらえませんか、と言い出したのは、当然の流れだった。なんとなく、良い流れのような気がした。街角のバーでやけ酒を飲むより、有資格者の臨床ソーシャルワーカーとマリファナを吸うほうが、メンタルヘルス的には前進と言える。ほかの戦闘経験者とつるむのは良いことだ。戦闘経験者なら、私の経験を理解してくれる。そうだろう？

「さあこっちでやりましょう」彼は言った。「まったり一服しましょう。きっといい時間になりますよ」

＊

私は車を走らせ、ミルウォーキーからほぼ1時間南西に下ったところにあるエルクホーンのジャックの家へと向かっていた。凍ったとうもろこし畑と農地を突っ切る暗い高速道路を、私のおんぼろホンダ車で、えっちらおっちら進んでいく。到着したのは、真冬を迎えたウィスコンシン州の郊外住宅地《サバービア》の中心にある、2階建ての一戸建て住宅だった。なんだか警官や教師が住んでいそうな家だな、と思った。それで日曜になるとアメリカンフットボールの試合を見ながらミラー・ライトを飲んだり、子供をYMCAのバスケットボールトーナメントに連れて行ったりするんだろう。私がベルを鳴らすと、ジャックがドアを開けた。ジャックに案内されて横切ったキッチンの続きの間は、床が1段下がった大きな居間になっていて、ジャックの家族がそろって暗闇に座り、映画を見ていた。

「ちょっと2階にいるよ」ジャックが家族に言った。

ジャックの奥さんは私を見たが、何も言わなかった。もしや、結婚するときに誰からも教わらなかったのだろうか。「神、国、奉仕」と表現される、軍隊の神聖な3原則においては、「家族」は任意で追加できる第4の要素にすぎないということを。

手を上げてジャックの家族にあいさつしたそのとき、私の中で一瞬何かがまたたき、薄れていった。それは、はるか彼方のもの——遠くの車からかすかに伝わってくる、ベースミュージックの柔らかなビートのようなもの——に感じられた。昔なつかしいものというか、かつて自分がいた場所というか。たとえるなら、フレデリック通りに建つ青い家の、土曜日の朝の情景のような。居間に敷かれた、青みがかった灰色の、ふさふさしたシャギーカーペット。おふくろが姉と私に舐めさせてくれた、ボウルに残った生のクッキー生地の味。今からうちに遊びに来てよ、と友達にねだる私。次の瞬間、その走馬灯のような映像が音に変わり、だめだぞ、とおやじの声が聞こえる。今は友達を呼んじゃいけない。今は家族の時間だ。

家族の時間、か。

ジャックの奥さんの目を直視することは、もうできなかった。私はうさぎ穴を転がり落ち、さっきとはまた別の、家族の思い出にたどり着いた。15歳のときのことだ。台所の食卓に、私と姉貴とおふくろが座っている。おやじは私たちを見下ろし、片手いっぱいに、崩れかけた燃えかすを抱えている。今にも目玉が飛び出すんじゃないかと思うほど、ひどく興奮している。

「お前たち、**グラス**を吸ってるのか?」おやじは唾を飛ばしながら言った。

姉貴と私は吹き出すのをぐっとこらえた。「グラスだってさ!」と、後になって2人でクスクス笑ったものだ。マリファナを意味するその言葉が、あまりに時代遅れだったからだ。私たちがそれをウィードとかポットと呼ぶことはあっても、グラスとは絶対に言わない。どうやらそのとき、姉貴と私の間で、テレパシーによる合意が成立したらしかった。生き残りたければ、ここはお互い黙っておくしかない、と。そのマリファナが姉貴のものじゃないことは姉貴自身は分かっていたし、私のものじゃないことは私自身は分かっていた。でも、それが姉貴のものかを私は知らなかったし、私のものかを姉貴は知らなかった。実は相手が黒だった、という場合に備えて、相手に白羽の矢が立つようなことは、お互い避けたかった。姉貴は、私の友達がやったんだろうと思っていた。私は、たぶん姉貴の彼氏だろうな、と思っていた。私たちは2人してうつむき、押し黙ってテーブルを見つめていた。

おやじは全身をこわばらせながら、私たちのどちらかが非行を認めるのを待っていた。郡庁に勤める「社会福祉監督者《ソーシャルワーク・スーパーバイザー》」という職業柄、おやじは日々非行少年たちと接していた。ソーシャルワーカーと協力して、円満な家庭づくりを支援したり、凶暴で素行の悪い青少年たちが犯罪者になるのを未然に防いだりするのが仕事だった。だからだろうか、自分の子供が、日々接している青年たちのような人種になることを、何より恐れているように見えた。車を盗み、麻薬を売買し、マリファナを大量に吸うような若者にはなってほしくない、と思っているようだった。

おふくろが泣き出した。

「私が子供を産んだのはね、」とさめざめと涙を流す。「麻薬なんかさせるためじゃないのよ」

1時間にも思えたが、たぶんたった5分だったろう時間が過ぎると、父はその草の塊をジップロックに入れてから、宣言した。「これは研究所に持って行って検査してもらう」

研究所とは、おやじの職場と同じビルに入っている、警察の科学捜査研究所のことだ。その口ぶりからして科捜研に知り合いがいるんだろう。鑑識の結果それがマリファナと判明したら、ただじゃすまなそうだった。

数日後、結果が返ってきた。

あの日、おやじが手にしていた物質は、大きな土の塊に、本物の草《グラス》――どの庭にも生えているような芝草――が混ざったものだった。おやじの予想は大はずれで、マリファナではなかったのだ。

そのニュースを姉貴と私に伝えるおやじの目は、反則行為を疑っているように見えた。自分が背中を向けたすきに、子供たちがマリファナを草にすり替えたのかもしれない、とでも思っていたのだろうか。

＊

ジャックの後ろについて、身を寄せ合う家族の横を通り、2階へ向かう途中、かすかに揺らめいていたそれらの思い出が、明るさを増して輝き始めた。その光に、忘れていた自分自身の一部が照らし出されたような気がした。忘れていた自分——それは、両親から植え付けられた道徳心、戦争前の私を私たらしめた道徳心だった。

家族の時間を侵してはいけない、とそれは言った。

マリファナを吸ってはだめだ。

家族の時間にマリファナを吸ってはだめだ。他人《よそ》の家族の時間なら、なおさら。

2階のバスルームの洗面台には、トロフィーか何かのように堂々とマリファナの気化器《ヴェポライザー》が置かれていた。マリファナの気化物質を溜めておく巨大な袋が取り付けられているタイプなので、たっぷり吸って最高にハイになれる。私はその袋を口に当て、たっぷり時間をかけて2〜3回深呼吸した。ジャックと私は20分くらいで吸入を終え、1階に下りた。ジャックの家族に別れのあいさつをしたかどうか、定かではない。私は朦朧としたまま、玄関を出て、車に乗り込み、家へ帰った。ジャックはこれまで、他の誰を家族の時間の真っ最中に招待し、バスルームで下劣な行為をしたのだろうか。1階で子供たちがディズニー映画を見ている、その間に。

8 煙草

キミーが私のアパートの前に着いたのは、救急車が去った後、私がまだ最後の煙草を吸っている最中のことだった。私の両手は血まみれだった。手を震わせながら、最後の1本を吸って車道に投げ捨てた。車道にはついさっきまで友人のコナーが倒れていた。街灯の光の中に、キミーが立っていた。コナーの病院に行こうと言われたが、私は、とにかく持ってきた煙草を渡してくれないか、と言った。私は酔っていた。コナーも酔っていた。道路に残るコナーの血が、じっとりと艶を帯びている。血でまだらに染まった歩道は抽象芸術のような風情を醸し出し、その大小の血痕は車道にまで伸びて、中央に黒々とした血溜まりを作っていた。そこはまさにコナーが倒れていた場所で、止血のためにみんなでコナーの腕をTシャツで縛りあげたとき、救急車のサイレンが近づいてきた。私はコナーの傍らで、水揚げされた魚のごとく地面をのたうち回る彼を見下ろしていた。

こうなる少し前、私は上階で、コナーの彼女とソファーに並んで座っていた。友達の部屋で飲み会をしているところだった。会話の内容は、今となっては覚えていない。私たちはジャックダニエルブラック（Old No. 7）を飲んでいた。のどを下るやけつくような刺激。オークと安物の炭の残り香。以前コナーが浮気したとか、彼女が浮気したとか聞いた気がするが、どっちだったろう？　どうしても思い出せない。彼女は、フラれそうになるとバスルームに閉じこもって、「もう死ぬから！」と脅す癖があったっけ？　確かそうだ。2人の関係は、そういうタイプの関係だった。

コナーは、高校1年生の頃から親しくしてきた友人の一人だった。そしていつしか、私たちのグループの中心メンバーに、キミーのグループが加わった。イラク駐留中の私にはキミーとスカイプをするチャンスがほとんどなかったが、そのチャンスに恵まれビデオ電話をかけると、キミーはたいてい、コナーを含む私たちの共通の友人と遊んでいた。時差の関係で、画面の向こうではほぼ例外なく、夜ふけの飲み会が繰り広げられていたものだ。スクリーンの正面にいるキミー。その背後に映り込んでいるコナー。コナーは、イエーガーマイスターをぐびぐびやりつつ、ウケを狙って誰かに借りた極端に短いデニムの裾から睾丸をはみ出させながら、これ見よがしに画面内をうろついている。完全に出来上がって、キャーキャー叫ぶコナーとキミーを、友人たちがコンピューターの画面から――つまり私から――引き離し、夜のバーへと繰り出そうとする。2人は、夜につきもののあらゆる期待に心を浮つかせながら、コンピューターがあるあたりに向かって、声を張り上げ、私に別れを言う。私は地球の裏側のテントの中で、コンピューターからログオフし、耳の中でこだまする2人の笑い声を聞きながら、それまで感じたことがないほどの孤独に襲われたものだ。そしてどういうわけか、祖国に帰り、飲み会に参加している今でさえ、遠く離れていたあの頃と同じぐらいに、取り残された感を覚えていた。キミーは近頃折り返しの電話をくれない。それに関しては、完全に運任せだった。

私がイラクから戻ってきたとき、キミーは失われた時間を取り戻そうと一生懸命努力した。よく、ちょっと出かけない？ と、電話をかけてきたものだ。私は、いいよ、と返事をしながらも、一度も顔を出さなかった。あるいは、キミーとの予定を「忘れて」、友達と出かけたりした。そのたびにキミーは泣いた。そのたびに私たちは話し合った。そしてまたやり直した。でも私の耳には、キミーの泣き声が以前のようには入らなくなってしまったようだった。私は戦争に行くために、チャンネルを変え、彼女の泣き声を消してしまった。今さらどうやったらその声を受信できるのか分からなかった。キミーが泣いているときに私ができるせめてものことといえば、何かを感じたいと願うことくらいだった。しかし私は、傷ついている彼女を、何の感情も持たずに、ただじっと見ていた。その後、また私は勝手に姿を消した。そしてもちろん、彼女が私を諦める覚悟をしたとたん、彼女を取り戻したくなった。あの海兵隊員との関係はもう終わっていたと思う。しかし、問題はそこではないような気がする。彼女はきっと今度こそ永遠に、私から去っていったのだ。

＊

ソファに座る私の前にある顔が、次第にぼやけ、ぐにゃりと崩れ始めた。コナーの彼女、か。

退役軍人省でＰＴＳＤと診断されたことを、この娘に伝えるべきだろうか？　前回診察に行ったら、テーブルの上にチェックリストが用意されていて、そのぺら1枚の用紙にチェックを入れさせられた。そのとたんに、私はＰＴＳＤ患者になった。診断が下れば、ふつうなら、あらゆる疑問に説明がつくはずだ。でも、そうはならなかった。だとしたら、ＰＴＳＤの診断は私にとって何を意味するのか。それは、私の親友であっても、そしてコナーでさえも、理解できないだろう。もちろん、ＰＴＳＤの概念は理解できる。私が戦争に行って以前の私ではなくなったことを、コナーは知っているからだ。フラッシュバックや、パニック発作といった具体的な症状について、説明することはできる。でも、最終的な答えを言い渡され、しかもその答えが私の疑問を解決する足掛かりにすらならない、この今の状況を、どうしたら彼に分かってもらえるというのだろう？

　というか、コナーはどこだ？

　ガシャン！

　窓が砕けたかのような音が聞こえた。その場にいた8人が、全員固まった。次の瞬間、ドアに向かって一斉に走り出した。2階から1階へと続く階段をドタバタと駆け下り、割れたガラスを越えて通りへ出た。道路の真ん中に広がる、自分の血でできた血溜まりの中に、コナーが倒れていた。痛みのあまり、獣のようなうめき声をあげている。

「何が起きたの？！」

　コナーが言うには、彼はドアを押して開けようとした。でも、彼が押したドアは、「引く」

だったのだそうだ。後になって、私は思った。コナーはきっと、頭に血が上っていて、アパートの正面玄関にある、ずっしりとした木製ドアにはめられたガラス窓の1つを、拳で貫いてしまったに違いない。私がコナーの彼女とソファでしゃべっていたものだから、嫉妬したのだろう。完全に私のせいだ――この件に限った話ではないが。

病院に到着するまでに大量の血が失われていたため、鎮痛剤やモルヒネなどの投与は不可能だった。コナーは上腕二頭筋を切断していて、わき下の動脈も切っていた。腕と胴を、中も外も数百針縫う必要があった。

私は血まみれの手でキミーにメールを打った。

「コナーがやばい。病院に行かないと。たばこ持ってきてくれないか?」

夜は更けていた。キミーはものの数分で到着した。しかも煙草も持ってきた。私が箱に残っていた最後の1本を吸い終える直前のことだった。キミーは車を通りにアイドリングさせたまま、コロンビア聖マリア病院に搬送された血まみれの友人を一緒に見舞おうと、私を待っていた。

キミーから未開封の煙草を受け取る。1本出して火をつけようとしたが、ライターは指の間をすり抜けるばかりだった。プールのふちに座ってでもいるかのように、濡れた車道に足を出して縁石に腰かけた。やっとのことで火をつけ、勢いよく吸い込む。キミーはじっと立ったまま、私を待っていた。いつまでも、待っていた。

今にして思えば、ミルウォーキーもモスルも、たいして変わらなかったのかもしれない。

どこを見回しても、どこにいても、道端で死にかけている人がいた。世界中どこに行こうと、血が付いて回った。私の手から血を落とすことは、どうしたってできないのだろう。私は何も言わず、何も感じなかった。思うことがあるとしたら、それは私のがらんどうの頭の中にぽつんと居座り続ける、1つの思いだけだった。それはコナーのことでも、コナーを待ち受けている何カ月にも及ぶリハビリのことでもなかった。私が最もキミーを求めていたそのときに、知らせを受けてすぐ駆け付けてくれた、キミーのことでもなかった。彼女が、別れてもなお私を愛してくれいるなんて、思いもしなかった。あの夜、血に濡れた暗い路上で頭に浮かんだのは、持ってきてほしいのはこの銘柄じゃなかったんだけどな、という思いだけだった。

9 急降下

肥満女性を見ると、ジャックは怒号が止まらなくなる。この問題はもはや見過ごせないレベルになってきたようだ。私のソーシャルワーカーから私の麻薬仲間へと変わった男は、今やミルウォーキーにある復員軍人向け非営利組織で働く、私の同僚となっていた。ジャックの家で麻薬を吸ってからというもの、私はもうそこに行けなくなった。彼の診療所に行くのもやめた。1年後、私が働いているブレーディー通り沿いの非営利組織の建物に、ジャックが求職者として入ってきた。ボタンダウンシャツにはもうアイロンがかかっていなかった。前より痩せて、日の下にはクマがあった。言葉を交わすとき、なかなか私の視線を受け止めることができなかった。あれから離婚し、ソーシャルワーカーをやめ、ストリッパーと付き合い始めたそうだ。彼は仕事を求めていたが、同時に助けも求めていた。

その非営利組織には、コーヒーとマフィンを楽しみながら復員軍人同士が交流できるカフェがあった。また、復員軍人が抱える路上生活や依存症といった問題に対処するための、互助会のプログラムや資金調達イベントやコンサートが開催されていた。戦争で負ったトラウマに対する自己理解を深め、トラウマとうまく付き合えるようにサポートする地域の組織や担当者もいた。ジャックに怒鳴られた女性は、その地域関係のメンバー、つまりミルウォーキーの復員軍人を支援しているメンバーの1人だった。よりによって、彼女が事務所を訪れたのは、ジャックの数少ない出勤日だった。

彼女に会うなりジャックは、どうにも自分を抑えられなくなった。どうしても「太りすぎている」と指摘せずにはいられなかった。そしてどういう理屈か他の人には分からないが、彼女が「太りすぎている」という事実にカッとなった。いや、理屈なんて本人もまるで理解していなかったのかもしれない。ともかく、私の耳には、ジャックに延々と叱責されて泣きだす女性の声と、なおも女性を罵倒し続けるジャックの声が響いた。

結局のところ、復員軍人が復員軍人を支援することの問題点は――これは患者と同じぐらい病んでいるソーシャルワーカーにも言えることだが——非営利組織で互助会やグループセラピーの進行役を務める人自身も、そうした支援を誰よりも必要としている人種であることにある。ＰＴＳＤと診断され、飲酒問題を抱え、魂に傷を持つ私も、その一人だ。私はまだ生きている。仕事も続けている。しかし夜寝付けない現象はいまだ解決していない。その原因はＰＴＳＤだけではないと分かっていたが、原因がはっきりしない以上、対処の見当がまるでつかなかったし、他の人もその点は同意のようだった。また、常軌を逸したセルライト恐怖症と薬物依存症に陥った、ジャックの例もある。だいたい、組織のそもそもの発起人である、ケンだって例外ではない。ケンはベトナム戦争の復員軍人で、自身の飲酒運転の裁判で抗弁としてＰＴＳＤを主張し殺人罪を不起訴となった、アメリカ史上初の人物だった。

＊

そんなある日、身長１８０㎝体重１４０kgを優に超えるアンソニー・アンダーソン軍曹が、事務所の門を叩いた。アンソニーと私は、にぎやかなブレーディー通りを眼下に望む、２階の仕切りのないオフィス空間に着席した。ちょうど、私が組織の副会長に昇進した頃で、組織は事業拡大にともない別の町にも支部を開設しようとしていた。そして、資金もあることだし、事業拡大を担う互助専門職員をもう１人雇おう、という話になったのだ。自分で人を雇ったのは初めてだったので、そのときのことは今も記憶に残っている。

「やあ。トムだ」と私は言い、背伸びを（かなり）して、アンソニーの手を握った。「副会長をしてる」

「副会長っていう年にはとても見えないなあ」

アンソニーは私を見下ろして言った。

彼は気の優しい大男で、目じりの下がった穏やかな瞳は子犬のようだった。頭部は、クリクリの巻き毛の集まりによって、まさに真四角に見える。靴のサイズは――冗談じゃなく――34㎝のＥＥという、巨漢ぶりだった。口は真一文字に結ばれ、さらりと言ってのける知的なユーモアを締めくくる、完璧で皮肉な句読点となっていた。私たちは面接の時間を丸々使って、まるで旧友同士のように、互いの経験について語り合った。彼は歩兵隊、私も歩兵隊。彼の派遣期間は２００４年から２００５年、私もまったく同じ。職歴や資格の話が出ることは始終なかった。私はその場で採用を決めた。

ジャックがすっかり早口で衝動的な人間になってしまい、煙草を次々と根元付近まで吸いつぶし、何日も連続で無断欠勤し、高確率で居眠りしていたのに対し、アンソニーは実務家で冷静だった。資金調達に対するケンの方針が「世のため人のためになるのであれば、みんなお金を出してくれる」の一言に集約されることに気づくと、その職務を一手に引き取った。そして具体的な数値目標を決め、目標達成に必要な明確な戦略を立てた。いつだって、やりすぎなくらい入念に準備をするタイプだった。会議に出る前は必ず、頭の中で25回会話のリハーサルをしていた。

アンソニーのトラウマの症状は比較的表《おもて》に現れにくく、内に向かう傾向があった。暴言を吐くジャックや、酒に溺れる私と違い、アンソニーは過去の感情がよみがえりそうになるときまって真っ暗な地下室に引っ込んだ。奥さんや小さな娘さんを気遣い、騒ぎ立てることなく無言でその地下室の階段を下りることで、自分や自分の亡霊から家族を遠ざけようとしていた。

アンソニーがチームの一員になってからしばらくの間、仕事がおもしろくてしかたなかった。そんなことは初めてだった。世の中に貢献している気分だった。戦略志向のアンソニーと実行部隊の私とで、ミルウォーキーの復員軍人に気休めでない変化を与えられている気がした。でももっと嬉しかったのは、あまり孤独を感じなくなったことだった。

＊

ジャックは冷や汗を垂らし、タイヤをキュルキュル言わせながらブレーディー通りを疾走していた。私たちは時間に追われていた。当日の特急仕上げに対応している印刷所を見つけなくてはならなかった。その日の夜に開催されるイベントの横断幕を印刷する必要があったのだ。イベント当日は誰しも余裕がなくなるものだが、ジャックの焦り具合は、いくら彼でも度を越えているように見えた。

「伝えないといけないことが」とジャックが言った。

まっすぐ前を見つめ、ハンドルを握ったまま、私のほうを向こうとしない。いつの間にか、私がセラピストに、彼が患者になっていた。

「何が起きたんだ?」私は聞いた。

「昨日の夜、覆面警官からクラック〔高純度のコカイン〕を買って捕まった。警察に裏情報を提供しろって言われてる。逆らったら、ムショ行きだ」

ジャックは、クルクルと旋回しながら尾根に真っ逆さまに落ちていく飛行機のパイロットで、機体を立て直す手段を持ち合わせていなかった。ソーシャルワーカーの実務はこの際役に立たなかった。修士号を持っていても、自分の身は守れなかった。人間の心理に関する知識があっても、自分の心は癒やせなかった。助手席の溝にラメの小さな山を残していったストリッパーの彼女さえも、彼の苦しみを和らげるには不十分だった。ジャックには、こういう急落に抵抗する道具がたくさん備わっていたはずなのに。私には彼のような学位も実務も経験もない。彼のような人が身を持ち崩すなら、私のような人間はいったいどんな結末を迎えるのだろう? こういう傷は、戦争で被ったどんな身体的な傷よりも、根が深い。体の傷そのものよりも、心の傷のほうが、癒えるのにずっと時間がかかるのだ。

10　私はそこにいなかった

「準備はいいですか？」と医師が聞いた。

「ええ」。私は嘘をついた。

医師の手にはピンクの蛍光ペンが握られている。彼女はペンライトを当てて目を検査するような調子で、蛍光ペンを私の両目の間にかざした。

「これを目で追ってくださいね」

と言い、手を左から右へ移動させ、次に逆方向へと移動させた。

彼女を推薦したのは、最近友達になったアンソニーだった。アンソニーはこの医師から同じ治療を受けていて、効果を感じているそうだ。これはＥＭＤＲと呼ばれる治療で、正式名称は「眼球運動による脱感作と再処理法」という。簡単に言えば、トラウマとなっている記憶を語りながら、目をあちこちへ動かすのだが、そうすると、どういうわけか脳の配線が変わり、忘れがたい記憶が日常的な記憶に近づいてあまり苦痛でなくなる、と考えられている。

仕事へのやる気がみなぎっていたしばらくの間は、あれこれ考えずにすんだ。でもアンソニーと働く新鮮さが薄れると、待ってましたとばかりに過去が戻ってきた。過去が本当に姿を消したことは一度もなかった。単に、他のことに気を取られていただけだった。仕事は茶番だ。そしてアンソニーとの友情はバンドエイドにすぎない。所詮、「今のような自分のままで生き続けることは、地獄の苦しみだ」という真実に、ふたをしているだけなのだ。

しかし、自殺を図る前に、回復のためにできそうなことは一つ残らず試そう、と心に誓っていた。それで、せめてほんの少しの安らぎを――ほんの1日でも――見いだせれば、その後も自殺しないで済む日が続くだろう。結局私が本当に求めているのは、一瞬の安らぎだけ――即効薬を期待しているわけじゃない。苦悩から解放される時間が少しでもあれば。暗闇に差し込む一筋の光があれば。頭を撃ち抜きたいという気持ちをたった1日でも忘れられれば、なんとかなる。でも実際には、銃を視界に入れないようにしながら、無意識に自殺を考えている。そしてまるで目に見えない強い流れに引っ張られるかのように、周辺視野を超えた力に自殺へと引き込まれ、意識的に自殺を考える。たとえ自殺願望がないふりをしようと、それにふたをする方法を見つけようと、その願望が消えることはなかった。そんなふうに自殺願望に駆られ続ける生活から抜け出せれば、私も重心を取り戻せるだろう。そして重心を保てたときの記憶があれば、心の傷に飲まれそうなときも、なんとか踏ん張れるだろう。その24時間の安らぎを思い出し、また良い一日が訪れるさ、と希望を持てるだろう。丸一日真の安らぎを得られれば、1年は――運が良ければ2年は――生きていけるはずだ。

浮遊する蛍光ペンを追い、右、左、また右へと視線を移す。

この医師は好きだ。やっている治療とは対照的で、落ち着いている。セッションで向き合う記憶は、毎回同じものだった。医師が誘導し、私はその記憶を声に出して伝える。

「聞かせてください」と、いつものように彼女は言った。「あなたをずっと落ち込ませている過去の出来事を」

大きく息を吸い込む。目は相変わらず蛍光ペンを追って行ったり来たりしている。今いるのは、ミルウォーキーにある復員軍人病院の一室だった。しかし私の精神は――というよりも精神の残骸は――７年前の９８００㎞離れた地にいた。

「あの日、私の小隊はほぼ全員出払ってました」と私は言った。「みんなは外で任務に当たってたけど、私は基地に残ってました。朝の任務説明のとき、何人かと一緒に、休暇を与えられたんです。その日の任務はあまり重要じゃなかったので。というのは、到着したばかりのネイビーシールズ〔海軍の特殊部隊〕の一団に、モスルの街を案内して回ることになってたんです。全員そろってる必要はなかったし、車両にシールズを乗せられるだけのスペースが必要だった。だから３～４人残されたんです。

午前から午後にかけて、小隊のみんなが帰ってくるまで、好きに過ごしていいことになってました。だからふだんできないようなことをしました。朝食に出かけて、きちんと食事をした。ジムに行って、実際に体を動かした。インターネットトレイラーに行ってメールをチェックして、母国の人たちと連絡を取った。昼寝をして、昼食に出かけた。こういうことって、めったにできることじゃないんです。だからできたときは、まさに至福の時間でした。

遅くなってきても、みんなは戻ってきませんでした。そこまで時間がかかるとは思えなかった。すぐ終わる任務でした。日も沈みかけ、みんなはどこにいるんだろうと思ったのを覚えています。あたりが暗くなったちょうどそのとき、みんなが車両に乗って引き上げてきました。降りてきても、誰も口を利きません。チーム長と分隊長の後について、2人の部屋に向かいました。分隊の集会をするためです。分隊長のリチャードソン軍曹が、みんなが集合するのを待ってから、言ったんです。『クラークが殺された』って。

しんとしました。クラーク軍曹は私たちの小隊軍曹でした。小隊全体をまとめるリーダーでした。

次の日、私たちは焼かないといけませんでした。クラーク軍曹の……ゴミ袋に入った、ユニフォームとかボディアーマーとか、殺されたときに身に着けていたものを全部、医療チームから引き取っていたから。火をつけなければいけませんでした。焼いたのはユニフォームだけです。血まみれだったから。

弾薬ポーチとかは、ディアス軍曹がバスルームに持って行って血をこすり落としました。私が入っていったら、ディアス軍曹が歯ブラシで血をこすってて、流しにかぶさるようにして泣いていました。

私は現場にいなかった。それが問題なんです。私がそこにいなかったってことが」

医師はそっとピンクの蛍光ペンを机に置いた。

「少し休憩しましょう」

休憩の間は、2人とも無言だった。なぜか私は祈った。いったい誰に向かって祈ったのか、自分でもよく分からない。たぶん自然とか神とか、私の気持ちに耳を傾け暴走を止めてくれる何かに祈っていたんじゃないかと思う。どうか。どうかお願いします。この気持ちを取り除いてくれるなら、どんなことでもします。この責め苦を終わらせてくれるなら、どんなことでもします。神様、どうか終わらせてください。神様、どうか死なせてください、と。

「ではもう一度」と医師が穏やかに言った。「同じことを話してもらえますか」

蛍光ペンのキャップの先についている小さな球体を見つめた。無理やり息を吸い、言葉を絞り出した。

「あの日、私の小隊はほぼ全員出払ってました」と私は言った。「でも私は基地に残ってました。私は残っていて、クラークは殺されました。私たちはユニフォームを焼きました。血まみれだったから。クラークの唯一の形見を、焼きました。やめようと思えばやめられたのに。もしかしたら、彼を救えたかもしれないのに。それが問題なんです。私がそこにいなかったってことが」

「もう一度！」と医師。

「**私はそこにいなかった。そこにいなかった。そこにいなかった。そこにいなかった！**」

医師はピンクの蛍光ペンを机に転がした。

「お疲れさまでした」

その言葉は、席を立ち、部屋を出て、家に帰るタイミングであることを示していた。エレベーターホールへと続く廊下をよたよたと歩きながらも、私はまだモスルにいた。モスルへ連れ戻されたまま、置き去りにされていた。まるでイラクで軍用輸送機から降ろされ、祖国に帰るすべがない人のように。

11　生命線

たまに運に恵まれると、電話が鳴り、受話口から相棒のイーサンの声がした。前々からそうだったが、様子を確認するためだけに、こうやってときどき電話をかけてくる。同じような電話を、イーサンは小隊の全員――正確には生存者という意味だが――にかけていた。まるで雛の具合を確認して回る母鳥のようだった。

「トミー・ヴォス!」と彼は言う。その声は、暗い冬をパッと照らす温かさに満ちていた。「うまくやってっか?　どんな感じかなと思ってさ」

「めっちゃ寒い」と私は言った。「かんべんしてほしいよ。外に出たくても出れやしない」

「へー。俺今外だけど。半ズボンにトレーナー!」

そしてこれまで17回聞いたに違いないセリフが続く。

「さっさとカリフォルニアに来たほうがいいって。いつも言ってんだろ！」

その後、いつもの調子で──「で、どうなんだ？　本当のところ」と──近況を尋ねてくる。私は学校のこと、今やっている仕事のこと、恋愛がどんなふうに進んでいるか、あるいは進んでいないか、その時々で色々なことを話す。ＥＭＤＲとやらを試したけど効果がなかったことも伝えた。イーサンはというと、英語教師の仕事のこと、婚約者のこと、そしてのちには奥さんと子供のことを繰り返し語った。小隊の連中のことも教えてくれた。みんなが今どうしているのか。どこで働いているのか。最近みんなが連絡を取り合っているのかどうか。

友人たちの実情は、イーサンの電話そのものと同じく、平凡なものだった。そして、そんな互いの人生のありふれた何やかやが、結束の解けた私たちの、心のよりどころとなっていた。市民生活を送り、時が流れ、心を癒やし過去を変えたいと切望するうちに、私たちが戦場で築いた兄弟のような絆はすっかり影を潜めていた──が、まだ消えてはいなかった。私たちが一緒になることは二度とない。イラクでの共通の経験を語り合うことも、決してないだろう。でも。カルのやつ婚約したんだぜ。エイデン・サンチェスに子供が生まれたんだってさ。ババクが司法省で働いてるって知ってたか？　そりゃあいい。キミがまた学校に通うって聞いて、すげえ嬉しいよ。今度は絶対卒業できるって。

私たちは、まだ集団《わたしたち》のままだった。私が自分を失ったとき同じ現場にいた仲間たちは、今なお生きている。あいつらが生きているなら――そしてイーサンの丹念な語りを通じてあいつらとつながっていられるなら――私もまだ自分を取り戻せるかもしれない。と、年にほんの何回か、ほんの数分間、希望の光が差すのだった。

12 独り言

「きっとある。絶対にある。これ以上こんな気分にならずに済む世界が、存在するはずだ」。私は思った。

頭の中で独り言が始まるのは、たいていバーに向かっているときだった。ふとした拍子に、スイッチが入る。たとえば、橋のそばを通り過ぎたとき。

「あそこなんかちょうどよさそうだな」と思う。「うん、他と比べても悪くないな、本当に。あれくらいの高さがあれば十分だ。飛び降りたとき死ねる高さでないと困る。こういうことは中途半端にしたくないからな。

高速道路で暴走してみたらどうだろう？　だめだ、それはできない。他人を巻き込むわけにはいかない。いっそのこと、シートベルトをはずしてみるか。それで車が1台も通らないがらがらの田舎道に行って、木に突っ込めば……。**ドンッ**。それとも、退役軍人省から相変わらず送られてくる処方薬を、大量に飲むか。だけど全部飲んでも意識がなくならなくて、病院に行って胃洗浄する羽目になったら？　考えるだけでぞっとする」

引き続き自殺の方法を思い巡らせながら、重たいドアに手を当て、向こう側に立ちはだかる煙の壁を押しのけるように、力をかける。煙の壁が脇に寄ったので、べたつく床を歩いてイーストサイドにある安酒場――もっと正確に言うと、イーストサイドにある行きつけの安酒場――「RC's」の、いつもの席へと向かう。バーカウンターに並ぶ年季の入った木製スツールからはみ出している、尻の列。ビリヤード台の張地はくたびれ、キューはゆがみ、今夜使う人がいるとはとうてい思えないありさまだ。平日の夜の常として、ダーツをする人も、中庭に繰り出す人も、友達とゴールデン・ティー〔ゴルフのアーケードゲーム〕で熱戦を繰り広げる人もいない。いるのは、この場で最年少の私と、酒で紛らわしたいことがある私の同類だけ。

私はいつものスツールにまたがった。まだ誰かの尻のぬくもりが残っていた。あごひげから、煙草臭と、時間が経ったビールの臭いがした。このバーは私にとっての『チアーズ』〔バーを舞台にしたアメリカのコメディドラマ。「あなたの名前を誰もが知っている場所」のキャッチコピーで知られる〕の舞台だ。ここでは、私の名前を誰もが知っていた。そして私が9杯か10杯ひっかけた後は絶対に話しかけてはいけないと、誰もが知っていた。もう学校はなかった。非営利組織の仕事もなかった。両方ともやめたのだ。2つとも、酒を飲むうえで邪魔だった。そして私はどうしても酒を飲まずにはいられなかった。頭の中の声を黙らせるためにも、怒りをいつもの場所に沈めておくためにも。もう通院はしていなかった。退役軍人省にも、ジャックとのセラピーにも――彼の診療所はもちろん、バスルームにも、ラメの貯蔵庫のような車にも――行っていなかった。非営利組織を離れてからもアンソニーとは連絡を取り合っていたが、そんな彼との友情や、イーサンからの電話をもってしても、このずっと慣れ親しんできた妄想はやめられなかった。

ぐいっとショットグラスの酒をあおる。

独り言は続く。

「拳銃自殺はだめだ、おふくろが開棺式の葬式にしたがるかもしれないし、頭が粉々になって遺体が台無しになるし、遺体がきれいじゃなければ家族が悲しむ。まあ、その意味では、あの橋から飛び降りたとしても同じだろうけどな。でもどんな方法にしろ、自殺すればここから抜け出せるかもしれない。クラークとディアスのたまり場になってる薄暗い場所に、きっと行ける。そんで、この世とあの世のはざまに、やつらの霊がふわふわ寄ってきて、お前もこっちに来いよ、って誘惑してくるんだろうな」

「いや、立場を交換してくれ、って言われるかもな。もしかしたら、俺が自殺すれば、2人はもう一度生きられるんじゃないか」

ぐいっ、ぐいっ。

たどり着いた。いつもの、安らぎの場所。独り言が酒に酔い、次第に口数が少なくなり、最後には沈黙する場所。今この場だけは、少しの間、安全でいられる。

2013年春、戦場以外の場所で新たに2人の戦闘犠牲者が出た。同じ小隊だった仲間が2人、戦争の公式の死者数に含まれることなく、死亡したのだ。ルークは、頭を撃ち抜いた。

マックスはリクライニングチェアに横たわった状態で発見された。享年37だった。マックスの家族は、「自然死」だと言っていた。だって、苦しみから解放されたいと思うのは、何より自然で、何より人間らしいことでしょう、と。有名人がなぜか3人ずつ亡くなるのと同じで、こういうことは3連続で起きるものだ。彼らと共同体である私の体は、イラクにいた頃とまさしく同様に、死に瀕しているような気がした。いよいよ苦しみを絶ち切らなければ、死ぬことになる。

ぐいっ。

ぐいっ。

しまった。

1回多かった。

*

スツールに腰かけていると、映写機のフィルムが回り始めた。音はない。昔懐かしいサイレント映画が瞼《まぶた》の裏でちらついているような感じだ。20両のストライカー装甲車から成る軍の車両隊が、地響きを立ててモスルの街路を進んでいる。車両隊の先頭付近に私の乗っている車両がある。私は車両後部に立っていて、足は床に、頭は対空警戒ハッチの外にある。手には武器がしっかりと握られ、見えない敵に備え、銃口は外へ向けられている。隣に立つもう1人の仲間と、車両中央に立つ車長も見える。3人は、街路の走行中に危険がないか周囲に目を光らせている。分隊の残りのメンバーは車両にこもり、壁沿いのベンチに座っている。対空警戒員は、1億円超えの車両を守り、街中のトラブルの兆候を分隊メンバーにいち早く伝える役目を負っている。非常に危険なため、交替制となっていた。

カメラが対空警戒ハッチの私をクローズアップでとらえる。顔はこわばり、眉間にはしわが寄り、また爆発が起きるんじゃないかと肩には力がこもっている。私はいつの間にか、まだ起きてもいない爆発の幻から身を守ろうと、ハッチ内に頭を下げたくなる衝動をこらえていた。今でも、爆発が起きそうな気がした。あれから何年も経ち、ミルウォーキーのバーで酒に酔いながら、過去の映像を頭の中で再生しているだけだというのに。

黒い服の男が、野ざらしの下水道を過ぎて、通りを一目散に走っていく。茶色い肌に、黒いあごひげ。車両からの距離は90m未満。着ているのは伝統的な黒いクルタ。民間人の服装だ。男は振り返り、私をキッと見つめてから、止められていた車の陰に飛び込む。チームリーダーの口がスローモーションで開閉する。

「R!」とその口が動く。

「P!」とその口が動く。

「G!」とその口が動く。

携帯式対戦車ロケット弾の略称だ。リーダーが黒い服の男めがけて次々と発弾を始める。次の瞬間、バットで殴られたかのように、私の頭が後ろに吹き飛ぶ。重力以上の力が働き、ヘルメットが鼻梁の下まで落ち込む。足を払われ、対空警戒ハッチ内で体勢を崩す。聞こえるはずもないドサッという不快な音とともに、床に倒れる。目の前が真っ暗になった。

私の首に手を当てている衛生兵の姿が見える。ルームメイトは私の上にかがみ込み、生命のサインを求めて両目を覗き込んでいる。やがて衛生兵のほうを向き頭を振って見せる。

「完全にやられちまってる」

小隊のメンバーに内部連絡をしようと、ヘンダーソン軍曹が無線機を手にする。私は彼の口の動きから言葉を読む。

「ヴォスがＲＰＧで頭を撃たれた」

そこから頭の中の映像がパッパッと切り替わる。別の車両にいるイーサン。また別の車両にいるカル。２人は自分の武器で砲撃を続けながら、ヘンダーソンから入った無線を聞き、私の死を確信する。続いて、床で車両に揺られている私。ほぼ確実に死ねる状況にうっとりと浸っている。もう戦争は起きず、もう血は流れず、もう私はいなくなるのだ、と。

再びヘンダーソンから無線が入る。一呼吸おいて、ちょっとの間考えてから彼は言う。「ああ、ヴォスは頭にＲＰＧをくらった。でも大丈夫だ」

私のヘルメットは完全に使い物にならなくなっている。片面全体に亀裂が入り、ヘルメットカバーの砂漠用迷彩柄の生地は裂け、リバーシブルの裏面にあたるアーミーグリーンの迷彩柄が露わになっている。ゴーグルを支えていたゴム製のバンドは側頭部で破断している。ＲＰＧが命中した正確な位置が判明した。右目の約６㎝上だ。

今度はあんたの最高の1発《さけ》をお見舞いしてくれよ。

もう1杯頼む。ランプル・ミンツをもう1杯。

ぐいっ。

ぐいっ、ぐいっ。

映像が早送りになり、休日にモスル基地のジムでバーベルを挙げる私が映る。そこから次々と場面が変わり、まず昼寝をする私。続いて、ストライカー装甲車後部の対空警戒ハッチに立つクラーク軍曹。続いて、晴れ渡った青い空。空にすーっと伸びていくロケット弾。ロケット弾は、クラーク軍曹が乗っているストライカー装甲車後部の、ちょうどM240機関銃が搭載されている場所に、命中する。機関銃が爆発する。銃弾が破片となって勢いよく飛び散る。その破片がクラークの顔と首を切る。大量の血を失い気絶したクラークを、隊員たちが救護所へと急送する。彼の目は開かれたままだ。まだ生きている。

映像が私に戻る。ベッドにいる。眠っている。私が眠っている間に、クラークは死んだ。

続いて、彼の家族が映る。

続いて、子供たち。

ぐいっ。

ぐいっ。

ぐいっ。

ぐいっ。

ぐいっ。

ジュークボックスの点滅する光の先、ダーツ盤とビリヤード台の向こうに、バスルームへと向かうディアス軍曹のぼーっとした影が見えた気がした。影は揺らぎ、バーから消えたと思うと、脳内で上映中の映画に、再び姿を現した。クラークの死から数時間が経過したイラク。ディアスはバスルームにいる。そこへちょうど私が入ってきて、流しに立っていた彼と鉢合わせする。ディアスは水を出してクラークの弾入れの血を洗い流しているが、水圧だけでは血を落としきれないため、歯ブラシで帆布の染みをごしごしこすっている。私が入ってくるまで1人だった彼は、人目をはばからず泣きじゃくっている。涙が流しにぽたぽたと落ち、水と血と混じり合う。私は何も言わず、トイレを使ってその場を後にする。

ぐいっ。

別の場面になり、またもやディアスが映っている。あれからわずか2〜3週間後、奇襲を受け、救護所のテントへと運び込まれている。彼は頭を撃たれ、ストライカー装甲車に同乗していたメンバーは全員血に染まっている。

どれだけ酔っても、仲間たちは生き返りはしなかった。私も彼らの所へ行けたらいいのに、と私はひたすら願った。

13　それで十分

5月上旬のある平日の夜。姉貴が住んでいる小ぢんまりとした2階建てのアパートの、台所と居間に挟まれた玄関口に、私はいた。伝えたいことがあったのだ。姉貴は照明を抑えた薄暗い居間で、古いくたびれた安楽椅子に座っていた。アパートの入り口が狭くてソファを通せないため、それが姉貴の持っている最大の家具だった。2人は甘口のロゼワインを飲んでいた。すでにかなり酔っていたにもかかわらず酒を勧められたのは、私にそれらしい様子がまったく見られなかったか、そこまで酔う理由が見当たらなかったからだろう。私は自分の一番の醜態を、自分以外誰の目にもさらさないよう、うまく隠しおおせていた。その部屋にコンポやラジオなどの装置はなく、下の通りから入ってくる物音も皆無だった。あったものといえば、薄い床板から伝わってくる階下のテレビのくぐもった音声。そして、私と姉貴それぞれが、沈黙同然の静かさで、過去から現在の己の失敗に思いをはせる、無言の集いだった。私は28歳だった。陸軍に入隊してから10年が経っていた。その間に、大学に通ってみたが、結局退学した。あらゆるセラピーを試したが、すべて断念した。非営利組織でそれなりの仕事に就いていた時期もあったが、もうやめた。冬に入ってからは、生活費を稼ぐために、土日関係なく働いていた。呼吸ができる、体を動かせる、外にいられる、不安感で窒息しなくて済む、という条件を満たす仕事を求めた結果、ウィスコンシン州の厳寒に耐えながら、来る日も来る日も木を切り倒した。今も、毎晩のように酒を飲んでいた。自殺したいと思わない瞬間はなかった。

姉のベックは31歳だった。フリーランスのコピーライターで、こちらに戻る前の5年間は、ロサンゼルスで暮らしていた。そこで映画製作者になる夢を打ち砕かれ、ヤケになって仕事をやめると、家具を売り、車に飛び乗って、ロサンゼルスに行く前に私が譲ったポンコツのシビックで大陸を横断して帰ってきたのだった。今は、何時間も、ときには何日にもわたってアパートの自室にこもり、暗闇の中で一度に10時間から14時間連続で働いていた。ハリウッドドリームに敗れたことに加え、姉貴を傷心させていたのが、もう何度目か分からない失恋だった。姉貴が惚れた相手は、これまたもう何度目か分からないダメ男で、しかも今回は厄介なことに、一緒に仕事をする間柄だった。姉貴は何週間も、バスタブで赤ワインを飲みながら彼を思って泣いた。姉貴の告白に対し「悪いけど、こっちはそこまでじゃないんだよね」と言うようなやつだったのに。

そんなわけで私たちは一緒に酒を飲み、ちょっとだけ笑い、思い通りにならない人生になかば諦めの気持ちを込めて首を振った。成功して幸せになれるように、いつだってちゃんとやってきたはずなのに、こんな酒飲みの負け犬になってしまうなんてね、と。私たちはいったいどこで道を間違えたんだろう?

「とりあえず、トンボには、人生が狂うだけのショッキングな出来事があったわけじゃない。でも私はどう言い訳したらいいっていうの？」姉貴が聞いた。

「とりあえず、姉貴は色んな冒険をしてきた」と私は言った。「自分の道をたどってきた。俺もそうしてみるべきかもな」

「たとえばどんな？」と姉貴が尋ねた。「バックパックで東南アジア旅行とか？ それともインドに行く？ あっそうそう！ スペインに行けばすごい感動的な巡礼ができるんだって。サンティアゴ・デ・コンポステーラの巡礼路っていってね――」

「人が多すぎるな」と私は言った。「どこか静かな所に行きたいんだ。歩けて、動けて、頭がすっきりするような所にさ。自然のなかで一人きりで過ごしたいね」

「ドア郡はどう？」と姉貴が言った。

＊

子供の頃、ドア郡に家族旅行に行ったことがあった。ドア郡は、ウィスコンシン州北部の半島で、東をミシガン湖、西をグリーン湾に囲まれている。その細長い土地の最北端に位置するギルズロックにおばの所有する小さな別荘があったので滞在させてもらったのだ。もしウィスコンシン州の地図を見て、それが左手にはめた手袋《ミトン》のように見えたとしたら、ギルズロックはちょうど親指の先端にあたる（本題から逸れるが、もし本書を読んで得るものが他に何もなかったら、今から言うことを永遠に覚えておいてほしい。真の「手袋の州」は、ミシガン州ではなくウィスコンシン州だ）。

私と姉はよく両親に連れられ、別荘周辺に広がる森を延々と進む、ハードなハイキングに出かけた。当時6歳か7歳だった私の時間感覚などあてにはならないが、数時間がかりのハイキングだったように記憶している。樹葉がうっそうと茂り、夏のかんかん照りの日でさえ、ハイキングコース——いわゆる「トレイル」——に入ると真っ暗なトンネルに入ったような気がしたものだ。地面は葉で埋まり、トレイルは場所によって細くなったり太くなったりを繰り返していた。そこかしこで進路に横たわる倒木や丸太を乗り越えなくてはならず、まるで障害物競争のコースをたどっているようだった。周りをぐるりと見渡せば、自然の織り成すＩＭＡＸシアターさながらに、高木が繁殖している——ニオイヒバ、カナダツガ、ストローブマツ、レジノーサマツ、アメリカカラマツ、そしてアメリカシラカバは、樹皮を剥いてみたら蛇の皮のようにつるりと剥けた。トレイルの幅が3〜3・5ｍほどに広がっている所でさえ、先頭の人は顔中蜘蛛の巣だらけになるのがお約束だった。山かと思われるほどの丘を登ったら、今度は、こぶや石につまずきながら転がるように坂を下る。そして最後のカーブを右に進むと、密集する樹々の隙間から、ヨーロッパ湖のなめらかで澄みきった水面が覗く。足元の葉にはさらさらした白砂が混じり始める。やがて、樹々が開け、森の中にぽっかり開いた、小さな砂浜に出る。

背の高い葦《あし》が水際をうっそうと囲うなか、1カ所だけ、砂が水へと変わる狭い入り口が開いていた。ヨーロッパ湖の水は風呂の湯のように温かく、脚にゆったりとまとわりついた。水面はどこまでも穏やかでガラスのように透き通り、小魚が私たちのふくらはぎや足首をついばんでいるのが見下ろせるほどだった。ヨーロッパ湖で泳ぐのは、ミシガン湖のもっと冷たい荒波に慣れた私たちにとって良い気分転換になった。しかしハイキングの醍醐味は、最終的に達成される遊泳ではなく、暗い森から明るい砂浜へ出る瞬間、苦労の末に勝利を収める瞬間にあった。暗闇でさんざん転んだ後に、やっと光の中に足を踏み入れる、その瞬間にあった。とはいえ、幼少時には苦行と思えたあの道程も、今の私にとっては物足りないことだろう。必要なのは、もっと長距離の旅だ。もっと時間がかかる旅、もっと広い空間を移動する旅だ。

＊

「ドア郡は違うな」と私は言った。「というか、目的地なんてないんだ。1カ所でじっとしてるなんて無理だから。移動して、とにかく過去を何もかも振り切って前進してみたいんだ」

酒を飲んでいたにもかかわらず、思考が速度を増していく。単に移動すればいいわけじゃない。歩かなくちゃだめだ。ドア郡にあるような、でもドア郡以外の小道か何かを歩かないといけない。求めているのは、樹葉の天蓋《てんがい》のない空、頭上いっぱいに広がる何でも吸収してくれる空だから。求めているのは、どこか時間が止まっている所。時間が始まりも終わりもしない所、と言ってもいいかもしれない。でもいつか本当に終わりが来たら、そこにいる私は、どこかしら変わっていることだろう。イーサンの顔が頭をよぎった。カリフォルニアの日差しに照らされている。

「たとえば……たとえば、アメリカを歩いて横断する、とかさ」と私は言った。

その言葉はお香のように宙に漂った。姉貴の目がパッと輝いた。

「いいじゃない！　やりなよ！」

私は姉貴にイーサンのことを話した。ここを出てカリフォルニアまで会いに来いってずっと誘われてるんだ、と。イーサンの提案に本当に乗ってみたらどうなるだろう？　不調の原因ははっきりしないが、単なるＰＴＳＤじゃないことは確かだ。そして、これ以上それに耐えられないことも。苦痛を麻痺させることもできず、洗いざらい吐き出すこともできず、苦痛から逃れることもできないのなら、苦痛に向かってまっすぐに、歩いてみたらどうだろう？

それだ！　さっそく距離を調べる。ミルウォーキーからロサンゼルスまで徒歩で４３４５㎞。私の足で５〜６カ月というところか。車は使わない――車に伴走してもらうのもなし、誰かの車に乗せてもらうのもなし。ただ私の２本の脚で、郊外の開放的な道路を、しつこく付きまとう過去の亡霊とともに歩く。自然にどっぷりと浸《ひた》ろう。星空の下で野宿しよう。足を土に埋め、汚れよう。肺がまっさらに生まれ変わるまで新鮮な空気を吸おう。道路になり、木になり、土になろう。自分が消えてなくなるまで、なめらかな石を頬にすべらせよう。大きく、遮るもののない空に、過去を差し出そう。これ以上、私を傷つけるものがなくなるまで。

移動し続けられるひたすら広い空間さえあれば、それで十分だ。はるか遠くまで歩けて、亡霊と戦争の記憶を振り切り、頭にこびりついた自殺念慮を拭《ぬぐ》い去れる、山あり海ありの広大な空間があれば。ロサンゼルスなら、イーサンの住んでいる所に近いうえ、ミルウォーキーからは恐ろしく遠い。完璧だ。可能な限り遠くまで歩けば、時間が稼げる。私には何分も何時間も延々と続く道のりが必要だった。果てしない海を終点とした、果てしない空のもとで過ごす、果てしない時間が必要だった。私の中でくすぶっているものを吸収できるほど懐の深い旅があるとしたら、それは、山脈と平野と砂漠を超えて海を目指す壮大な旅だけだ。ミルウォーキーからロサンゼルスまでの徒歩の道のりは、気が遠くなるほど長い。それでも癒やしに必要な時間と空間が足りないならば、何をしたって足りないだろう。

そしてゴールにたどり着いた暁には――ロサンゼルスの埠頭、サンタモニカピアに足を踏み入れ、観覧車や土産物の屋台やババガンプシュリンプを素通りする私。埠頭の突き当たりの柵にもたれて眺める、見渡す限りの海。海を見ているうちに、自分の中に果てしない海が、大海のごとく雄大に広がるのを感じる。何一つ欠けていない癒やされた魂が息を吹き返す。その大きさは、すべての物、すべての人へとつながっていく。その連帯感をもってすれば、ようやく自分とのつながりを取り戻せる。生者の世界における自分の居場所を奪還できる。「自分の居場所を奪還する」という言葉の意味も、その達成方法も分からなかったが、それは不可能ではない気がした。自分の中にある小さな可能性の種《たね》のようなものを感じていた。その種には、私の人生を変えるような、もっと大きな何らかの可能性が秘められているような気がした。それは、単なる苦痛からの解放にとどまらない何か。空間と時間を十分に取って眺めれば、ひょっとしたら喜びにすら見えるかもしれない、何かだった。

Ⅱ

動

地球のように忍耐強くあれ。
どんな非道に見舞われ続けようと、
黙ってすべてに耐えている。

——サーラダー・デーヴィー

14　リュックサック

私が電話をかけたとき、アンソニーは車の中にいた。

「やあ」私はアンソニーに言った。「俺に貸せるリュック、持ってないか？」

「あるっちゃあるけど」とアンソニー。「何に使うんだい？」

「なんていうか、俺たちイラクから戻ってきてからずっと、ちゃんと問題に向き合う時間がなかっただろ？　いいかげん、時間を取ろうかと思ってさ。カリフォルニアに友達がいるんだ。陸軍で一緒だった、イーサンってやつ。そこまで、歩いて会いに行くことにしたんだ」

アンソニーは黙っている。

「まあそういうことだから、歩いてアメリカを横断するとなれば、リュックがいるからね」

電話の向こうで、アンソニーが考えをめぐらせている気配がした。

「ぼくが一緒に行くのってありかな？」彼は意を決したように尋ねた。

聞かれた瞬間に、それが正解だと確信した。

「ああ、もちろん。ありだ」と私は言った。

元々は一人旅のつもりだったが、考えてみれば、アンソニーと一緒のほうがよっぽど成功率が高いだろう。彼は戦略的に計画を練るタイプだ。そして私が逆立ちしたって考えつかないようなことを考えつく。自然の中で——たとえば山岳地帯や砂漠の真ん中に——1人でいるときは、そういう思考や計画性が命を救うこともある。それに、やる気の出ない日があったり、もうやめてしまいたいという衝動に駆られたりしても、アンソニーがいれば、なんとか歩き続けられるだろう。逆に、アンソニーが自分の過去や亡霊と対峙するときは、私が励ましてやれるかもしれない。私たち2人の過去を飲み込めるくらいに、空は大きい。古今を生きた復員軍人全員の苦痛とトラウマを吸収できるくらいに、空は大きいのだ。まだ命ある者に必要なのは、今いる所から抜け出して空を仰ぐことだけだ。私たちは誰かの代わりに戦うことも、誰かに戦いを代わってもらうこともできない。でも、肩を並べて歩くことはできる。互いの孤独をほんの少し和らげることはできるのだ。

＊

私の単独プロジェクトは、合同プロジェクトへと変わった。私とアンソニーは知恵を出し合い、しがらみだらけでお役所気質の非営利組織では発揮できなかった独創的なエネルギーやアイデアを生かして、思いのままに目標を策定した。そして熱にうかされたように一気に行動を開始した。まず、ウェブサイトを立ち上げる、だろ。それから、Facebookページを開設、と。メクウォンまでひとっ走りして、例の献金してくれそうな人物に会おう。アンソニーはアンソニーでリュックが必要だから、俺用のリュックを手に入れなくちゃな。寝袋、靴下、水を運ぶ手段を確保する、と。スポーツ用品店に顔を出して、スポンサーになってくれないか聞いてみよう。ＦＯＸ６〔ミルウォーキーのローカルテレビ局チャンネルの通称〕のあいつには電話した？　じゃあ電話してくれないか？　元軍人で、陸軍予備役軍楽隊にいたやつなんだ。あいつならロサンゼルスまでの各地のマスコミの取材を取りつけてくれるはずだ。例のトーク番組に出演するって話は、姉貴が手配してくれたよ。長旅《トレック》のゴールがまだ決まってないよな——俺が最初思ってたサンタモニカピアにするか、それともロサンゼルス復員軍人センターのほうがいいかな？　クラウドファンディングの出資者特典を、某氏と一緒に考える、と。クラウドファンディング用の動画も制作しないとな。長旅《トレック》が終わるまで各地で水を提供したいと言ってるあの非営利組織に、折り返し電話してくれ。待てよ。今俺たち「長旅《トレック》」って言ったよな？　よし、プロジェクト名は、復員軍人（Veteran）の長旅（Trek）ってことで、「ベテランズトレック」（Veterans Trek）で行こう。

　ところで、「ベテランズトレック」の「ベテランズ」の部分に絶対アポストロフィー（'）をつけるべきだって、姉貴が言うんだよ。「Veteran's Trek」でも「Veterans' Trek」でもいいけど、どこかにアポストロフィーが入らないとおかしいって。ぼくには分からない。英文科卒の君に任せるよ。アポストロフィーなしなら「トレック」の部分が動詞っぽくも読めるんじゃないか？　「Veterans Eat」（復員軍人たちが食べる）、「Veterans sleep」（復員軍人たちが寝る）って言うのと同じで、「Veterans Trek」（復員軍人たちが長旅をする）ってふうに。なるほど、いいねえ、じゃあアポストロフィーなしで。

寄付金は続々と寄せられた。私とアンソニーは金策に奔走した。旅行中も生活費を支払えるように。旅行用品や食料や日用品を買うために。アンソニーの職場であり、ジャックやケンのようなやつらが働いている、非営利組織のために。復員軍人が直面する問題を、世間にもっと認知してもらえるように――みな依存症や路上生活、無職、不安、ＰＴＳＤといった問題を抱えていて、しかもその裏には単なるＰＴＳＤでない何か別の、私には特定できない何らかの問題が潜んでいるのだ、と。

何とも意外なことに、トレックの準備の中で最もすんなり事が運んだのが、この資金調達だった。私たちが帰還したとき、私たちにかける言葉を見つけられなかった人たちにも、やっと出番が回ってきた――その人たちは、きっかけを与えられるのを待っていただけだったのだ。世間の人たちは、方法を知らないだけで、求められればすぐにでも喜んで手を差し伸べてくれるのだということを、それまで私はまったく理解できていなかった。だって、想像してみてほしい。苦労して稼いだお金を寄付してくれ、と復員軍人の２人組に頼まれて、世間は応じるだろうか？　しかもその理由が、自力では対処できない個人的な傷を癒やすためだとしたらどうだろう？　私かアンソニーがビデオカメラの前に立って、「もうぼろぼろだ。自分でできることはすべて試したけど、何一つ効果がなかった。どうしたらいいのか分からない。癒やしが必要なんだ。どうかそのために手を貸してください」と訴えればいいのだろうか？

私たちにはそうは思えなかった。

そこで別の手段として、次のような動画を制作した——アンソニーが居間にある黒革の安楽椅子に腰かけ、児童書の『おやすみなさいおつきさま』を読んでいる。映っているのは彼1人で、子供の姿はない。彼はその小さなボードブックの硬い板紙をめくりながら、まるで『論語』を読む乗りで、自分に何かを言い聞かせるようにうなずき、いかにも思案するそぶりであごを掻《か》いている。椅子の脇に置かれたサイドテーブルには、雑誌と氷水の入ったグラス。背景となる壁に並んだ本棚には、乱雑に重ねられた本。台所の椅子の背もたれには彼の娘の毛布が無造作に掛けてある。1人で自宅でくつろぐ無防備な男を表現した、完璧な絵だ。

ふとアンソニーが顔を上げ、カメラと視線が合い、はっとする。

「あれっ」と愉快そうに瞳を輝かせる。「見てたのか！」

それから、観客に向けて、トレックを決意した理由を語る。復員軍人全員に降りかかる、数々の問題——路上生活や依存症や自殺などの問題——を、もっと世間の人に知ってもらいたいこと。特に、歩くことで非営利組織の資金を調達し、地元ウィスコンシン州のマディソンやミルウォーキーの復員軍人を助けたいこと。反対に、私とアンソニーが軽快を切望してずっと苦しんでいることや、片時も心を離れない魂の破片のこと、戦後に襲われた絶対的な敗北感と無力感には、触れなかった。そういう本質的で個人的な理由に言及しなかったのは、協定を破るわけにはいかなかったからだ。

協定があるなんて知らなかった、だって？

*

それが、あるのだ。少なくともこの当時はそう確信していた。戦闘経験者と一般市民の間でふつう無意識に成立しているこの暗黙の協定は、3部構成になっている。

第1に、復員軍人は自己完結型で、自己充足型で無私無欲でなくてはならない。他者のために生き、自分よりも他者のニーズを優先しなくてはならない。現役中は戦友を最優先し、自分より集団のニーズを優先するし、退役したら退役したで、今度は協定の縛りにより、助けを請う側ではなく、引き続き助ける側でいなくてはならない。現役が数年であれ一生であれ、入隊することは、与えられる側ではなく与える側の人間になると誓約することなのだ。

第2に、帰還後不調を感じたら自分で対応すること、とされている。一般市民を巻き込んだり、市民の支援や知識に頼ったりしてはならない。戦争の恐怖に黙って耐えるだけの男気がないときや、専門家の支援を求める必要があるときや、助けるのではなく助けを請う側に回る必要があるときは、その事実を他言してはならない。じっと押し黙って、無私の英雄——何も望まず、何も求めず、他者の保護と奉仕のために生きる人間、そして涼しい顔であごをあげてトラウマに耐えられる人間——のイメージを損なわないようにしなくてはならない。

第3に、戦争の痕跡は隠蔽《いんぺい》しなくてはならない。それも未来永劫に。地の底に葬り去らなくてはならない。

私たち軍人が戦争に行くのは、人民に認められた様々な自由とアメリカの生活様式を守るためだけではない。肉体的な意味でも、精神的な意味でも、一般市民が戦争に行かなくてすむようにするためだ。私たちが戦争に行く限り、市民は敵陣に入り込み戦争を直に体験する必要もない。そして私たちがきちんと約束を守れば、市民は戦争の話を耳にする必要すらない。私たちが奉仕と保護の使命を立派に果たすということは、市民が「対岸」の火事を考える必要すらないようにすることで、たとえ帰還しても内面で吹き荒れている戦火に市民をさらさないことだ。そのためには、戦争について何も語らないのが最も効果的だ。「ご奉仕感謝します」と市民に言われたら、笑顔でうなずき、「どういたしまして」と言うのだ。

ご奉仕感謝します、と言う市民は、私たちの奉仕が過去だけの話でないことに気づいているのだろうか？　おそらく、ほとんどの人は、過去の奉仕、つまり派遣中や在軍中の任務に感謝を示しているんじゃないだろうか。だが軍隊に入隊することは、一生涯の奉仕を意味する。だから感謝の言葉をかけるなら、復員軍人が戦争体験を語らないおかげで、まさにその場その瞬間に大いなる庇護を受けているという事実に対し、感謝するべきなのだ。

もちろん、入隊のときに以上のような説明はない。その部分は、魅惑的な採用動画には収録されていない。そして、たとえ採用動画の通りにすべて事が運んでも――戦争に備えて訓練し、戦争に行き、戦争を愛し、危機的状況を愛し、人を殺すことさえ愛し、その行為により男らしさや愛国心を感じ、情熱がみなぎり、血液中を男性ホルモンが駆け巡っても——つまり殺人に悔恨の念を抱かず、また、さすがに考えにくい展開ではあるが、殺人に悔恨の念を抱かないことに悔恨の念を抱かなかったとしても、軍人たちはそれを永久に偽らなくてはならない。市民をすべての脅威から守るためには、自分の見たことやったことはもちろん、それに対して抱いた感情も偽る必要があるのだ。これ以上重大な嘘はない。市民を守ると誓うなら、市民を爆弾と爆弾の恐怖から守るだけでは不十分だ。日々、一般社会に溶け込みながらも持て余している密かな知見を、悟られないようにしなくてはならない。人は、想像しうる限りの残忍な行為ができる生き物だという事実を。それどころか、実際には想像を超える残忍な行為ができる。しかも残忍な行為をした本人が、その行為を恥じていない場合もあれば、むしろ楽しんでいる場合すらある。そして、誰かが今も死なずに日々仕事に通い、子供をもうけ、夕飯を食べに出かけられるのは、ひとえに、隣に座る人間が何か残忍な行為をしたおかげだったりすることもある。そうやって、家族や友人を守るために過去に残忍な行為をし、その行為を楽しんでいることに気づいた当人は、怪物であることを自覚しながら夕飯を供にし、怪物が人間を破壊せずに人間界で暮らしたりできるのだろうか、と悩む。そして真実を知らされず守られている人たちに、羨望のまなざしを投げずにはいられなくなる。真実をつゆほども知らないとは、なんと気楽なことか、と。

ベテランズトレックによって、私とアンソニーは一歩間違えれば協定破りになる、ぎりぎりのラインを渡り歩いた。資金調達キャンペーンは、復員軍人の苦悩を和らげたいと純粋に願う人にとっては、念願を叶える機会となった。しかし同時に、戦争の舞台裏を知りたくない人にとっては、脅迫となった。自覚はないかもしれないが、私たちへの寄付は口止め料だと、後者の人々は心得ていた。自分たちの助けや支援がなければ、復員軍人たちが封じ込めてきた心の闇がすべて一気に噴出する、と分かっていたのだ。路上生活や依存症、失意、自殺といった問題が、アパートや家や車や学校のドアをこじ開け、続々と姿を表す。1日に20人だった復員軍人の自殺数は、1日に200人へと跳ね上がる。そうなったら、もはや見過ごせなくなる。知らぬが仏だ。

＊

世の中には、「抹茶ラテを、熱め、ヴェンティ、1ポンプ、ノンファット、抹茶パウダー6スクープ、ノーフォームで」と注文して、それが95℃をわずかに下回る温度で提供されるとイラつく人種がいるのをご存じだろうか。その人たちだって、仮に暗黙の協定となっている沈黙が破られ、復員軍人が戦争について語り出すようなことがあれば、そんなことでイライラする余裕はなくなるだろう。重大な真実を目の当たりにして、ドリンクのカスタマイズなどどうでもいいことだと気づくだろう。イラクの反乱軍が民間人の一家を拉致し、「目の前で妻子を殺害されるのと、自爆するのと、どちらがいい?」と家長に迫る事案が頻発していると知れば、無知という名の贅沢なぬるま湯には二度と浸っていられなくなるだろう。知らないでは済まない事実を知れば、コーヒーを飲んでも——熱いぬるいの問題ではなく——前と同じ味はしないことだろう。

集まった寄付金は、協定を尊重し沈黙を守る私たちへの報酬だった。戦争の重荷を自分たちで背負い続けてくれ、という人々の願いだった。戦場で見たことを決して明かさないでほしい、という訴えだった。どうかこのお金を受け取ってください。どうぞお大事に。他の復員軍人のみなさんのことも、よろしくお願いしますね。あなた方の回復を願っています。そうでないと、あなた方は壊れてしまうし、あなた方が壊れたら私たちまで道連れになってしまいますから、ということなのだ。

ベテランズトレックの資金調達を目的としたIndiegogoのキャンペーンに寄付してくれた人は、66人いた。その大半は復員軍人だった。残りの一握りの人が、私やアンソニーに従軍中の体験をちらとでも尋ねることはなかった。人助けをしたいと思いつつ、無意識に、自分の手を煩わせないでほしいと望んでいたのだ。真実を奥深くに閉じ込めておいてほしい、一生知りたくない、と必死だったのだ。

*

旅の計画を始めて1カ月ほど経ったある日、私は何の前触れもなしにイーサンに電話をかけた。

「トミー・ヴォス！」イーサンは驚きの声を上げた。その声は、雪を溶かす春の暖かさに満ちていた。「うまくやってっか？」

「どんな感じかなと思って電話したんだ」と私。「相変わらずめっちゃ寒い。でもあったかくなってきてるよ」

「へー。俺今外だけど。半ズボンにトレーナー！」そして18回目に違いないセリフが続く。「さっさとカリフォルニアに来たほうがいいって。いつも言ってんだろ！」

「そのことだけどさ」と私は言った。

「んん？」とイーサン。

私は言い淀んだ。言いたいことがあるのに、どう伝えたらいいのか分からなかった。

「カリフォルニアに来ないかって話だけどさ……ええと、だからさ、」と、ようやく声を絞り出す。

「うん、だから？」

「行くよ、そっちに。でも歩いていく。だから少し待たせることになるけど」

「まじで？」

「ああ」と私。「流れで話が膨らんでさ。トレックがいいんじゃないかってことになったんだよ。今は資金やら何やら集めてる。俺と、もう1人、イラクの自由作戦の経験者でね。世間も注目してるみたいだ。ヒッチハイクもなし。全行程を自分の脚だけで歩く。それでさ、今、旅行で使うものを色々集めてるんだよ。俺に貸せるリュック持ってたりしないか？」

「トミー・ヴォス。よーく聞けよ。キミに貸せるリュックがある。しかも、送ってやる。今日送ってやるから、まかせとけ」

「助かるよ」

「ぬか喜びすんなって」とイーサンは冗談めかした。「貸すだけだっつーの。俺のなんだから、ちゃんと返してくれよ！」

「了解」。ふっと笑みが漏れる。「歩いて返しに行くさ」

「決まりだな」とイーサンが言った。

トレックの勢いに乗って援助や支援を受けるうちに、長い間頭の中で流れていた自殺をそそのかすテープに、少しずつ変化が現れた。私にとって、自殺場所を探すことはすでに日常となっていた。たとえば橋。高架交差道。そしてどこまでも伸びるうら寂しい幹線道路。しかしトレックという未来が生まれ、４３４５kmに及ぶ空間と空に名を呼ばれるうちに、私の目に映る橋と高架交差道と幹線道路が、徐々に姿を変え始めた。もはやそこは、命を絶つ場所には見えなかった。春が夏に近づくにつれ、ますます未来あふれる地のように見えてきた。まるで希望の灯だった。「もうこんな思いをしないで済む世界」はこっちに――この世に、きっとある、と思えてきた。死以外の選択肢もある。死ななくても心安らかになれる日がいつかきっと来る。そんな可能性を、感じていた。

15　遭遇

ベテランズトレック開始の1年前にあたる2012年夏、アンソニーはウィスコンシン大学マディソン校で、ある研究に参加した。そしてその研究の一環で、戦争で負ったトラウマからの回復を目指す瞑想の実践講座を取った。一緒に受けようよ、とアンソニーから誘われたが、参加を認めてもらうには、まず一連の予備面接を通過しなくてはならなかった。

瞑想に興味はあった。特に、イラクから帰還して、ウィスコンシン大学ミルウォーキー校に通っていた頃は、かなり魅かれた。瞑想で戦争体験から立ち直れると本気で考えているわけではない。どちらかといえば、趣味として試しにやってみてもいいかな、程度の感覚だ。ブラジリアン柔術を習ったり、ウクレレを弾いたりするのと同じ乗りだ。でも、と私は考える。これまで瞑想について学びを深めようとしたことは何度かあったが、いずれのときも、あまり成功したとは思えなかった。ミルウォーキーの瞑想センターで禅僧と座禅を組んだときもそうだ。あのときは、薄目を開けて壁を見つめ、尻の激痛に耐えながら、身じろぎしないようにがんばった。そして瞑想が終わってから、痛いときは動いてもいいんでしょうか、と聞いてみた。すると、

「動いていいに決まってるじゃないですか」と、僧はいら立ちを露わにして言った。それ以上何の説明もなかったので、私は帰った。

後日、ウェブサイトに記載されている開館時間中に、その瞑想センターのドアをノックしたが、誰も出てこなかった。町周辺の他の瞑想センターにも電話したが、誰も出なかった。瞑想への道にまだ未練を感じながらも、「しょうがないな」と思い、諦めた覚えがある。瞑想が魅力的に見えたのは、その東洋哲学的な要素とか、密教的な要素とか、仏教の異質性のためかもしれない。それとも、当時瞑想が流行していたからか。いや、それまで経験してきたカトリック信仰とは違ったからか——どちらも床に座っていた点は同じだが、瞑想センターの床は、小さい頃通っていたミサの床ほど冷たくなかった。だらだらと司祭の話が続く中、ベンチの間に座り込み、トラックのおもちゃで遊ぶか、塗り絵をしていた、あの頃の床ほどは。それに、ミサのお香よりも瞑想のお香のほうが、心地よかった。そして瞑想センターの人々は、めいめい異なる祈りの言葉を唱え、思い思いの大きさの数珠を指先で繰り、自分がつぶやく祈りの言葉の力を信じていた。協会に来ない家族や間違った服を着て来た家族に心の中でダメ出しを連発するのではなく、詠唱に詠《うた》われた安らぎと愛を味わっていた。しかし、誰も玄関に出てこない、誰も電話に出ないでは、お手上げだった。

「その瞑想講座の面接ってどんなことを聞かれるんだ?」とアンソニーに尋ねた。

「何でもかんでもだよ」とアンソニー。「戦争中にどんな暴力に関わったか、人が死ぬのを見たか、全部さ」

ジャックやキャンベル医師の診察を受け、ＥＭＤＲによるセラピーも試し終わった今、イラクの経験をこれ以上語るつもりはなかった。話したって私には効果がない。話したって過去は巻き戻せない。ましてや、大学院生の研究の被験者になって、やつらに囲まれながら一日中色々しゃべらされて、食いつくような真剣な目で「なるほど」なんてうなずかれるのはごめんだ。

「忘れてくれ」と私は言った。「俺はやめておくよ」

しかしアンソニーはやめなかった。不安感をしずめたいときに役立つ特別な呼吸法を習得し、いい感じだと言っていた。ＥＭＤＲと同じく、瞑想も彼には効果があった。なぜ私は他の復員軍人に比べてこういう治療の効果が出にくいのだろう？　何かやり方を間違っているんだろうか？　それとも、人一倍重症なだけか？

＊

講座を終えたアンソニーは、瞑想講師の紹介で、映画プロデューサーのマイケル・コリンズと会った。瞑想講座の感想を聞かせてほしい、とのことだった。マイケルは映画監督としてエミー賞候補作を手掛けたこともあり、『Give Up Tomorrow』（明日を棄てる）という代表作を持っていた。この映画は、殺人の冤罪により死刑宣告されたパコ・ラルニュアーガというフィリピン人男性を追ったドキュメンタリーで、映画が公開されると、フィリピンをはじめ世界中でパコ擁護の声が高まり、パコを刑務所から釈放してほしいとの訴えが相次いだ。その映画と、パコ本人に代わり映画が生み出した支援の輪によって、パコは最終的に死刑宣告を取り消された。マイケルの次の企画では、復員軍人の戦後の社会復帰に焦点を当てる予定だったが、目ぼしい被写体はまだ見つかっていなかった。

インディペンデント映画の制作者は企画を世に出すために常に資金集めに追われている人が多いが、マイケルも例外ではなかった。彼はIndiegogoのようなクラウドファンディングサイトを資金調達の場として、また、他の映画制作者や映画の被写体とつながる出会いの場として活用し、それにかなりの時間を割いていた。そんなある日、ネット動画を見ているときに、私とアンソニーが作ったベテランズトレックの資金調達用の動画を偶然見つけた。そこに映し出されたのは、黒革の安楽椅子、サイドテーブルに置かれた雑誌、『おやすみなさいおつきさま』の本。そして、椅子に腰かけ、戦争を生き抜いた復員軍人たちが死なずに済むよう力を貸してもらえないか、と語る、あごひげをたくわえた大男だった。

「あれ!」とマイケルは言った。「あいつじゃないか!」

そこに映っていたのはアンソニーだった。「はい、瞑想講座、よかったですよ。ええ、瞑想の効果も、多少ありましたね」と言っていた、その男だった。

マイケルはアンソニーにメールした。私のことを覚えていますか? 今、復員軍人を題材にした映画を制作しているんです、と。それでアンソニーから私にメールが来た。気がつくと、実家の居間にはニューヨークから来た撮影隊がいて、照明をセットし、子供時代の私の様子を母に聞き、元々はベータ規格で撮影されたはるか昔の私のホームビデオを、大量に持ち去っていったのだった。

16 訓練日

ベテランズトレックに向けた訓練の初日、アンソニーは自家用車の助手席側のドア一面に吐いた。その日、屋外は燃え盛る地獄並みに暑かった。12〜16㎞歩くことがその日の目標だった。本番のトレックでは1日に32㎞消化したいと考えていたので、それに比べたら半分以下の距離ということになる。だから16㎞なら大したことはない、楽勝のはずだった。訓練場所は、アイゼンバーン・ステート・トレイルにした。アンソニーの家に近いし、凹凸のまったくないコースだったからだ。というのも、そこは線路を除去して作られたトレイル〔森林や原野などにある自然歩道やハイキングコース〕で、表面はキラキラ光る滑らかなコンクリートで舗装されていた。

16㎞をめざそうと言い出したのが誰だったか思い出せないが、そのペースは私にとってもアンソニーにとっても速すぎた。その結果、私たちは体のなまった競歩者ペアのような歩きを展開した。うだるような熱さの中、ハイドレーションブラダー〔飲料水を入れて運ぶ水袋で、ホースを噛むと水が飲める〕やら、重さ稼ぎの13㎏の米袋やらが詰まったリュックサックを背負い、ハアハアと息を切らしながら、互いに遅れまいとして、がむしゃらに歩いた。6㎞も行かないうちに、日に焼けて真っ赤な顔をしたアンソニーが立ち止まり、音を上げた。

「ここまでだ。もうやめる」

アンソニーは歩くのをやめ、両手を膝に乗せて前かがみになり、肩で息をした。

「まいったな」と言いながら、額の汗をぬぐっている。彼の巨大な足にはすでに巨大な水ぶくれがいくつか吹き出ていた。

「全然だめだな、ぼくら」とアンソニー。

「こんなんで、俺たちどうやったら1日に32㎞も歩けるんだ?」私はアンソニーの隣で体をくの字に折って、うめいた。

アンソニーは悲しそうに私を見て、首を振った。その瞬間に2人とも悟った。トレックの宣伝をしたり、取材を受けたり、ソーシャルメディアに記事を投稿したりするだけじゃなく、トレックに向けて訓練すべきだったのだ。それも、こんな本番2週間前だけじゃなくて。このプロジェクトは完全に公になっていたので、今さら後には引けなかった。そして私たちの体は完全になまっていて、あまりにも準備不足だった。この調子では、6㎞歩くのさえ難しそうだった。

ようやく息が整うと、アンソニーはTシャツの乾きかけた部分をぐいっと引っ張って手に巻き、その即席の手袋でポケットから携帯電話を取り出した。そして奥さんのホーリーに電話して、迎えに来てほしいと頼んだ。ものの数分で、ホーリーの車が現れた。小道から見上げた先の、急な坂の上に停まっている。

私とアンソニーは、ときおり地面に両手をつきながら、一歩一歩時間をかけて坂を進んだ。私たちの這《は》い上るさまといったら、まるで山登りをする赤ん坊だった。ふくらはぎは、新しい脚でも出産しているのかと思うほど、陣痛並みにキリキリと痛んだ。

太陽の下から、涼しい洞窟のような車内へと退避したとたんに、アンソニーが熱気から来る様々な症状に見舞われた。

「気持ち悪い」とアンソニー。

「吐きそう？　待ったほうがいい？　それとも走ったほうがいい？」とホーリーが尋ねた。

「ちょっと待ってもらえるかな」

車を止めたまま、エアコンの効いた車内でアンソニーの吐き気が治まるのを待った。

＊

アンソニーの吐き気が熱気のせいだけじゃないことに、私は気づいていた。ストレスのせいだ。数カ月がかりの計画を終えた時点では、準備は万端だと思っていた。特に、道中の食料や水の調達方法など、大事なことはぬかりなく手配してあった。食事に関しては、とりあえずビーフジャーキーとドライフルーツをリュックサックに入れられるだけ入れて運び、不足分は寄付金の残りを使ってガソリンスタンドで安い物を買うか、夜の野営のときに近くで手に入るものを買えばいい。水に関しては、「フレンズ・オブ・ウォーター！」という非営利組織と提携していた。「フレンズ・オブ・ウォーター！」は水を寄付してくれただけでなく、その水をルート上の主要な目標地点に配送させると申し出てくれた。ボランティアが主要な目標地点に行き、水を受け取り、自宅に持ち帰る。それから私とアンソニーがボランティアの家に行くなり、別の地点で会うなりして、水を手に入れる、という算段だった。

夏に入ると、「フレンズ・オブ・ウォーター！」の創設者の意向で、私たちに専属の実習生がついた。各目標地点で水を受け取れるようにしておくことが、彼女の唯一の仕事だった。トレックの開始を控え、私たちは水のことを再確認するため電話をかけた。

「あ、こんにちは！」実習生が――私たち専属の実習生が――はつらつと答えた。

「準備は万端ですか？　ここからロサンゼルスまでのすべての目標地点でちゃんと水をもらえますかね？」

電話の向こうで一瞬沈黙が流れた。

「あ、そのことですけど！」

「何か？」

「あのですね、残りの目標地点にいる知り合いかなんかに連絡を取って、水を取りに来てもらったりできませんかね？」

アンソニーが目を丸くした。「いや、できませんよ」と返す。「それって、この3カ月の間に君がやろうとしてたことじゃないか」

「ああ！　それでですね、今日で、まあ、この仕事も終わりというか、学校がまた始まるんですよね！」と実習生は言った。「なので……」

なので、私たちが水をもらえるのは、アイオワ州内だけということになった。

そうこうしている間にも、私たちのところには復員軍人たちから続々と声が届いていた。そのほとんどは、協力的なものだった。なかには、トレックに参加させてくれ、と頼む声さえあった。しかし残りは、私たちの計画を不愉快に思う人たちの声だった。特に、ウェブサイト経由でメッセージを送ってきた、ある荒らしのことは忘れられない。一言一句覚えているわけではないが、だいたいこんな感じの内容だった。

おい、トム、アンソニー。俺はベトナム戦争の復員軍人だ。お前らの計画は聞いた。いいか、このままトレックを続行するようなヘマしたら、ニュージャージーからミルウォーキーまで飛んでって、お前らが歩けないよう抗議してやるからな。絶対にだ。そのときは、俺1人じゃないぞ。覚えとけ！

ベテランズトレックの初日は、ハーレーフェストの開催期間中で、その時期は何万人ものハーレー乗りがアメリカ中からミルウォーキーへと押し寄せる。ということは、と私は想像した。ニュージャージーから来た名も知らぬしわ顔の復員軍人が、拡声器に向かって口をパクパクさせ何やら威嚇的な文言を叫ぶが、その声はホグ〔ハーレー・デビッドソン社のオートバイの愛称〕の轟《ごう》音にかき消される——ある意味滑稽な絵ではあった。しかし、メッセージを読んだ私は動揺した。

戦争の傷を癒やさなくてはならないんです、と言うとき、どうも私は——意図的かどうかは別として――すべての復員軍人が戦争の傷から立ち直る必要がある、と言っていたような気がする。トラウマを認め、正面から対決すると決めた私。私と並んで歩き、心の闇と向き合うと決めたアンソニー。水問題はまだ完全には解決できていなかった。訓練の出だしでつまずいて、肝心の歩きの部分さえも課題になってしまった。しかし、私たちは癒やしに最善を尽くすと決めていた。とにかくやるだけやってみようと心に誓っていた。

でも他の人たちがまだ回復を決意できていないとしたら、どうだろう？ 私がついに自分の魂の傷と向き合ったとき、まだ心の準備ができていない人を全員退けることになったら？ 自分を取り戻そうとがんばれば、復員軍人界に背を向けることになるのか？

ホーリーが丘の頂上からゆっくり車を発進させたそのとき、アンソニーの昼食――と、訓練には2～3週間もあれば十分だろうという希望的観測――が車内のドアに当たり、砕け散った。

17 「英雄」の送別

演壇に上がりマイクを微調整すると、150人分の顔がこちらを向いた。微笑みを浮かべている人。真剣な面持ちの人。プログラムで顔を扇いでいる人。そして、感極まって涙を流している人もいた——私の両親と、姉貴と、叔母のポーリーだ。4人は、今目の前に、私が生きて立っていることに涙していた。私が海の向こう、イラクにいた頃のクリスマスを思い出し、涙していた。それはおふくろが大量のクッキーを——その年に自宅前を通った車の台数と同じ数のクッキーを——焼いたクリスマスだった。当時は、車の音が近づいてくるたびに、そのタイヤがいつ家の前で止まり、クラスAの制服をまとった死傷者通知官が下りてきて、艶を放つブーツがわが家の曲がりくねったアプローチをザッザッと進み、玄関にたどり着き、家族を生涯再起不能にするかと思うと、気が気でなかったそうだ。4人はさらに、私の肉体は帰ってきたのに、確かに存在した愛しい部分の私が帰ってこなかったことに、涙していた。そして——おふくろに限った話だが——私も姉貴もまだ独身であることを憂いて涙し、一堂に会した親戚友人を見渡して、「今日ほどわが子の結婚式に近い体験をすることは、もうないでしょうねえ」と悲しげに言った。

聴衆も涙していた。もしかしたら、失われた私がとうとう戦地から帰国することになったからだろうか。その前に、その片割れを探しに出なくてはならないことは言うまでもないが。

会場にはアンソニーの家族もいた。そしてキミーも。キミーは住まいも職場もボストンだったが、この日たまたまこの街に来ていた。親族席の一団から離れた後方の席で、黒いサングラスをかけ背筋をぴんと伸ばして座っている。キミーの背後には、ミルウォーキー市長のトム・バレットと、前夜に電話で取材を申し込んできた記者と、ミルウォーキー郡長のクリス・エイベリが立っていた。エイベリは、ベテランズトレックを支持し、私の元職場であり、アンソニーの現在の職場でもある非営利組織に、ポケットマネーから約100万円を寄付してくれていた。もし私とアンソニーがカリフォルニアまでたどり着けたら、もう100万円寄付してくれる約束だった。熱気に包まれて立つ彼の横には、市長をはじめ、市随一の有力者たちが勢ぞろいし、その全員がボタンダウンシャツやらスーツやら、32℃の気温に不釣り合いな服を着込んで、ぶっつけ本番の私のスピーチが始まるのを待っていた。

＊

時は2013年8月31日。ベテランズトレックの出陣式の日——アメリカ横断徒歩の旅の始まりだった。旅の出発地はミルウォーキー郡ウォーメモリアル。私の故郷にある、古今の復員軍人を称える記念館だ。その日の朝の、出陣式が始まる数時間前、私は記念館の張り出しでできた日陰に座っていた。木綿のTシャツは汗にまみれ、目は青い湖と銅像の軍靴の間を移ろっていた。淀んだ熱気の中で、演壇の真正面の空席が、1つ、また1つと亡霊たちで埋まっていった。ディアス軍曹とクラーク軍曹。同じ小隊だったルーク。彼の頭部には、自ら撃ってできた穴がぽっかりと口を開き、熱気の中で黒光りしている。やはり同じ小隊だったマックスの亡霊は、家族に発見されたときと同じ安楽椅子の幻影に身を横たえていた。空き椅子の隙間に無理やり押し込まれた彼の姿は、私にしか見えなかった。4人の霊は、期待のこもった目で私を見つめてきた。どうも、はるばるカリフォルニアまでついて行くつもりらしかった。

「チェック、ワン、ツー、スリー。マイクチェック、チェック、チェック」

マイクテストにはどこか、「出だしの言葉くらいは考えておいたほうがよかったんじゃないか」と話者に気づかせる力がある。

「おまえは何話すんだ？」私はアンソニーに聞いた。

アンソニーは、泣いている1歳半の娘のマデリンをあやしていた。1歳半でしかありえない汗ばみ具合とべとつき具合だった。

「助けてくれたみんなにお礼を言うだけさ。寄付してくれた方々に感謝します、今日この日を迎えられたのはみなさんの支援のおかげです、みたいなこと」とアンソニーが言った。

「じゃあ俺は何を話せばいいんだ？」

ぎゃーっとマデリンが泣き叫んだ。一緒に泣きじゃくれたらどんなにいいか、と私は心の片隅で思った。私たちはこれまで何カ月もかけて、旅の資金調達と啓蒙活動をしてきた。その私たちの呼び掛けに、州中の人が、いやアメリカ全土の人が応えてくれた。ついに旅立ちの日を迎え、盛大な見送りの栄誉にあずかっている今、みんなが期待しているような英雄になれたらいいのに、と願わずにはいられなかった。みごとなスピーチを決めて、カメラに囲まれて微笑めたら、と。しかしそうはなれない原因があった。多くの復員軍人に共通する事象だが、私は自分が英雄だとは思えなかった。ちっとも思えなかった。

聴衆が徐々に着席していく間、私とアンソニーは演壇の下手《しもて》に立っていた。ネイティブアメリカンの霊性思想を通じて癒やしに至ったベトナム戦争の復員軍人が、スマッジング〔セージなどのハーブを燻して身や空間を清める伝統儀式〕を施すために、セージを持ってきていた。後ろメッシュのキャップをかぶり、首に部族関連のアイテムとおぼしきペンダントをまとった彼は、セージの小束に火をつけ、それを揺らし始めた。煙が、私たちの足や背中や頭上にふわりと漂ってきた。静かに目を閉じた。鼻にツンとくる土っぽい香りの煙が、あごひげと服にからみついた。過去の浄化と道中の幸運を願い、彼は祈りの言葉をつぶやいた。カトリック教徒の私の親族は、カトリック以外の儀式を見せつけられて、若干気まずい思いをしたかもしれない。それとも、セージの煙は、ミサで焚くお香のようなものだと解釈しただろうか？　煙の熱とその日の熱気は、まるで高熱にうなされているときのように過去の苦痛を遮断し、まるで心の隅々にまで焼き鏝《ごて》を当てるように、苦痛を焼き止めてくれそうな気がした。

*

演壇に上がり、聴衆を前に自己紹介をする時が来た。目元の汗を拭《ぬぐ》う。気温があと5℃ほど低かったらよかったのに、と思う。頭の中で冒頭のセリフを2～3ひねり出してみる――私をご存じない方々へ。これが私です。というか、私の残骸、と言ったほうがいいかもしれません――。満席だったので、クラークとディアスの霊は演台に立つ私の横にぴたりとついていた。首の後ろを汗が伝った。65℃かと思うほど暑いが、10℃だと思い込めば楽になるかもしれない。

口を開いたら、言葉が衝《つ》いて出た。

「えー、私たちが今こんなことをしているのは、自分たちのためだけじゃありません」と、私は切り出した。

自分たちのあるべき姿と、実際の姿に折り合いをつけるためだけじゃありません。声なき復員軍人たちを追悼するためでもあるんです。闇にこもっている復員軍人たちを、二度と戻らない復員軍人たちを、偲ぶためでもあるんです。

そう話していると、映画の回想シーンなんかで一瞬だけ昔の場面が映るときのように、コンマ何秒かの間、現在から過去へと景色が飛んだ。涼しい風でも吹いたのか、肌が乾いている。肩には、クラークとディアスの手がかかったような感触が残っていた。ちょっと待て。今、青い空の色が、変わらなかったか？

「あまりにも早く逝ってしまった人たちのためでもあるんです」。なんとか言葉をつないだ。きゅるきゅると、のどがひとりでにすぼまっていくような気がした。

「ここで少し黙禱《とう》の時間を取れたら、と思います」

過去に思いをはせる沈黙は、死が去来する沈黙でもあった。その果てしない沈黙の間、私の頭は、ただただ逃げ出したいという思いでいっぱいだった。動きだす必要があった。そうでないと、永久に立ち尽くすことになる気がした。クラークとディアスがたむろする沈黙の世界に吸い込まれてしまいそうだった。しかし、友人や家族をはじめとする亡き人たちは、いっとき思い出し、思い出されるに値する人たちだ。聴衆が私に望む英雄像は、彼らにこそふさわしい。だから彼らのために、その間を取った。地面に視線を落とし、10℃の涼に意識を集中させた。10月のミルウォーキー。1月のサンフランシスコ。そして、真冬のイラク、モスル――。

＊

1組の素足が、通りのほこりを舞い上げている。それは、落ちているガラスの破片を感じないくらいに、硬化していたに違いない。やがて足は走り出し、私たちの車両へと突進し始めた。何らかの目的に突き動かされて、一心に向かってくる。

「ざけんなよ」イーサンがささやいた。寒々しい灰色の空の下で、イーサンの構える武器がぎらりと光った。

私とイーサンが見たのは、同じ足だった。思ったことも同じに違いなかった。

近隣住民の汚水が大量に溜められた臭気漂う不浄な場所の横を、私たちの車両はバシャバシャと進行した。もう臭いは感じなくなっていた。

ガガッという音とともに、誰かの無線に指示が入った。

「止まれ。その場で待機。待機だ」

車両隊はきしみながらゆっくりと停止した――こんな所で止まるなんて、攻撃してくれと言っているようなものだ。私とイーサンは砂ぼこりの先に目を凝らした。月曜日の午前9時を迎えた180万都市には、昨晩のドルマの排水と1組の足以外、生命の兆候を示すものは何もなかった。私たちの旅団がいるだけで、10ブロック圏内は無音の交響曲に満たされていた。それは、市民たちがおびえて身を潜めている音。憎悪ではらわたを煮えたぎらせている音。ちゃちな金属製ドアの向こうにある寝室で、人目を忍んで愛と爆弾を生産する音だった。そこに隠れている人たちが銃弾の破片で首を切られることがないよう、シャッターは閉じられていた。この場所では、結構な確率で死が約束されている。

その足は子供から生えていた。砂ぼこりから姿を現した少年が、幽霊のようにこちらに漂ってくる。だんだんとそばに寄ってきたそのとき、イーサンが安堵のため息を漏らした。あまりにも幼い。あと1~2年はしないと、反乱軍に雇われることはないだろう。あと1~2年はしないと、彼を見て私たちが車内に飛び降り、先制射撃を受け、「接敵!」と叫んで応射することはないだろう。結局その日、そして翌日からの数日間いや数カ月間、少年の中に認められた脅威といえば、底なしで猛烈な――殺気めいたものさえ感じるほどの――砂糖菓子への欲求のみだった。

私は対空警戒ハッチから車内へ飛び降りた。照明を落とした車体に入ると、大量のヘビーブーツをまたぎ、泥がこびりついたユニフォームの脇を通り、噛み煙草で出た唾液の跳ね返りをよけ、水が入っていた使い古しの瓶めがけて流れ込む温かい小便をかわし、後部ランプドアを開ける留め金をはずした。外に出ると、香りの飛んだ煙草の「パインライツ」の先端で、兵卒のライターの火がちらちらと揺れていた。まるで熱線追尾ミサイルのように、少年の足が近づいてくる。

「カル！」私は、私たちの装甲車の前に止まっていた第3班のストライカー装甲車の後部ランプを叩きながら、声を張り上げた。私たちの装甲車には、8つの車輪と、2つの潜望鏡と、1つのコンピューター系と、1つの気圧機構と、あと2時間きっかりで交換するかもしれない1つのエンジン機構があった——が、空調はなかった。私の無線機からひび割れ音が聞こえると同時に、後部ランプがゆっくりと下がった。汚物臭の漂う空気に、汗の臭いと不機嫌な疲労感がにじみ出た。カルがこちらにちらっと目配せした。口にしなくても、その意味は分かった。なんでこんな所で止まったりすんだよ、と言いたいのだ。

「砂糖菓子を投げてくれ、カル」

私は、しわのくちゃの包みをあごで指し示した。それは私たちの間では「ばあちゃんの砂糖菓子」の呼び名で親しまれていて、砕けたペパーミントキャンディーとドラジェが詰まっていた。海の向こうから送られてきたもので、日が経っていたので、他に食べたがる者はいなかった。

「なんだよ、ヴォス。あれは俺のだぜ！」カルはニヤッとして、包みの近くにあったチョコバーをつかんだ。

カルは目鼻立ちの整った好青年で、これぞアメリカ人と言いたくなるような、どこか懐かしい雰囲気を漂わせていた。見た感じは、イラクの自由作戦の兵士というより、第2次世界大戦の兵士に近かった。唇の片端を上げる得意げな笑みさえなければ、私は19歳の彼が放つエネルギーを、あやうく健全性の現れだと勘違いするところだっただろう。そして生き延びるのに私があれほど必死でなければ、彼がじっちゃんを彷彿とさせることに気づいていたかもしれない。日本から硫黄島を奪取しようとして敵陣の背後を這《は》っていたときのじっちゃんは、あんな感じだったんじゃないだろうか。強くて、自信満々で。敵が明確な任務を、まっとうできると信じて疑わなかっただろう。もちろん激しい恐怖に襲われはするが、きちんと訓練を積んだという自負でその恐怖を克服し、日本側の要地を一掃し、島を征服し、生きて戦争の終結を迎えることができた——もっとも、そのときは胸部吸込創《すいこみそう》を負い、浜で山積みの死体の隣に寝かされていたが。ああ、そうだ、あれほど生き延びることばかりに気を取られていたのでなければ、カルの笑みにじっちゃんの面影を見ていたかもしれない。人の役に立っていると自覚している者は、ああいう顔つきになるのだ。それは、はっきりした目的意識があり、自分はこれから英雄になるのだと自覚している者の顔つきだ。そして、ゲリラ戦の兵士には、とても維持し続けられない顔つきだ。ゲリラ戦では、民間人に扮した敵がそこらに潜んでいて、誰と何の目的で戦っているのか、確信することは決してないのだから。

「おまえのチョコじゃないって」と私は言った。「ばあちゃんの砂糖菓子だよ」

カルがいる装甲車の後部乗員室に身を乗り出したとき、迷彩柄のユニフォームの帆布を、小さな指にきゅっとつかまれた。振り返るな。目を合わせてはだめだ。目を合わせてはだめだ、絶対に。カルが袋を投げつけてきた。あやうく足の主によって横取りされるところだったが、なんとか空中で袋をひったくった。と、うっかり少年と目が合ってしまった。大きな茶色い眼球が、まっすぐに私を見上げていた。少年は真顔で無言だった。顔は土で汚れ、髪は泥で固まっていた。その不潔な顔に、不快感がこみ上げてきた。

次第に通りの静寂が失われ始めた。ドドッという地響きとともに、さらに数人分の足が、セロファンが開封される可能性に向かって、まっしぐらに走ってくる。続いて、「ミスタッ、ミスタッ！」というかすかなつぶやきが、「ブーブレイ、ブーブレイ」という、岩のように固い風船ガムを求める必死の嘆願に変わる。子供たちの群れが――ふだんなら、どの街でも代わり映えしない服装で、破けたTシャツにぶかぶかの灰色の上着をはおり、私たちの車両の後ろを練り歩きながら、愚痴り、石を投げ、愚にもつかない罵り言葉を浴びせてくる集団が――、酔って明け方を迎えた後クラブに繰り出す人のような足取りで、通りに転がり込んでくる。ルートビアバレルと、古くなったバタースコッチをもらえるかもしれないと思っているのだ。それはあまりにも甘い誘惑で、自動車爆弾の脅威があれども逆らいがたかった。

「ミスタッ！　ミスタッ！」

「ブーブレイ、ブーブレイ、ブーブレイ！」

私はパレードの支配者だった。袋からばあちゃんの砂糖菓子を――手袋をはめた手で可能な限りの量を――ざっとすくい取った。菓子がバラバラと地面に降り注ぎ、ひょろ長い指が私のブーツの間にサッと伸びてきて、菓子をひったくった。私は背後に向けて菓子の雨を降らせた。２度、３度と繰り返す。あの小さな少年は、他の子供たちに押し出されていた。彼はあまりにも小さく、他の子らはあまりにも手が速かった。少年を助けたいと思った。関わるな。関わってはだめだ。子供たちの目を見てはいけない。視線を交わしてはいけない。相手は、あと1年経てばおまえを殺すかもしれない子供たちだ。明日にでも自分が殺すかもしれない子供たちなんだぞ。

私は子供たちにキャンディーダンスを踊らせた。武器を右肩に吊して、腰を左右に振って見せる——腰の右側を上、左側を下にし、次は逆に。砂糖菓子が欲しいか？　なら踊れ。今週はあまりにも死体をたくさん見すぎた。キミたちが奪うさだめにあるすべての命のために踊れ。ついこの間俺たちを爆破しようとしたキミたちの同胞のために踊れ。何食わぬ顔で踊れ。明日にも反乱軍に雇われて私たちを殺すなんて、つゆほども思わず、つゆほども思われていないかのような顔つきで。

「おい」と私は言った。「見ろよあれ！」

私を真似て腕を振り回している少年がいた。他にも、傍観する友人の横で腰を激しく揺らす少年がいた。踊る子供たちを見て、私とカルは笑った。乾いた笑いだった。イーサンは上部のハッチから見物していた。そうすることで、私たちは自分を慰めようとした。いや、コントロールできない場所にあるものをコントロールできると錯覚したかったのかもしれない。それとも、子供たちに罰と屈辱を与えたかったのだろうか。砂糖菓子以上のものを——与えてやれないものをねだる彼らが、憎らしかったから。

ダンスの褒美《ほうび》に、もう1つかみ砂糖菓子をまいた。砂糖菓子が地面に落ちる寸前のほんの一瞬だけ、求められているであろう英雄になりきった。砂糖菓子を放った直後、子供たちが空を見上げた、その瞬間だけ。そのとき子供たちの目に映っていたのは、流弾や迫撃砲の砲火ではなく、悦ばしいものが雨あられと降り注ぐ光景だった。私たちのダンスは、戦火から逃げ惑うダンスではなく、喜びのダンスになった。私たちは、その場にいる全員が今にも木《こ》っ端微塵《ぱみじん》になるかもしれないという可能性を、その瞬間だけ、忘れた。

しかし、それはごくわずかの間で、それ以上は続かなかった。相変わらず地面に落下する砂糖菓子。相変わらずねだる子供たち。冬の空を映してきらりと光る機関銃の銃身は、子供の群れにまっすぐに向けられていた。

「砂糖菓子はポケットに入れておくんだ」と私たちはよく言ったものだ。

「ポケットから何も出すなよ。岩も、武器も」と。

「岩を投げつけたら、Ｍ４の銃身の内側を見ることになるぞ」というセリフを、私は何回言ったことだろう。

子供らはそのことを知っていた。私も知っていた。

私は英雄なんかではないのだ。

＊

瞬く間に、私は酷暑の演壇に戻ってきた。子供たち——今は店主か難民か大卒か死人にでもなっているんだろうか——は彼らの居場所であるイラクに帰った。沈黙のひと時が終わった。

「ありがとうございました」としめくくった。

拍手が起こった。視線が一直線に私に注がれた。聴衆は私を見ながらも、私に他の誰かの姿を重ね合わせていたに違いない。硫黄島の丘に立つじっちゃんみたいな誰かの姿を。そして、自分がイメージする英雄——流動的で移ろいやすく、美化しがちな記憶によって代々受け継がれ、崇拝され、理想化された英雄像——に微笑みかけていた。なにしろ、私のことをきちんと見ていて、私の見たものを見ていれば、私が彼らの思うような英雄でないことに気づいていたはずなのだ。

出陣式が終わると、ほとんど全員が会場に残った。まるで、たった今私とアンソニーの結婚式が終了し、披露宴のバーが開くのを待っている招待客のようなそぶりで、だらだらとたむろしていた。椅子に座っている人、立ち話をしている人、そして、戦争の英雄と出発前の握手を交わすために、列に並んで待っている人もいた。

そんな会場の一番後ろにキミーがいた。群衆の中の彼女を、私は視界の片隅に捉えていた。そこに彼女の姿を認めたときから、誰と握手していても、意識の8％は彼女に向けられていた。キミーは私と話すために待っていたが、私のことはもう待っていなかった。ボストンに仕事があり、生活があり、真剣交際している彼氏がいた。きっと、その彼氏が将来は夫になり、子供たちの父親になるのだろう。そしてキミーは息子の母親になるのだろう。

私たちは抱擁を交わした。私は汗まみれのひどい状態だった。すでにだいぶ臭っていたが、ためらうことなくキミーを湿った胸元へと引き入れた。私の体臭を彼女は知っていたから。私を知っていた彼女なら、それを知っていたから。

私はサングラスの奥をのぞき込み、キミーの青い瞳を探し、手に入れられたかもしれない彼女との人生を見つけようとした。しかし見えたのは、私と彼女の間にある、向こう岸を見通せないほど巨大な隔たりだけだった。それは時間によって生じたわけではなく、彼女が獲得したものだった。ずっと無垢でいるために。私たちがかつて持っていた、若さゆえの甘美な無邪気さを、大人になっても失わないために。大人になったら、目標を立ててそれを達成し、旅行のために貯金をして旅行に行き、一家の伝統を受け継ぎ、それを子供たちに引き継ぐために。そして、毎晩のようにぐっすり眠り、酒がふさわしい場面で適量のワインを飲み、死を真剣に意識することは、ついに自分の死を迎えるそのときまで、決してないように。そのすべてを、私が彼女にしか見いだせなかった朗らかさで、実行できるように。

準備はできてる？　わくわくしてる？　どれぐらい時間がかかるの？　こちらはアンソニー、こちらはキミーだ。会えて嬉しいよ。来てくれてありがとう。言いたいことが言えないとき、人はどうでもいいことばかり口走る。私たちの目の奥に、憧れと、愛情と、「あのときああしていれば」という思いと、「ごめん」の気持ちが、どっと押し寄せ、二人の中間地点で合流しようとしたが、熱気に阻まれた。しかしキミーの笑顔を見れば分かった。私たちが……すまない。私たちが共有していたものの中で今残っているものは、懐かしい思い出と、起こりえたのに決して起きなかった出来事に対するせつなさだけだった。

人生に大きな影響を与えたすべての人たちと、ひっきりなしに握手やハグを交わす30分の間、私もアンソニーも汗をぼたぼたと垂らし続けた。日陰にいても気温は37℃あったし、それぞれ40kgのリュックサックを背負っていたので、ただただ早く出発したいという気持ちでいっぱいだった。手を1つ握るたびに、きっとこれが最後の1人だ、と確信していた。歩き始めるまでの1時間ずっとリュックサックを下ろさなかったのは、そのせいかもしれなかった。

リュックサックはとんでもない重さだった。道中で何が起きても対応できるように、必要になるかもしれないものは何でもかんでも詰め込んであったからだ。そんなわけで、私は冬物の服と、軍隊仕様のブーツと、軍隊仕様のゴアテックス素材の1人用テントと、GPS追跡装置と、救急キット丸ごとと、20リットルの水が詰まったハイドレーションブラダーと、小隊全員に配れるほどのビーフジャーキーを持っていた。言うまでもないが、アンソニーのリュックサックにも同じものが入っていた。さながら人間がいるはずのない他所《よそ》の惑星で4345キロのトレッキングを開始しようとしているかのようだった。路傍で支援を求めたところで――靴下を1足くれとか、追加のビーフジャーキーをもらえないかとか言ったって――すんなり応じてもらえる保証はない。このトレックに行くだけで、すでに家族や友達にはさんざん負担をかけている。助けを求めるというまさかの行動に出て、すでに男としても復員軍人としてもしきたりを破っている。ミルウォーキーを出たら、その先は自己責任だ。

戦争の重荷は、私たちが負うべきものだ。だから私たちだけで負う。そうやって国を横断する。自分たちが守ると誓った相手に、負担を軽減してくれと頼むつもりは、微塵もなかった。

18　快適

イラクから帰国したばかりの頃は、他に行く当てもなかったので、両親の家に置かせてもらっていた。寝室を2部屋配したミッドセンチュリー建築の平屋で、狭いながらも居心地のよい家だった。進学のために姉貴が、そして入隊のために私が実家を出ると、私の高校時代に移り住んだ白い屋敷が無駄に大きく、がらんと感じられたそうで、両親がこの規模の家に住み替えたのだった。中2階はおふくろのおなじみの趣味で、カントリー調にコーディネートされていた。暗紅色《バーガンディ》と堅木と油絵とかごをふんだんに盛り込んだ、アットホームの極みのような空間だった。家はほぼ常に清潔だった。なんなら床に落ちた食べ物を拾って食べることだってできたろう。台所には、いたるところにひまわり柄の皿とブルーバードの小さな置物が、ダイニングには、感謝祭とクリスマスにしか使わない瀬戸物とピンクのクリスタルグラスが置かれていた。暖炉の上部空間には、季節ごとに様々な小物が飾られた。たとえば、秋になれば、蝋加工の造花を差した豊饒の角〔ギリシャ神話に由来するやぎの角で、豊かさの象徴として、しばしば角の中に果物や花を盛られる〕が、クリスマスになれば、おふくろが収集していた木彫りのサンタクロース人形が、イースターになれば小さなガラスのうさぎとパステルカラーの卵が現れた。どれもきれいに手入れされ、ほこりを払われ、大変な敬意を込めて飾られていたのは、それがそこに住む家族と家族愛の象徴だからだ。殺風景でモダンな必要最低限のインテリアは、そっけない冷淡な一家という印象を与えるが、装飾品のあふれた暖炉周りと、小物や大切な品が所狭しと並ぶ棚があれば、一家の心が愛であふれていることが分かる。

1階は両親の寝室と、小さめの仕事部屋になっていた。地下室には第3の寝室があったが、窓がないため寝室として扱われていなかった。外界に通じる窓がないのなら、その部屋自体を過去に通じる窓にしよう、とおやじが決めたのだ。そして親族の絵画や写真や思い出の品をそこに詰め込んだ。おやじが自分で調査して書いた鉛筆書きの家系図。じっちゃんが地方裁判所の裁判官の座をかけて繰り返した選挙運動のキャンペーングッズ――「ヴォス」「ヴォスを裁判官に」と書かれた看板やバンパーステッカーやポスター。ボブ・ホープ〔20世紀に広く活躍したアメリカのコメディアン〕と対面するじっちゃんの写真、まだ幼いおやじと、おやじの兄弟に囲まれて、タイプライターの前に座るじっちゃんの写真。裁判所の執務室で使われていた「巡回裁判所、第2課、クレア・ヴォス」と書かれたじっちゃんのネームプレート。じっちゃんが所属していたマーケット大学フットボールチームの1940年代の写真――そこに映る、堂々と誇らしげに立つじっちゃんの、若者らしい大胆不敵な笑みと、まだ戦争を知らない目。窓抜き台紙に、厳選した3枚の写真を納めた写真立て。その1枚は、海兵隊の制服を着たじっちゃん、

1枚は海軍の制服を着た母方の祖父のボブ、1枚は陸軍の制服を着た私だった。他にも、過去から現在までの親族の額入り写真が大量にあった。1980年代初期に夏のフェスティバルで撮った家族写真には、青いベビーボンネットをかぶり、コンパクトベビーカーに乗る赤ん坊の私と、アイスクリームを持ちカメラをキッと見つめる、縞模様のサンドレスを着た巻き毛の姉がいた。写真の多くは年代物で、色褪せと黄ばみが見られ、聞いたことのない人や、一度は聞いたもののもう忘れた人たちが映っていた。なかには、4代前だか5代前だか知らないが、1800年代に撮られた、恐ろしいほどおやじにそっくりな誰かの写真や、不気味なほど姉に似た誰かの写真もあった。

＊

私と姉貴はともに20代から30代にかけて、断続的にその部屋に滞在した。私たちにとっては、その地下室が、学校の長期休暇や、仕事の休暇で実家に帰るときに滞在する場所だった。あるいは、体を壊したり、壮大な計画が頓挫したり、失恋したり、とうとう今度こそ永久にミルウォーキーに戻ろうと決断したりして、実家に帰る必要があるときに、寝泊まりする場所だった。姉貴と私はその部屋を幽霊の部屋と呼んでいた。寝ている間ずっと壁の目に見張られるからだ。その部屋のおかげで、実家に帰ると私は自分の出自を再認識せずにはいられなかった。この家系における自分の位置付けを思い出さずにはいられなかった。そこにある写真を見れば、自分がこの家族の一部であり、一員であるのだと、否応なしに思い知らされた。私は奉仕者一族に生まれついた奉仕者なのだ、と。しかし帰還してからというもの、部屋に入ったとき目に映るのは、私を非難する人たちの顔ばかりになった。あるいは、こっちのほうがもっときつかったが、唯一の理解者になってくれたかもしれない人――魂の傷の癒やし方を見つけた人――でありながら、永遠の眠りについた人の顔しか見えなくなった。

退役したとき、おふくろとおやじが幽霊の部屋を整理して、寝床を作ってくれた。用意されていたのは、その部屋にぴったりの、ベッドにもなる伸縮式ソファに、おろしたてのシーツと暖かい毛布とふかふかの枕だった。帰宅した初日の夜、私は両親におやすみを言うと、寝るために地下室へと下りた。そして、そこにあったすぐに寝られる状態のベッドを見て、しばらく立ちつくした。もう長らく、まともなものとは縁がなかった。手作り料理を食べるのにも、極上の枕とふかふかの羽毛布団で寝るのにも、慣れていなかった。壁に飾られた写真の真下にある、その完璧に整えられたベッドを見たとき、私の経験をおふくろとおやじが理解することは永遠にないのだ、と悟った。温かい食事とふかふかのベッドを用意するくらいしか、2人にできることはないのだ、と。そして、温かい食事とふかふかのベッドさえあれば十分だと――家に帰り、ぬくもりと安心を心と目の両方で味わえば、抜けきらない危機感が中和されるんじゃないかと――2人は信じていたか、もしくは、信じたかったのだ。首になじむ枕でほんの少しでも癒やされてほしいと願う非現実性に、まったく気づいていなかった。地下で寝かせてやれば、気持ちがましになるだろう、と思っていた。少なくとも、親子の心の距離は縮まるだろう、自分が非情で冷酷な人間になった事実を少しは理解してくれているのだと、感じ取ってもらえるだろう、と。

ふと壁の写真を見やった。軍人界の英雄。奉仕者。殉職者。会ったことのない先祖たち。私に命を与えた人たち。私が受け継ぐ血筋の一族。じっちゃんの写真に目を移す。メダルを受け取るじっちゃん。重要な書類にサインをするじっちゃん。重要な公的行事の場で、美しい妻ベティーと並んで立つじっちゃん。戦後、他人の世話になるのはつらかっただろうか？硫黄島で重傷を負った彼に、他の選択肢はなかった――グアム、ホノルル、サンフランシスコ、シカゴの海軍病院を転々としながら半年に及ぶリハビリを受け、やっと歩けるようになったのだ。じっちゃんは、自分を英雄だと思っていたんだろうか？　安全な暖かいベッドに入っても眠れない理由を、じっちゃんなら分かってくれただろうか？　戦争から帰ってきたとき、自分はもうこの家系の一員ではないと感じただろうか？　きっと違う。他のみなも思うように、大義のために立派に戦ったのだ、と思っていたに違いない。どんなトラウマに苦しもうと、それは明らかな敵を倒し、明確な目標を達成するために避けられない重責だったのだ、と。とはいえ、戦う目的を知らぬままに戦うことの意味は――その瞬間の生死をかけて、ただ自分が生き残るためだけに、人の命を奪うことの意味は、じっちゃんには理解できなかっただろう。それに、たとえ理解できたとしても、じっちゃんはいなくなった他の人たちと何ら変わらない――思い出でしかない。壁に掛けられた写真にすぎないのだ。

整えられたベッドを離れ、幽霊の部屋から出て、階段下の地下の床に寝そべった。冷えた固い床が、なじみ深かった。私にとっては、これが快適だ。早朝、魚に餌をやろうと階段を下りて来たおやじは、暗がりで寝転がっていた私にけつまずいた。

19　荷卸し

ベテランズトレックの初日の目標は32㎞歩くことだった。私とアンソニーはウィスコンシン通りを西へと向かっていた。アンソニーのジープに乗った映画スタッフも同行していた。プロデューサーのジェリーが車を運転し、撮影ディレクターのメリッサは走るジープの後部から映像を撮り、監督のマイケルは観光バスの乗客よろしく、乗ったり降りたりを繰り返している。私たちは引きも切らない熱い声援に見送られてウォーメモリアルを後にし、歩道へと入り、リュックサックを背負ってのっしのっしと歩いていたところだった。

「今からジープに飛び乗って、全部なかったことにしない?」とアンソニーが尋ねた。

ボランティアの人たちが笑った。そのうちの2人は、最初の約3㎞を私たちと一緒に歩いた。実は、金銭や旅行用品を寄付してくれた人、道中に宿を提供したいと申し出てくれた人の他にも、一緒に歩きたいと言ってきた人が山ほどいた。その大半は数㎞だけとか、半日だけとか、1日だけ、という話だったが、最初から最後まで一緒に歩きたいという話も相当数あった。私とアンソニーは、当日限りの参加者は受け入れたものの、全行程の参加希望者は1人も受け入れなかった。復員軍人が抱える問題の認知度を上げたいのは確かだったが、実際にトレックをするのは私たち2人に限定しておきたかった。せめて、所々参加する人がいる、という程度に抑えておきたかった。保険や賠償責任の問題が絡んでくるからだ。しかし、一番の理由はほかにあった。映画スタッフや取材班、市長、郡長、トーク番組、対談、Facebookのファンは別にしても、お互い一人きりで過去と向き合う時間を、やはりきちんと確保したかったのだ。それは、地域の支援なくしてできることではないが、四六時中ほかの復員軍人やボランティアの一団に囲まれていてもやはり、できることではない。

わずか5ブロック先で、消防署に寄り、シャツを着替えた。猛暑に白い木綿は暑すぎたので、もっと通気性のよいナイロンに替えたのだ。消防士の心遣いで氷水をもらい、車庫で涼ませてもらった。その先にあった、アンソニーの母校である私立の男子校、マーケット大学附属高校では、300人の男子生徒が沿道に並び、ハイタッチで私たちを送り出してくれた。

ウォーメモリアルからまだ7km も行かないうちに、私はかかとに最初の問題が現れる気配を感じた。今日1日で32km 歩くことになっていて、翌日からもそのペースで135日間歩き続けることになっていて、さらには150人の人々と、数千人のオンラインサポーターと、まとわりつく死んだ軍曹の亡霊たちと、アメリカ全土の復員軍人から、32km(も!)歩くものと期待されている状況においては、水ぶくれは——たとえ米粒ほどに小さかろうと——大、大、大問題だった。

「アンソニー」

「何だい」

「水ぶくれができ始めてる」

「なんともはや」

＊

ウォーメモリアルから7・5㎞の所にあるウィスコンシン州動物愛護協会で、私たちは再び足を止めた（記録をつけていれば気づくと思うが、前回の場所から進んだ距離はわずか……0・8……㎞だ）。サポーターが保冷用の凍らせたタオルを用意して待っていて、私たちが日陰に立つと、その冷たいタオルを、床屋の客みたいに首に巻いてくれた。

さらにほんの数ブロック行ったところで、アンソニーの足が完全に止まった。

「まずい、座らせて」と言う。「吐きそうな感じがする」

2人でブルーマウンド通りの道端に座った。木の下で空嘔《からえずき》するアンソニーを横に、私は、結局ぽこぽこと膨らんでしまった水ぶくれを手当てした。マイケルは超絶にご機嫌だった。出だしで大きくつまずく以上に、おいしい展開はない。撮影隊は私たちの惨状をばっちり捕らえていた。出発地点から8㎞。まだ4337㎞も残っている。

その夜、アンソニーの友人が所有する涼しい車庫で、私たちは水ぶくれと筋肉痛を抱え、途方に暮れていた。結局16㎞しか進まなかった。初日の目標のちょうど半分だ。最後に止まったのは、ウォーワトサにある私の実家から、南に1ブロック離れた所だった。ミネラルウォーターとエアコンの魅力に引き寄せられたのだ。そして私たちは挫折し、ママとパパの家に逃げ帰った――とはならなかったのは、せめてもの救いだった。やはり両親に負担をかけたくなかったので、ウォキショーに住んでいる友人に迎えに来てもらった。サポーターが自主的にその日の宿を提供してくれる場合は、サポーターの家まで送迎してもらうと事前に決めていたのだ。イベントや対談のときも同様に、車に乗せてもらっていいことにしていた。乗るのはかまわないが、必ずトレックを中断した場所まで送り届けてもらい、寸分たがわずその地点からトレックを再開することが条件だった。アンソニーは友人に頼んで箱を1つ手に入れた。私たちはどうしても必要なものだけ残して他はすべてリュックサックから出した。グッバイ、冬物の上着。またな、スノーパンツ。いったい何だってウォーキングポールが要ると思ったんだか。1つ、また1つと取り出すごとに、ずっしりしていた荷物が少しずつ軽くなっていった。余計な荷物はいらない。きっと、運べる量が、生き残りに必要な量だ。残りの物は、なんだかんだで手に入るはずなのだ。

作業を終えると、箱は満タンに、そして私たちのリュックサックは13㎏軽くなっていた。その重量を自力で運ぶのはやめて、これからは、必要なものは必要なときにもらえるはずだと思うしかない。単なるPTSDじゃないトラウマ的な何かのせいでたとえ自己の善意を感じることが困難だろうと、他者の善意はまだ失われていないと信じなくては。きっと、善意さえあればなんとかなる。

20 臨戦態勢

歩き出してから7日目、144km地点に差しかかった頃、私はウィスコンシン州の片田舎のトレイルで公園のベンチに腰かけ、たった今足に止まったスズメバチを見つめていた。マディソン西部に位置するそのトレイルで止まったのは、私の靴下を変えるためだった。毎日32km歩き続ける人にとって、足はかけがえのない乳児同然の存在になるので、おくるみで包んでやり、こまめに布を替えたりよしよしとささやいてやったりしなくてはならない。でも私は足を十分に保護せず、灼熱の太陽と外気に長時間さらしていたため、敵に潜入された。ついさっき破裂した水ぶくれのぶよぶよした水っぽい肌に、スズメバチの棒状の足を突っ込まれたのだ。

先週1週間は、偉大なるウィスコンシン州を横断しながら、尻を叩かれっぱなしだった。やっと、私とアンソニーだけになったところだ。マイケルたち映画スタッフは、ミルウォーキーで私たちの見送りを済ませ、ニューヨークへ引き上げていた。次に彼らが来るのは、私たちがアイオワ州の境界付近に差しかかる頃だ。そこから先は、ルート上の決められた地点で落ち合うことになっていた。私たちの考えていたルートはこうだ。まず、アイオワ州とネブラスカ州を西へ向かって横断し、コロラド州に入り、ロッキー山脈の不屈の尾根にぶつかったら、やむを得ずラトン峠を南下し、ニューメキシコ州に入る。シカゴとロサンゼルスを結ぶルート66はアメリカの高速道路網を代表する道だ。その公式の終端はロサンゼルスのサンタモニカピアとされている。私たちはできるだけ旧街道のルート66に沿ってアリゾナ州へ入り、最終的にカリフォルニア州を横断して海へと到達しようと考えていた。しかし差し当たっては、8月の日差しを浴びながら、ただ黙々と足を交互に踏み出す以外にやるべきことはなかった。

*

ミルウォーキー西端の郊外にある、ウォキショーのキャロル大学を通り過ぎたところで、グレイシャル・ドラムリン・ステート・トレイルへと進路を取った。それは、トレイルという名のトリュフだった。どこまでも平坦な道に、石灰岩の砂利が敷かれ、自転車や、クッションのあるスニーカーを履いた細身のランナー向けに作られていた。最初こそ足が歓喜の涙を流したが、時間が経つにつれ、私たちは再び疲労困憊し、空腹感とのどの渇きに襲われ、そのうえ私は突然の便意にも襲われた——最悪だった。カーブを曲がると、ウォキショー郡立公園の従業員が運転する白と緑のピックアップトラックが目に入った。まるで私たちを探していたかのようなゆっくりしたスピードで近づいてくる。車を止めると、運転手の女性はにっこりと微笑んだ。茶色い髪は後ろできっちりとポニーテールにまとめられ、アイロンしたての制服の襟に、その毛先がかかっていた。

「こんにちは」と私は声をかけた。「次の休憩所がどこか分かりますか？」

「もうすぐですよ！」彼女は顔を輝かせ、安全確認をする客室常務員のような動作で、弧を描くように窓の外へ腕を伸ばすと、トレイルを指さした。

「この先を何回か曲がったら、レストランがあります。あと1・5kmくらいかな。最初の角を右、次を左、次を右。あっという間ですよ」

「ありがとうございます！」と言いつつ、トイレまでの1・5km耐えられるかな、とひそかに考えた。

従業員は笑みを浮かべた。日差しが彼女の歯に反射してキラリと光を放った。まるで歯磨き粉のコマーシャルだ。振り返ったときには、トラックは走り去っていた。

右、左、もう1度右、と曲がって1・5km先まで来たが、レストランはどこにも見当たらなかった。6km先まで進み、こうなったら人前で――白昼堂々とハイカーたちの前で尻を丸出しにするしかないか、と本気で考えたそのとき、やっと目的の場所が見つかった。そこにあったのは、従業員の言葉から想像するような、ハイカーたちがこぞって目指す休憩所のレストランには程遠い、ガソリンスタンドに併設されたみすぼらしい建物だった。トイレにはぎりぎり間に合ったものの、従業員と、そのふざけた方向感覚と、とち狂った距離感を、内心呪わずにはいられなかった。だって、それが彼女の仕事じゃないか。公園内のどこに何があるかを把握しておくことが。

マディソンに到着した頃には、2人の足はゴルフボール大の水ぶくれでいっぱいになっていた。マディソンのニュース局のテレビ取材を受けていたとき、水ぶくれを見てみますか？とアンソニーが記者に聞いた。記者が答えあぐねているうちに、靴下は取り払われ、記者とマディソンの全視聴者に向けて、アンソニーがてかてかした肌を振って見せていた。

「夕飯時のニュースで流す場合は、ちゃんと閲覧注意のテロップを出してくださいね」とアンソニーは言った。

記者は眉をひそめ、鼻のつけ根にしわを寄せた。私たちは引き続き足を引きずった。

＊

アンソニーはあんぐりと口を開けて私のほうに身を乗り出した。私は靴下を替えようと腰を下ろしていた。今いるのは、マディソン西部から西へと伸びるミリタリー・リッジ・ステート・トレイルで、山間部の青々とした田園地帯を縫うように進む、砂利敷のトレイルだった。スズメバチを至近距離から見たことがない人もいるかもしれないので説明すると、スズメバチはミツバチにとてもよく似ているが、ミツバチより細く、どう猛な見た目をしている。毒々しい小さな尻尾のように、尻から針が突き出ているのだ。ミツバチの針はいよいよ刺すというときにしか出てこないのに対し、スズメバチの針はいつでも臨戦態勢にある〔実際には針を体内に格納できるスズメバチの方が多い〕。私の水ぶくれは完全に破裂していたが、足の側面から踵にかけて、橋のように盛り上がった皮膚が残っていた。かなりの大きさだったので、ご丁寧なことに、さっきまで水ぶくれだった部分に通じる入り口と出口まであった。愕然と見つめる私を尻目に、スズメバチは水ぶくれの中へと侵入し始めた。まず、中に入り込めるよう羽をたたんだ。続いて頭から入っていった。6本の足が全部動いている。チクチクとした刺激が伝わってきた。まるで皮膚の中で誰かが小さなピアノでも演奏しているかのようだ。トンネルを通過するのとは具合が違って、内側からぎゅうぎゅうと皮膚を押し上げてくるため、皮膚が引っ張られている感覚があった。このバカ、水ぶくれを掘り進んでるぞ。このままじゃ完全に中に入ってしまう。私は迷った。叩き潰して刺される危険を冒すか、叩き潰さずに刺される危険を冒すか？

「どうしようか？」私はアンソニーに聞いた。

「どうしようかねえ」とアンソニーは言った。

どうしようもなかったので、2人してじっと展開を見守った。あたかも半透明のガラス越しに覗いているかのように、スズメバチの黒っぽい影が、つまり肌の下にある黒と黄色の腹が、透けて見えた。頭が外に出たとき、針はまだ水ぶくれの外に突き出たままで、胴体は私の皮膚の下にあった。信じがたい30秒が経過すると、スズメバチはもぞもぞと出口から出て、飛び去った。

21 チーズ・カントリー

暑さやら、水ぶくれやらで、惨憺たる状況だったが、幸いハチに刺されることなく、引き続きウィスコンシン州を西へと進んだ。やがて、チーズ・カントリー・トレイルという絶妙なネーミングの小径へと舵を取った。この近道を行けばダーリントンの街まで一足飛びにたどり着けるからだ。ダーリントンにはアンソニーの祖父母が住んでいる。そこに行けばきっと、自家製のレモネードをちびちび飲んだり、アンソニーのばあちゃんの手作り料理をごちそうになったりしながら、涼しいくつろぎの夜を過ごせるだろう。しかし、この小径にはそれ以上の魅力があった。アンソニーのじいちゃんによれば、日陰に恵まれているそうなのだ。遮るもののない炎天下からいっとき逃れられるのはありがたかった。

トレイルの初《しょ》っ端《ぱな》で、巨大な岩の間に積み重ねられた野球ボール大の石に足を取られた。それどころか、道端の高く茂る草むらには、見えない石や岩がごろごろ転がっていた。20分歩いた頃には薄々気づき始めたが、この岩は、トレイルのスタート地点を宇宙から見つけないといけないときのために置いてある、単なる目印ではなかった。この岩によって、トレイルが成り立っていたのだ——なぜなら、実はここは、全地形対応車（ＡＴＶ）向けトレイルだった。日陰たっぷりの軽やかな足取りは、その足が時速72㎞で走行中の原動機付きの乗り物であれば可能だろう。というか、そうでなければ、不可能だ。せめて、置いてきたあのトレッキングポールがあれば少しは違っただろうが。灼熱の太陽の下、脱水状態で水ぶくれに冒された私は、アンソニーを見やった。アンソニーは両手をぎゅっと握りしめ、その拳を勢いよく外側に引き離した。「打ち切り」の合図だ。私とアンソニーは汗と敗北感にまみれながら、それぞれ手ごろな岩を選び、腰を下ろした。

次の瞬間、低くうなるエンジン音が近づいてきた。ほどなくして、ATVに乗ったアンソニーのいとこが現れた。輝くような瞳で、ニッと笑う。馬の速度を落とすカウボーイさながらに、がっしりした躯体でATVを操り停止させた。私とアンソニーは、汗を垂らしながら、ぼんやりとその光景を眺めていた。

「様子を見に来たぜ！」彼は快活に言った。「何か必要なものがあれば言ってくれ！」

「過去に戻って、そもそもこんなトレックやめたほうがいいって、自分たちを説得する必要があるね」とアンソニーがうまい返しをした。

「でもトレイルの終点で家族全員待ってるぞ！」といとこは言った。「ほらほら、たったの9㎞じゃん！」

彼に見守られて、私たちはうめきながらも痛む体を持ち上げた。またしゃがみ込んだりはしなかったのを見届けると、いとこは満足し、ATVに乗り込み、エンジンをかけた。

「忘れるとこだった！　これ使えるんじゃないか？」

彼はアンソニーに120㎝ほどの枝を渡した。誰かが木から拝借して、簡易的なトレッキングポールとして使ったのだろう。アンソニーは枝を受け取った。その姿は、とにかく今すぐ寝っ転がりたいと思っていたときに「海を割れ」と言いつけられてがっくりするモーゼのようだった。

9㎞を歩くのに、4時間かかった。アンソニーの足は水ぶくれでひどく腫れあがっていたため、体重を完全にかけることができず、ポール代わりの枝に頼る度合いが増していった。私たちはきっと、障害物競争のコースを前進する90歳ペアのように見えたに違いない。アンソニーのいとこが走り去った1時間後には、アンソニーは手までマメに冒されていた。あまりにも強く枝を握り続けていたためだ。日が沈み、暗がりの石につまずいて転び、私たちはこんなバカげたトレックを決意した日を呪った。

そんな、希望のかけらもない苦痛だらけの惨状にあっても、あと1歩踏み出すことすら不可能な気がしても、私たちに注がれている愛を思うだけで、挫折せずに済んだ。もはや私たちはボロボロで、私たちを愛してくれる人に何を返せるというわけでもないのに、その人たちの愛は、私たちの背中を押してくれた。苦しい呼吸を続ける気力を与えてくれた。耐えがたい残り9キロの区間を導き、アンソニーの祖父母の家まで――彼の祖父が自分の手で建てた家まで――連れて行ってくれた。一歩一歩が拷問だったが、私は次々と迫る岩を乗り越えた。私たちは、絶対に諦めるわけにはいかないのだ。苦痛から逃げるのでなく、苦痛を乗り越えなければならない。ほかに、目的地へたどり着く方法はないから。それに、アンソニーの家族をがっかりさせられないから。歩み続けたい、と本気で思ったのは、帰還後初めてのことだった。

＊

暗闇に浮かぶアンソニーの祖父母の家にたどり着いた。民家を見てあれほど嬉しいと思ったことはなかった。外には、人工落ち葉の吊り飾り《ガーランド》が垂れ下がり、ウンパルンパのかかし人形が、白いフリフリのピエロ襟で出迎えた。中に入ると、キッチンの流しの上にクリスタルガラスのオーナメント――貝殻とヒトデとイルカ――が吊されていて、これから訪れる静かで涼しい夜の眠りを予感させた。壁にかけられた刺繍は、ここが「愛しいわが家《ホーム・スイート・ホーム》」だと保証していた。

荷物を下ろすと同時に、体が室温に反応し始めた。それは、うだるような外気温とまったく変わらないように思えた。アンソニーのじいちゃんは、8月のハロウィンの装飾に耐え、壁掛けの木製ケースにきれいに並べられた銀製のカトラリーに耐え、居間をぐるりと囲む青い花柄の壁紙に耐えていた。しかし、現代的な贅沢に甘えて自分が建てた家の価値を下げるという考えには、どうにもこうにも耐えられなかった。贅沢とは、たとえば、そう、エアコンのことだ。扇風機をたまに使うのはオーケーだった。実際、私たちが寝る2階にも1つあった。それは私たちの部屋の外、廊下の木造部に取り付けられていた。ちなみに部屋の中はというと、2部屋とも、かかしと同じ白いレースのピエロ襟をつけた、アンティークのビスクドールのコレクションであふれかえっていた。

お手製のチーズハンバーガーとフライドポテトで満腹になった私たちは、階段を上って蒸し風呂のようなねぐらへと向かった。

おじいちゃん、とアンソニーが呼び掛けた。扇風機つけてくれないかい？

スティック代わりの枝で手にマメができたアンソニーのことを「軟弱者」と呼んだじいちゃんだったが、このときばかりは私たちを甘やかした。扇風機が回り出し、2階にこもった熱が一気に外へ吸い出されていく。その間じいちゃんはストップウォッチを持っていたとしか考えられない。嘘でも冗談でもなく、3分きっかりしか扇風機を回さなかったからだ。スイッチが切られると、室内は再び外から漂ってくるムワッとした熱気に包まれた。その夜の私の睡眠時間は4時間で、しかも暑さにうなされっぱなしだった。でもどういうわけか——たぶんみんなの信用を裏切りたくなかったからだろう——翌朝には、私たちは再び歩き出した。

＊

こういうことをされては困るんですよ、と警官は言った。目は険しく細められ、眉間にはしわが寄っている。

ついに、ウィスコンシン州とアイオワ州の境界にたどり着いた私たちは、ミシシッピ川にアーチを描く巨大な黒い橋の上にいた。その橋は自動車専用の2車線道路だった。歩行者が通行できるような歩道や路肩はない。そんなわけで、私用車を脇に止めて降りて来たこの非番の警官に、いったいどういうつもりですか、と問いただされることになった。私たちの前には、映画スタッフでぎゅうぎゅう詰めのミニバンが止まっていて、その日撮影ディレクターを担当していたガブリエルが、トランクのドアを全開にしてそよ風になびかせながら理想のショットを狙っていたが、だからといって警官に大目に見てもらえることはなかった。映画スタッフはトレックの間、断続的に滞在する予定になっていた。ニューヨークから、そのとき私たちがいる所へ飛んできて、何日か滞在し、撮影してから帰るのだ。どうも、私たちのいる場所を計算して、あらかじめ滞在場所を考えていたような気がする。おもしろそうな場所や、美しい場所、そして今回みたいに危険な場所を求めて。

私とアンソニーは足を引きずりながらのろのろと歩き――アンソニーの左足は1つの巨大な水ぶくれと化していた――そのペースに合わせて、私たちの前を映画スタッフが、後ろを警官が、じわじわと進んだ。あと少しで橋を渡り終わるというとき、振り向きざまに、猛スピードで迫ってくるセミトレーラーが見えた。積荷がトレーラーよりも出っ張っている。私たちとセミトレーラーが横に並べるだけの幅は、この橋にはなかった。なにしろ、積荷は対向車線におかまいなしにはみ出している。さっさと逃げ出さないと、セミトレーラーにはねられて下の川にドボンだ。

「行くぞ！」と叫ぶと、私は気力を振り絞り、そのときの体力を上回るスピードで四肢を前へ振った。私たちが橋を渡り切ったまさにそのとき、セミトレーラーが轟《ごう》音を立てて通過し、ファーンとクラクションを響かせて走り去っていった。

私とアンソニーがじろりと視線を投げたその先では、マイケル率いる映画スタッフが、たった今とらえた最高のショットに沸き立っていた。

今のちゃんと映画の中で使えよな、と私は心の中でつぶやいた（そして無事に使われた）。

これまでに消化した距離は３２０㎞に満たず、まだ４０００㎞以上の道のりが待っていた。やめたくてたまらなかった。生涯トラウマを認めずに過ごす復員軍人がいるのもうなずける。トラウマが存在しないことにしておけば、対処せずに済む。私たち復員軍人は対処を避けたがる。対処は痛みを伴うから——初期段階では、特に。苦痛から抜け出すときは、最初の１歩が最も苦しいと決まっているのだ。

22　不屈の心

リック・リソワスキーは床に横たわり、銃を頭に当てていた。そこに、妻が来て、彼を発見した。間一髪だった。その日以降、リックは自殺しないという口だけの約束を重ねた。リソワスキー家は絶えず自殺の脅威にさらされていた。リックが妻をどれだけ愛していようと、2人の幼い子供がどれだけ美しかろうと、どうにもならなかった。リックにとって戦後の人生はただただ耐えがたいものだった。なぜなら、彼の中では、戦争はまだ終わっていなかったからだ。

私やアンソニーと同じく戦闘経験者である彼は、兵役に服してから様々な健康問題に見舞われた結果、通常の生活は一生望めない状態にあった。イラクにいた頃は、巨大なバーンピットから大気に放出される燃焼中の化学物質と毒素にさらされていた。バーンピットは陸軍が野外焼却炉として使用していたスペースで、様々な物を処分するために、大量の廃物の山がそこで燃やされていた。たとえば、医療廃棄物や残飯、銃弾、石油、プラスチック、ゴム、化学物質、アルミニウムの缶、金属片、そして人間の糞便も。また、リックはイラクにいる間に何回も「吹き飛ばされて」いた。つまり、爆発が起きたとき、その渦中にいたか、すぐ近くにいた。リックが様々な疾病を併発している原因は、そうした爆発の衝撃波に対する身体反応かもしれない、と医師とリックの家族は考えていた。今はコロラド州モニュメントにいて、イラクのバーンピットや爆弾から1万km以上離れているにもかかわらず、彼の体はそれを忘れられないようだった。もうもうと吹き出す黒い煙。くすぶるタイヤ。のちに大気となり肺に入る、ひしゃげて丸まったペットボトル。自動車爆弾の激しい爆発音。すべて、細胞に染み付いていていた。

8年間の国への奉仕を終えた今、リックはほぼ毎日ベッドで過ごしていた。いくら水分を摂っても、その水分を自力で維持することはできず、鎖骨下の動脈に恒久的に点滴を刺し、毎週水分補給の注射を打たなくてはならなかった。もうトイレで排便することもなかった。小腸の人工肛門に袋が取り付けてあり、そこに排泄物が溜まるようになっていた。

退役軍人省によると、バーンピットへの露出または兵役に関連するトラウマにより特定の健康問題が生じたと証明するには、リックのような症状は「不適切または不十分」だという。バーンピット関連の症状は一時的なもので、バーンピットから離れれば治まる、リックのような人たちがなぜそのような症状を抱えているのかについて、証明できるような原因は存在しない、のだそうだ（参考：Public Health, "National Academies Reports on Burn Pits," US Department of Veterans Affairs, February 28, 2017, https://www.publichealth.va.gov/exposures/burnpits/health-effects-studies.asp）。あくまで私の主観だが、退役軍人省の姿勢からは、リックが直面しているような問題は戦闘で過ごした時間によって生じたものではありえない、との主張が読み取れる。

＊

多くの戦闘経験者がたいてい鬱を患っているように、リックもそうだったに違いないし、彼の場合は健康問題も重なっていたので事態は何倍も深刻だったが、それでも彼は闇の中で手を伸ばした。そしてFacebookでベテランズトレックを知り、私たちのフォロワーの一人となった。私たちには4000人のフォロワーがいた。その大半は復員軍人か復員軍人の家族で、トレックの最新状況がアップされると、全員がすぐさま励ましのコメントやリアクションの絵文字を送ってくれた。そして自分の市やその近郊に私たちがいると知ると、それ以上の早さで、うちの客室に泊まりませんかとか、ソファでよければ寝ていいですよとか、野営にうちの庭を使ってくださいとか、お金はこちら持ちでホテルに泊まってください、と言ってくれたサポーターたちもいた。

リックがFacebookで見たのは、アダムとパッティとジャッキーとロンとパトリックとジェーソンとサラとシムとロブとタイラーとマットとライアンとアーロンとビルとリンダとシャロンとブラクストンとデブとマイクとエリックともう1人のマイクとジムとカーリとアランからの、宿泊場所を提供したいという書き込みだった。さらには、私たちを追う人、GPSで経路を追跡する人、復員軍人の日の祝典にぜひ出席してくださいという人、ボーイスカウトの一団を前にスピーチをしてくれませんかと頼む人、暑い日も雨の日も雪の日も、何kmにもわたって一緒に歩く人、沿道にゆっくり車を停め、歩行中に食べられるようにとバケツ入りチキンを差し出す人の姿だった。まあトレックにはサンドイッチのほうが向いていたかもしれないが、請う者えり好みするなかれ、だ。

私とアンソニーは、怒涛の日々に追われながらも、なんとかアイオワ州を超え、ネブラスカ州へと入った。基本的に1日に32km、軽めの日は16～19km歩いて、進捗が遅れないようにし、故郷の非営利組織のために資金を集め、ソーシャルメディアでトレックを宣伝するための啓発キャンペーンを打ち、地元のニュース局を通じて情報を発信し、水と装備品を受け取る経由地を調整し、他の復員軍人と対談した。忙しすぎて、体は1日の終わりにはいつもぼろぼろで、心はプレッシャーに押しつぶされそうだった。歩き続けなければ。大義のために、全国の復員軍人のために、変化を起こし、影響を与えなくては、と。

癒やしはどうなったんだ？ という思いがたびたび頭をかすめた。これが癒やしなのか？ 何か行動を起こさなくてはいけないと分かっていたから、ともかく足を前へ運んできた。でも、それがいったい何になるのか。実際どうすれば魂は癒やせるんだ？ 具体的に、どう行動すれば？ 答えが見えてこないので、私は何かが起きるのを期待しながら、ひたすら移動し、空を見上げ続けた。

アイオワ州では、海兵隊員から農場経営者を経て牧師になった男と出会った。人生には対応が必要です、と男は言った。トラウマに対応する方法としては、しおれた植物のように体を丸めて内にこもることもできるし、痛みと向き合いそれを乗り越えるために行動を起こすこともできます、とのことだった。結構な話だが、私はすでに行動を起こしているのだ。1日32㎞歩くことが行動でないなら、いったい何だというのか？

次に出会ったのは、エイブラハム・リンカーン風の格好をした牧師だった。「エイブのおやっさん」、すなわちリンカーンに魅かれるのは、彼が「不屈の精神」の持ち主だからだそうだ。お気に入りのリンカーンの名言を聞かせてもらえませんか、とアンソニーが聞いた。牧師は1つも知らなかった。結局、妊娠の50％は中絶に至るという話と、アルティメット・

ファイティング・チャンピオンシップは西洋文明を失墜させるという話を聞かされた。

さらに、アイオワ州インディペンデンスのレストランで、あるウェイトレスに出会った。レストランに入ったアンソニーと私は、同じテーブルにまっしぐらに向かった。入り口を1番見やすいテーブルだ。イラクに行ってから、2人ともドアに背を向けて座ることができなくなった。公共の場所に入るときには、銃撃犯をいち早く察知して人々を安全な場所に避難させられるように、すべての出入り口に気を配っていた。この考え方は、一度身につくと、消せるものではない。たとえそこが人口6000の町で、地図上の主な目標物といったら農業史博物館と19世紀の製粉所くらいしかないにしてもだ。ドアに視線を固定しつつ、私たちはほぼリラックスして食事を楽しんだ。それどころか、笑いもした。アイオワ州のインディペンデンスで食べたピザビュッフェの合計金額が17ドル76セントだと気づいたからだ。その偶然の一致をウェイトレスに指摘すると、ぽかんとした表情が返ってきた。

「1776だよ?」とアンソニー。「で、ここはインディペンデンスだから?」

困惑顔で首を振るウェイトレス。

「アメリカは、1776年にイギリスから独立した」とアンソニーは言った。

「あんまり真面目に授業聞いてなかったから」とウェイトレスは言った。

道中で風変わりな他人と出会うたびに、それ以上の数の家族同然と思える人たちと出会った。復員軍人と市民の間に協定が存在するという私の確信は、やや不確かになった。私たちが出会った人たちのなかには、心からトレックの達成を願っている人たちがいた。私たちの提起した問題が世間に認知されることを願っていた。復員軍人が直面する問題について語り合ったときは、このような問題を国家レベルで議論すべきだと言っていた。現役中の話を聞きたがった人も、意外なほど多かった。その人たちは、質問をし、答えに耳を傾けては、さらに質問をした。チリアンドシナモンロールの店に私たちを連れて行った。チリアンドシナモンロールは、ここの名物なんですよ、と言いながら。

行動しているときは、支援を受けることに対する抵抗感が下がった。雨の日も風の日も、重たいリュックサックを背負い、大義のために1日32㎞歩くことで、少しは支援を受けるに値するんじゃないかと思えた。支援を得るだけのことをしたんじゃないか、と。お湯とベイクドチキンをもらう対価として、私たちは歩みを提供した。他の復員軍人から支援を受け入れるのも、前ほど苦痛ではなくなった。助ける側に立つことが彼らにとっていかに大事かは、身をもって知っていた。

＊

寒さが増し、冬が近づくにつれて、以前ほど緊急事態でなくても、もう少し直接的に助けを求めてみようという気持ちが高まった。ネブラスカ州を越えるのにずいぶん苦労し、4週間かかっていた。この分だと、コロラド州に入るのは11月の第2週になるだろう。その時期には、夜の平均気温が氷点下6℃をほんの少し上回るかどうかという程度にまで落ち込む。

雪が降る前にさっさとコロラド州の山岳地帯を出ておかなくてはならない。

Facebookで支援を求めることもあれば、アンソニーがトレックの開始以来綴っていたブログで、謙虚に嘆願することもあった。アンソニーはこまめに——滞在場所にＷｉＦｉ環境があった場合は必ず——ブログに記事を投稿していた。それは私たちにとって道中の出来事を記録する手段であり、トレックの進捗や休憩や再開の情報を随時仲間たちに知らせる手段でもあった。しかし、アンソニーにとっては同時に、旅に出て解決しようとしていたことを解決する手段でもあった。良き夫、良き父でいるとは、どういうことか。かつて悪いことを見たりおこなったりした人が良い人でいるとは、どういうことか。困難に陥ったとき、地下に隠れるのではなく、人に助けを求めるとは、どういうことか。その答えを、彼は見つけようとしていた。

「ここに挙げた地域に住んでいる方、親しい知人がいる方は、メールでルートを問い合わせていただけるとありがたいです。もしかしたら、ちょうどそのあたりに向かっているかもしれません。そして状況次第では１晩か２晩泊めてやってもいいという方がいたら、教えてください。

トレックを開始してから今日まで、私たちはありえないほどの幸運に恵まれてきました。家に招いてくれたり、宿を取ってくれたり、食事を提供してくれたりして、私たちを助けてくれた方がたくさんいました。いつか申し出が尽きてしまわないよう願っています」

申し出が尽きることはなかった。リック・リソワスキーも支援の機会をうかがっていた。

コロラド州に入り、ロッキー山脈の巨大な壁に突き当たれば、私たちはもう西へは進めない。そこで州間高速道路25号線に沿って南下し、冬が来る前にラトン峠を越えてニューメキシコ州に入るつもりだった。リックの家はデンバーから80㎞南の所、ちょうど私たちが通る25号線の沿線にあった。しかしそこには奥さんと2人の子供がいて、水分補給の設備も幅を取っていたので、2人のバックパッカーと、2人分の全装備品を収容するには、理想的な場所とは言えなかった。そのためリックのお母さんのデブが、うちに泊まったらどう？　と声をかけてくれた。

ネブラスカ州アラパホーを過ぎ、ケンブリッジ、マクックへと進み、ベンケルマンではボーイスカウトと夕飯を共にし、州境を越えてコロラド州フォートモーガンへ入り、ウィギンズの大農場で働き、デンバーの復員軍人の家に5日間滞在した後、南にあるモニュメントへと向かった。そしてそこで、11月23日から12月2日までほぼ連日、デブの家に泊まった。2013年の感謝祭は、デブの家族と一緒に過ごした。昼間はトレックをこなし、終わり次第デブの家に折り返す。夜になると、よくリックが来て夕飯を一緒に食べ、様々な話を聞かせてくれた。現役の頃のこと、イラクに派遣されていた頃のこと、そして体内で進行中の反乱のことも。

私たちのブログに、リックは次のように書いた。「（トレックは）僕にとって大きな意味がある。ずっと寝たきりで、何の希望もないように感じて、死にたいと思っていたから。そこまでなったら危険だ。僕は仲間たちにもうこれ以上同じような思いをしてほしくない。苦しみから抜け出すには自殺するしかない、なんて思ってほしくない」

　ある晩、食卓を囲んでいたとき、明日一緒に歩かせてくれないか、とリックに言われた。最初は断りたいと思った。すぐに脱水状態に陥るため、リックはそれまであまり体を動かしてこなかった。そのうえ、すでに雪が降り始めていた。私とアンソニーは心配した。デブも心配した。でもリックの気持ちは固まっていた。

「僕はこの試練を乗り越えられる、僕の心は不屈だってことを、どうしても自分に証明したかった」と、のちに彼は書いている。

　リックは不屈だった。私たちに合わせて丸1日、32㎞は歩けないが、それでも歩くと決心した。だから私たちは彼に歩調を合わせた。無理なことはしなかった。たぶん2〜3㎞歩いたら休憩するか、完全にその日は手じまいにするか、どちらかになるだろうと踏んでいた。しかしそれは間違いだった。リックは不屈だった。雪の中を私たちと共に20㎞弱歩いた。

　その日のことについて、リックはこう書いた。「2人は僕の体調を常に気遣い、励ましてくれた。僕は2人とともに、ひたすら必死で歩いた。2人は僕よりずっと長い距離を歩いてきたんだから。それに僕だって、2人のためにも、復員軍人の問題を世間に知ってもらいたいと願う仲間のためにも、とりあえず歩いてみることはできるのだから。みんなも、2人と歩くチャンスや、2人を泊めるチャンスがあったら、ぜひそうしてほしい。この2人は、個人的な目的のためだけじゃなく、すべての復員軍人のために偉業を成し遂げようとしている、すばらしい人たちだ」

自分以外の復員軍人や大義に焦点を合わせるほうが、トレックのきっかけとなった個人的で密かな理由を話すよりも楽だった。しかし、その2つは相反するものではないような気がした。私は師を、癒やしの方向性を指し示してくれる人を、探してきた。そこにリックが現れ、壊れた体に屈せず、自ら歩くことを決断し、やり遂げた。他者に希望を与えるために、自らを奮い立たせた。師にこれ以上望むことがあるだろうか。まさか道中で呪医か何かに出会うことを期待していたわけじゃあるまい。リック・リソワスキーみたいな人がベッドから抜け出し歩くことができるなら。細胞の1つひとつが衰弱しているにもかかわらず内に秘めた強さを見つけられるなら。他者からの支援を受け入れると同時に私たちに支援の手を差し伸べられるなら。「私にはできない」なんて言っていられない。リックがああやって自力で這《は》い上がろうとしているなら、私も同じことをしなければ、彼と、すべての復員軍人に、恩をあだで返すことになる。

23　狼と歩く

私とアンソニーは前かがみになりながら、おびただしい樹木とやぶの間を縫うように走る未舗装の小道をのぼっていた。映画スタッフの送迎で、コロラドスプリングスに隣接する、ロッキー山脈のふもとに降ろされたのだ。聞こえてくるのは、自分の息遣いと、ブーツが土を踏む音、そして夕方前の陽光を熱烈に歓迎する鳥たちのさえずりばかり。急斜面を踏みしめると、足がズキズキと痛んだ。その日はリックと共にすでに20㎞歩いていたからだ。リックは今頃家で休み、体力の回復を図っているはずだった。

小道が急カーブを描いた。カーブを曲がると、真正面に男がいた。道のど真ん中に立ち、無言でこちらを見つめている。頭から肩に掛けられた、狼の頭付きの毛皮。白黒に塗られた顔――怪傑ゾロの仮面を鼻の下まで伸ばしたような具合に、鼻から上は黒く、下は白くなっていて、その白い塗料は、黒い骨をつないだ首飾りの上端で、遮られて見えなくなっている――。男の顔をまっすぐ横切る、2色のくっきりとした境界線。狼の頭には3本の白黒の羽が付いていて、男の左耳上空に垂れ下がり、山あいの風に揺れている。黒いシャツと、その上にかぶった、動物の白い骨を何十にもつないで作ったアクセサリー的なパネル。パネルの2列の骨の間には、狼をモチーフにした金属製の丸いペンダントが吊り下がっている。フリンジが施されたズンに、モカシンの靴。男は私を見て、次にアンソニーを見た。そして踵《きびす》を返し、また小道を歩き出した。私たちは男にも、お互いにも言葉をかけることなく、後に続いた。

この界隈のロッキー山脈としては最も高い山であるパイクスピークの山麓に、マニトウスプリングスという町がある。突如現れる切り立った赤岩が、灰色の背景――雪を冠する4000m級の頂――に、鮮やか映えている町だ。顔にペイントを施した男に導かれて入ったガーデン・オブ・ザ・ゴッズは、その地にあった。小道の終点は峡谷になっていて、古代風の2つの赤い岩層が織り成す造形美が待ち受けていた。2つの赤岩は、空に伸びたのちに、互いに吸い寄せられてくっついたような形をしていた。これは、昔々、古代の氷河の圧力を受けて2つの岩が溶け合ったためで、その痕跡は今も残っている。そうやって結合した岩によってできた円形の空洞は、別世界への入り口のような様相を呈していた。傾きかけた陽に照らされ、岩の一層一層が深紅色や赤褐色や淡いピンクに染まり輝いていた。

男の名はウォルフウォーカーといった。映画撮影の一企画として、私たちと対談するためにやってきたネイティブアメリカンのヒーラーだった。私の胸は期待で高鳴った。この男は見世物じゃなく、正真正銘の魂の導師のような人物なのか？ それとも、マイケルがただドラマチックな演出を求めただけか？ マイケルは、プロデューサーのジェリーと撮影ディレクター――場所によって異なるが、メリッサまたはガブリエル――とともに、時おりこういう叙事詩的な舞台や興味深い人物を探してきて、私たちに差し向けた。おかげで、ときにはすばらしい話が聞けたり、まともな助言をもらえたりした。元海兵隊員の牧師の「行動を起こすべきだ」という助言もその一つだ。しかしそうでないときは、こういうルートを外れた撮影作戦で私たちが提供できる絵は、余計に増える足の水ぶくれだけだった。

＊

ウォルフウォーカーが1歩踏み出すごとに、シャリンシャリンと音が鳴った。彼の衣装が奏でる音楽と、上から降ってくる誰かの声が混ざり合う。ガーデン・オブ・ザ・ゴッズに入ったとき、岩層の頂上には旅行者が立っていた。岩の上をうろつきながら、携帯電話で風景写真を撮ったり、私たちを好奇の目で見下ろしたりしている。旅行者の視線を浴びたまま、ウォルフウォーカーはセージの小束の先に火をつけると、刺激的な香りの煙を鷲の羽で扇いで空洞に行きわたらせ、その空間を清めるとともに、私たちと、その瞬間を祝福した。

その後、人工的にこしらえたんじゃないかと思うほど平らでなめらかな、ベンチのような岩へと向かった。ゆったりと落ち着いた動作だった。ベンチの下には、フットレストにうってつけの角度で突き出した岩があった。あたかも以前からそこにいたかのような雰囲気で、彼は腰を落ち着けた。私とアンソニーは、赤岩の急な下り斜面に毛布を敷いて座った。なんとなく、私たちが古代の円形劇場の観客で、ウォルフウォーカーがギリシャ劇の合唱団《コロス》であるかのように思えてきた。彼はじっと押し黙っていた。私たちは彼が語り出すのを待った。

沈黙に包まれているうちに、岩層の豊かな色彩に目が向いた。頭上に無限に広がる青い空と、鮮烈な対比をなすように岩を染めたら、ちょうどこんな感じになるかもしれない。ドームのような空に思いをはせる。頂上に雪をいただいた灰色の山々と、赤岩の一群を分け隔てなく、すっぽりと覆っている――この山脈のこの部分に赤い岩があるのは完全に場違いであるにもかかわらず。どう考えても、こんなところに赤い岩があるのはおかしい。でも、誰にも説明できない理由によって、こうなっているのだ。中西部の色彩に乏しい単調な平野を越え、その平野を走るがらがらの高速道路で穀物運搬車に次々とほこりをかけられ、偽装者のシルクハットのもとで答え探しの期待を打ち砕かれ、芯の強さだけを残してすべてを奪われた男と雪の中を進んだ苦労の末に、やっとこうして美しい瞬間にたどり着いたのだった。

「私には元軍人の友達がたくさんいる」とついにウォルフウォーカーが口を開いた。

「私の父は空軍にいた。親友で狙撃兵をしていたやつもいる」

ウォルフウォーカーの声は穏やかで、風に揺れる葦《あし》がサラサラと音を立てているかのようだった。ネイティブアメリカンの一部の部族では、戦場から帰る戦士を英雄として迎える伝統がある、と彼は言った。戦士の帰還は一大事だったんだ。戦いの勝敗にかかわらず、コミュニティーは一丸となって戦士の貢献を称えた。そして戦いの勝敗にかかわらず、戦士たちは戦う理由を理解していた。癒やしや内省の期間が必要な場合は、傷と向き合うための時間と場所を与えてもらえた。そうやって、必ず心と体両方の回復のために時間をおいてから、社会に戻り、社会の一員として貢献することになっていたんだ。でも現代の戦士は目的を知らないまま戦うのがふつうだ。そのうえ、戦いから戻っても、こういう段階を踏めば社会復帰できるという系統立ったプロセスがどこにも存在しない——軍からも、家族からも、もっと大きなコミュニティーからも、そのプロセスを与えてもらえない。すると、無意味な戦争に意味付けする責任は、君たちに降りかかる——戦い終えた戦争の意味を、そして帰国してもなお心の中で荒れ狂う戦争の意味を、1人でみつけなくてはいけないんだ。

ウォルフウォーカーは、友人の狙撃兵の話をした。友人は、高速道路を走行中の車両の後部に乗っていて、そこから、別の車両に乗っている反乱軍兵に向かって発砲した。だが、その弾は標的には当たらず、反乱兵の車両を貫通し、その向こう側の車に乗っていた9歳の少年に命中し、少年の命を奪ったそうだ。

「彼の心に常に重くのしかかっていたものは、それだった」とウォルフウォーカーは言った。「君たちには君たちの物語があるはずだ。できるなら、今日まで君たちを苦しめてきた、忘れがたい記憶を、心の奥に閉じ込めて来た記憶を、思い出してみてはどうだろう。**今ここで、その話を聞かせてもらえないだろうか？**」

彼は私たちが答えるのを待った。その質問にまつわる何かが、私に足元の赤い岩を見つめさせた。目の前の映像が乱れ、閃光がよぎった。赤い岩を踏むハイキングブーツが、岩だらけの地面を踏む軍靴に変わった。足首から下は、ミリタリーグレードのブーツでなければ歩けないほどの、鋭利な岩々で埋まった地面にワープしていた。

アンソニーの声がした。負傷した民間人を助けたいと思いながら、道端に放置したときのことを、ウォルフウォーカーに語っていた。命令に従ったんだ、とアンソニーは言った。あの人を救助するために止まるなんて、あの状況では許されなかった。それでも、あの人を見殺しにしたのは、ぼくなんだ。命令にそむくことだって、不可能じゃなかった。立ち止まって助けることだってできたんだ。でもそうはしなかった。何もしなかった。あの人がどうなったか、ぼくには知る由もない。

次は私が語る番だった。

＊

「別人みたいだな」と私は思った。無理もない。口からこれだけたくさんの管が延びていて、頭部に１ドル硬貨大の穴が開いていていているんじゃ。ディアス軍曹は仮設の救護用テントの手術台に寝かされていた。岩だらけの地面には、包帯の包みとゴム手袋が散乱している。ディアス軍曹が運び込まれて３分も経たないうちに、テントのあおり戸をめくって出てきた衛生兵に、中に入ってもいいと言われた。私たちはノアの箱舟に乗る動物よろしく、洪水に備えペアで中に入ったのだった。

　私たちが意図的に爆弾を爆発させようと決めたのは、数分前、基地への帰路でのことだった。ストライカー装甲車に乗っているとき、電子地図の画面上に即席爆発装置（ＩＥＤ）を示す光が点灯した。同じ警告を車列の全車両が受信した。ＩＥＤは一般的に、古い迫撃砲弾か大砲の砲弾にＣ４爆薬を詰めて作る。それに携帯電話をくりつけて車のトランクに押し込んでおき、数ブロック先のビルの上に見張りを置くなどして、ＩＥＤを仕掛けた車の前を私たちが通過するまで待つ。私たちが十分に近づいたら、すかさずＩＥＤにくくりつけた携帯電話に電話をかけ、爆発させる、という仕組みだ。

　ＩＥＤは街中《じゅう》に仕掛けられていて、一日に何十ものＩＥＤが見つかることもあり、もはやそれが常態化していた。陸軍にはＩＥＤを安全に爆破する爆発物処理（ＥＯＤ）班がいたが、ひどい過労状態だったため、やむを得ず爆弾のありかを全員に警告するにとどめ、時間があるときに戻ってきて爆発させることが多かった。

その日、行く手にはまだ不活性化されていないIEDがあると分かっていた。選択肢は2つ。完全に遠回りになるのを承知で迂回するか、車両が損害を被る覚悟で直進するか。

「ヘイ諸君、どっちにする?」ディアス軍曹のひび割れた声が無線から響いた。

別の車両に乗っていたのでチームリーダーである彼の顔は見えなかったが、声を聞けば容易に想像できた。彼はいつも、自分が最後に発した冗談の波に乗っているか、次の落ちの準備をしている――それが声ににじみ出ている。遊び心で伸ばした、むさ苦しいもっさりしたもみあげと、大量の汚らしい口ひげのため、見た目は1980年代に大流行したテレビゲームのマリオに似ていた。一応陸軍の「毛」の規則には反していないものの、身の毛もよだつほどのぎりぎりセーフだ。おそらくその口ひげのせいだろうが、味方であるイラク国家警備隊の隊員たちからは、彼らと同じイラク人だと思われていた。隊員たちが寄ってきて、この方はイラク人ですか、と陸軍の通訳に尋ねると、ディアスは満面の笑みを見せたものだ。そしていかにも彼らの言葉を理解しているふうにうなずきながら話を聞いておいて、最後の最後に実は何も理解していなかったと判明し、みんながどっと笑う、なんてことがよくあった。

「突っ込もう」リチャードソン軍曹が無線を通して言った。

正直なところ、最も無難な判断だった。爆発の可能性がある爆弾を放置するのは危険だ。それに、爆発させたって、たぶんタイヤを何輪か替えさえすれば、さっさと基地に戻れる。

ディアスに口ひげを整えさせてやる。

　車両隊が、各車両とも数分ずつ間を開けながら、ゆっくりと街中の通りを前進していく。通りに人の気配はなく、どの店も表の金属製の引き戸がぴたりと閉めてあった。もし画面にＩＥＤの印が表示されなかったとしても、この人気のない通りと閉じられたドアを見れば、もうすぐ爆発が起きると嫌でも感づいただろう。爆弾を仕掛けた人物を目撃した民間人が店や家を閉めるのは、ままあることだ。あるいは、もうすぐ爆発が起きるらしいぞ、という噂が伝言ゲームのように住民の間で広まったか。

　ＩＥＤが近づいてくると、対空警戒員がハッチ内に退避した。ＩＥＤが爆発した。衝撃が胸にずどんと響く。独立記念日のフィナーレ間際に打ち上げられた花火のような爆音がとどろいた。きらびやかな打ち上げ花火や、くねくね動くヘビ花火ではない。色のない花火。幻影だ。本来なら空で轟《とどろ》き、強烈な驚きと歓喜をもたらすはずの爆音が、色も形も伴わずに３ｍ先で鳴れば、とたんに聴力が失われる。そして2〜3秒経ってから、耳鳴りが始まり、体の下に足があるのを感じる。しかし場合によっては、その感覚を取り戻すのに、さらに数秒もかかることもある。

　対空警戒員がハッチからひょいと頭を出し、持ち場へ戻った。むき出しの神経のように空に向かって身をさらしている。いきなり、複数の屋上から自動小銃の砲火が降り注いだ。こちらも応射したが、見えないＡＫ－47を操る見えない敵は逃げ去っていた。いつものことだ。待ち伏せし、奇襲はかけるが、交戦はしない。それが効率的かつ怠惰な者たちの戦い方だ。

最小の手間で最大の破壊を実現するのが彼らのやり口なのだ。彼らはいつだって、現れたときと同じぐらい唐突に姿を消す。残された私たちは土煙の中で息もつけずに、なすすべもなく立ち尽くす。次はいつ、どこで襲撃されるのだろうと思いながら。

無線機がまた乾いた音を立てた。

「ディアスが頭を撃たれた!」

私の心臓が止まった。誰もが絶句した。無線では、負傷者の名前を告げたり、負傷の種類を具体的に伝えたりはしない約束だった。負傷者が出たことだけ、つまり誰かが傷を負ったことだけを伝える決まりになっていた。自分の目で状況を確認できない他の車両の乗組員たちが、大パニックに陥るのを防ぐためだ。負傷者が手遅れになる前に無事に基地に戻れるのか、また奇襲がありそうなのか、他の車両の者には知る由もないのだから。

実際には5分だったはずだが、5時間にも思えた時間が経過してようやく、私たちの車両隊は轟《ごう》音を響かせながら基地の門を通った。検問所の前を風のように走り抜けたときは、監視兵が大声で叫びながら車両を追いかけて来た。たぶん私は車両を下りたのだろう。というのも、私が覚えている次の光景は、ぐにゃりと崩折《くずお》れたディアスの体だった。1人が彼の脇を、もう1人が膝を、下から抱えていた。続いて、車両から乗組員たちが続々と降りて来た。みなディアスの血に染まっていた。1人は、両膝から下が真っ赤だった。ウォルフウォーカーのペイントの境界のように、膝を境界として、血のペイントが、ブーツまでぐっしょりと続いていた。まるで血の川か何かを渡ったかのようだった。隊員たちは、ホラー映画に出てくるクラウンカー〔小さな車からピエロが何人も出てくるサーカスのパフォーマンス〕さながらに、車両から次々と、スローモーションで降りて来た。それから私たちは全員で岩の地面の上をうろつき、ごつごつした石をブーツで蹴りながら、戦闘支援病院、通称キャッシュ（CSH）の外で待機していた。

衛生兵が中からキャッシュのテントのあおり戸をめくった。20人の視線が集中した。

「どうぞお別れをしてください」

私はテントに入り、しばし彼を見つめた。長居はしなかった。切開された気管。そこに挿入されたチューブ。呼吸補助を試みたわけだが、完全に手遅れだ。

ブーツが外の岩々を踏んだ次の瞬間、膝が地面に当たった。膝周りの岩が濡れていたことを考えると、私は泣いていたに違いない。いつの間にか、かつてのルームメイトが隣にいた。ストライカー装甲車を駐車させてからキャッシュに走って戻ってきたので、息を切らしている。

「ディアス軍曹は大丈夫なのか？」とあえぐ。

私は瞬きして涙を抑え、彼を見やった。

「いや」

私たちは岩の上で立ちすくんだ。しゃべっている者。すすり泣いている者。茫然自失状態の者。そんな私たちに混じって、風紀委員のような立ち姿の将校と従軍牧師もいた。今の気持ちを聞いてもらいたいという人がいるかもしれない、と考えてのことだった。どうやら、喪失の直後に、その喪失と、喪失の意味を言葉で表現できるという前提らしかった。私たちはディアスを感じていた。彼の灯が消え、無になるそのときに。そしてその瞬間が来たとき、私たちはみな無になった。ブーツの下の固い地面以外の何ものでもなくなった。膝を囲う点々と濡れた岩から顔を上げたときに見えた、ごつごつした地面にうつ伏せになった隊員たちの姿は、今も目に焼き付いている。あたかもディアスの代わりに頭を撃ち抜かれたかのようだった。ヘルメットを脱げと怒鳴る者はいなかった。おまえらぼさっとしてないでさっさと帰れ、と言う者もいなかった。ふだんぼんやりつっ立っていたら、そう言われるのに。叱る者のいない静けさに、これは実際に起きたことなのだと、実感させられた。

*

ウォルフウォーカーが私を絶景に引き戻そうとしたが、ブーツの片足はディアスのテントの外に残ったままだった。今度は私が、最も忘れがたい出来事について語る番だった。

「今もありありと思い出せるよ……あのときのことは。なんだろうな。さっきまで……目の前にいた人が、次に見たときには、仲間に抱えられて、車から運び出されたら、さ」

それ以上、言葉が続かなかった。

ウォルフウォーカーは言った。もし自分の身に起きたことをつかまえて、下のほうへ押し込もうとすれば――池の底の軟らかい泥をかきまわさずに生きていこうとすれば――苦しい経験から学べるはずの教訓は、決して学べない。逃げるのをやめたとき、苦しみは力に変わる。酒を飲んでも、煙草を吸っても、治療を受けても、無視しても、苦しみが消えることはないんだと悟ったときに初めて、変わるんだ。それまでは、苦しみは居座り続ける。ここにいるんだと認めてくれるまで、待ち続ける。そこに込められた教訓を学ぶまで、待ち続ける。だから癒やされたいなら、苦しみと向き合うしかない。苦しみを通り抜けるしかない。苦しみをとことん受け入れるしかない。そのとき初めて、最も君を傷つける記憶が、君を解放する記憶に変わるんだ。

　でも君の代わりに苦しみを変化させられる人はいない、とウォルフウォーカーは言った。私の部族の伝統では、外野の人間には傷を癒やせない。君の癒やしの責任は、君が負うんだ。自発的に癒やさないといけない。

「その力をひっつかんで、こう言うんだ。この苦しみから教訓を学んでやる。こいつから力を得てやる」

　君はやっとそれを選択できるところまで来たんだ。その道を選択すれば、戦闘中の出来事から教訓を学べる。苦しみを、ある意味ひっくり返して、力に変えられる。壊れた部分の自分を使って、逆に自分を癒やせるようになる。

「でもそれは楽じゃない」とウォルフウォーカーは言った。

「発想を逆転させないといけない。心を裸にするんだ。壁を取り払って。周囲のすべてに目を開いて。現在にとどまり、今起きているすべてを味わって。私たちを取り巻くあらゆるものの大いなる神秘に身をゆだねるんだ。自分もその一部なんだと、噛みしめながら」

その瞬間、すべてが腑に落ちた。なぜ対話療法も薬物療法もＥＭＤＲも効果がなかったのか。癒やしの責任を自分で負っていなかったからだ。そのせいで、必要な支援を素直に受け入れられなかったのだ。ジャックの診察を受け始めたのは、姉貴が予約を取ったからだった。退役軍人省に通い始めたのは、ジャックに勧められたからだった。ＥＭＤＲを受けたのは、アンソニーが効果を感じていたからだった。助けを求めながらも、差し伸べられた支援に順応できなかったのは、その結果を自分の責任と考えていなかったからなのだ。結果の責任を、支援の提供者に丸投げしていた。自分の身を切らずに、利益だけを得ようとしていた。自分の責任だという意識がなければ、助けを求めても意味がなかったのは当然だろう。治療の効果が出ないと、治療をした相手のせいにして、諦め、治療を放り出してばかりいた。

ウォルフウォーカーはつまりこう言っているのだろう――誰かに方向性を示してもらうことはあるかもしれないが、実際に取り組むのは私でなくてはならない。助けを求めるのはかまわないが、それを受け入れ、人生に生かせるかどうかは、私次第だ。そしてもし効果がなければ、私が――姉貴でもソーシャルワーカーでも精神科医でも社会でもなく、私自身が、効果のある方法に出会うまで、試行錯誤しなくてはいけないのだ。

彼は立ち上がった。ゆっくりとした慎重な足取りで、２つの岩が接触している箇所へと歩いて行く。私とアンソニーも彼の後について、その開口部をくぐった。導かれるままに、渓谷の向こうに広がる岩棚に出ると、眼前にパノラマが開けた。雪帽子をかぶった山頂の連なり。その上には、雲のすじがついた青い空。すぐそこに座っていたのに、ほんの１ｍ先にこんなに美しい景色が広がっているなんて、思いもしなかった。マイケルがカメラを回した。アンソニーがマイケルに言った。何歩か違う方向に歩くだけで、人生がまったく新しい景色に見えてくることもあるんだな。

つかの間、ディアス軍曹の手が私から離れた。その瞬間、私は赤い岩にしっかりと両足をつけて立ち、空を仰いでいた。私たちを包み込む美を、胸に吸い込む。雲。木。葉。岩。水。はるか上の岩層の頂上に立つ人々を見上げる。美は君たちの周囲だけじゃなく、君たちの中にも存在する、とウォルフウォーカーが言った。その美と君は別々のものではない、君は美の一部なのだ、と。少しの間――ほんの一瞬だったかもしれないが――私も、その美を感じていた。

24 親愛なるケンへ

歩くのを中断して丸4日間座禅を組んでほしい、とマイケルから要望があった。ようやく1日32㎞を順調にこなせるようになっていた頃だった。迫り来る冬に追いつかれないよう、私とアンソニーは最大速度でモニュメントから南方のコロラドスプリングスへと突進していた。そびえ立つ松の針葉と峰々には霜が降り、その雄大な光景に自分たちの小ささをひしひしと感じた。白い息に酒臭さはなく、山の大気と同化するほど新鮮で、なんとなく自然と一体化しているような心地がした。それは、フレデリック通りのウッドデッキの下で、なめらかな石を頬にすべらせていたときの感覚に似ていた。男の子なんだから泣くんじゃない、と言われる前に味わっていた、あの頃の感覚に。私たちはとうとう、ウォルフウォーカーという本当の師に出会い、答えを出せずにいた疑問と向き合った。とうとう、見知らぬ人の親切心に素直にあやかれるようになった。長年の根深い不信感を払拭し、Facebookページに続々と寄せられる支援を受け入れられるようになった。デブとリックの2人と過ごした期間に、とうとうコミュニティーとの連帯感を獲得していた。息をするのと同じくらい自然に、助け合えるようになっていた。苦労の末に、目指していた境地に迫りつつあった。少なくとも、その端に立っていた。そんなタイミングで、マイケルに中断を求められたのだ。

　そんなわけで、11月下旬の火曜日の朝、本来なら歩いているはずの私たちは、他人の家の玄関前にたたずんでいた。私、アンソニー、リック・リソワスキー、マイケル、ガブリエルという顔ぶれだった。ドアの上に「ジャイグルデヴァ」と書かれた銘板が見えた。銘板が取り付けられていたのは、森林に囲まれた2階建ての家だった。ここは、モニュメントのデブの住まいからほど近い森林地区で、山麓の斜面に埋め込まれるようにして住宅が並んでいた。これだけ進歩した私たちを待ち受けていたのは、4日間何もせず無為に座り続けるという罰だった。それも、1日8時間みっちりと。実は以前、マイケルに聞かれたことがあったのだ。知り合いの講師の瞑想研修に参加する気はないか、と。私たちは映画を通じて彼に協力したかったので、ぜひやってみたいね、と答えた。まあ正直なところ、「ぜひ」というよりは、「やってもいい」程度の気持ちだったかもしれない。

1850㎞を歩いた今、私は目標にまっしぐらだった。目は常に目標に、心は常に水平線に向けられていた。いつも次にやることを考えていた。1つ終われば次を。それが終わればまたその次を。人生をさばかなくてはならなかった。さばき続けなければならなかった。着々と歩くことで、人生をさばいているんだ、と自分に言い聞かせていた。それに、世間には応援してくれている人がたくさんいる。進捗を見守り、励ましてくれる人がたくさんいるのだ。この瞑想研修は予定外だった。使命を負っていたので、進路を少し外れるだけでも、期待を裏切っているような気がしてならなかった。それに言うまでもないが、いつ冬が雪崩のように山を下りてきてもおかしくなかったので、できるだけ早く山岳地帯を抜ける必要があった。

*

アンソニーは瞑想の経験があった。例のマディソンの瞑想講座を受けたときだ。マイケルは瞑想上級者で、瞑想講座をたくさん受けてきたし、サイレントリトリートにも何回も行っていた。瞑想と呼吸法を日課にしていて、映画制作で忙しくても、その日課は絶対に欠かさなかった。私はまだ瞑想が少し気になっていた。その一番の理由は、マイケルが極度のストレス下でも落ち着き払って現在に集中できるのは、瞑想のおかげのように思えたからだ。ただ、瞑想を試すためにトレックを丸4日も中断するのは、いただけなかった。30分の集中講座を受けてさっさとトレックを再開するわけにはいかないのか？

ドアが開き、講師のケンが現れた。痩せ型の中年男性で、顔はきりっと引き締まり、眉は上がり眉で、ふさふさした分厚い口ひげの下から微笑みを覗かせている。中に入れてもらい、階下へと案内されるちょっとの間に、私は彼の気にすっかり圧倒されてしまった。ケンはとにかく穏やかで、物静かで、わざとらしいほど落ち着いていたので、彼に比べるとウォルフウォーカーの物静かな気質でさえがさつに思えるほどだった。20年間の座禅と呼吸法により、この男は池と化していた。そよ風で立つさざ波程度にしか言葉を発さず、美しい鳥か何かが水面にちょんと降りるように、さりげなくやりとりを交わす。ただ立って私の話を聞いているだけで、圧倒的な被受容感を放っている。はっきり言って、何があろうと彼が怒る姿は想像できない。ミスター・ロジャーズ〔ソフトな口調で人気を博したアメリカの司会者〕が俗世間を離れ20年間洞穴にこもってから出てきたら、こんな感じになるんじゃないかと思う。

私たちはケンの半地下の部屋に座り、4日間延々と息を吸っては吐いた。半地下とはどういうことかというと、その家は丘にめり込むように建っているので、玄関側からだと2階建てに見えるが、裏側から見れば実は3階建てになっているのだ。地下室には大きな見晴らし窓があり、霜で覆われた裏庭が一望できた。裏庭の向こうには山裾《すそ》が広がり、そこから上昇する斜面が、山脈へと続いている。斜面には高い松の木が並び、まるでパレードで要人の到来を高らかに知らせるトランペットのように、はるか先にそびえる山頂の到来を先触れしていた。地上に視線を戻せば、3人の復員軍人と、カメラマンと、映画監督が、瞑想講師を前に、あぐらをかいて座っていた。

座禅を組み、呼吸をし、トレックに戻れたらいいのにと願う合間に、瞑想の効果を証言するケンの体験談に耳を傾けた。ケンがカリフォルニア州シエラネバダ山脈の中腹で切り株に座って瞑想していたときのことだ（よくそんなことするよなと思うが）。20分の瞑想を終えて目を開けると、彼は鹿と向かい合わせになっていた。鹿はほんの1mほど先から、身じろぎもせず、まっすぐにこちらを見つめていた。こちらが静寂そのものだったので、脅威ではないと判断されたのだ。瞑想のときに発せられる内面の落ち着きと安らかなオーラに、動物は自然と魅かれるものなのだ、とケンは思ったという。そのひと時だけは、多少なりとも自然と一体化していると思ったそうだ。私の頭に、水ぶくれと一体化しようとしたスズメバチが浮かんだ。あのときの私が安らかなオーラを放っていたとはどうしても思えない。

「ジャイグルデヴァ」とケンが言った。

さっき見た言葉だ。玄関ドアの上にあった銘板に刻まれていたやつだ。それが「大いなる心《ビッグマインド》に達せん」を意味する言葉だと、後になってから知った。その概念を説明すると、この世には大いなる心、万物を包括する心が存在する。たぶん、神とか自然みたいなものだろう。あらゆるものに遍在する共通の「気」のようなものだ。自分、森にたたずむ鹿、木々の葉――すべてに通じる気。私たちは周囲のすべてのものとつながっている、とウォルフウォーカーが言っていたが、きっとそれが大いなる心のことなのだろう。一方、小さな心も存在する。コーヒーを注文するとき。数学の問題を解いているとき。有名になりたいと願うとき。軍曹が死ぬ映像を頭の中で繰り返し再生しているとき。そこには小さな心が働いている。小さな心は距離感を生み、大いなる心は連帯感を生む。小さな心が大海の波だとしたら、大いなる心は大海そのものだ。ともかく、ケンが鹿を見たとき、いわば彼の小さな心は岩の下に潜り込み、大いなる心がバトンを握ったのだ。ケンと鹿は、両者をつなぐ大いなる心の一部となった。その瞬間、両者は一体になった。だからこそ、鹿は恐れることなくケンのそばに寄ってきたのだ。手を伸ばせば、触れられそうな距離にまで。

ケンが言うには、瞑想は連帯感を得るのに有効なだけでない。過去を変えることさえできる。過去のトラウマの苦痛を、力に変えられるのだそうだ（そういえば、ウォルフウォーカーが同じようなことを言っていた気がする）。瞑想は、それ――苦痛とトラウマを癒やしの力に変える――を実践する1つの手段なのだという。こうして話を聞いていると、ケンのような人でなくても、それは可能なように思えた。私たちにもできる気がした。そのために必要なのはただ、わずかの間だけでも、過去の出来事を忘れること。わずかの間だけでも、未来を案じるのをやめること。そして、心を見つめることだ。今この瞬間を見つめることだ。

私は心を見つめようとした。過去や未来にとらわれるのではなく、刻々と時を刻む現在に集中しようと、懸命に試みた。しかし研修初日のその日は、みんなとじっと座りながらも、トレックに気を取られてしまう自分がいた。頭の中でクラークとディアス、2人の亡霊と歩きながら、彼らを振り切ろうとしていた。山脈ではぐれたり、山に置き去りにしたりできないものかと模索していた。なんとか目の前の「今」に集中できたかと思えば、今度は隣に座るアンソニーやリックが気になりだす。私たちがそれぞれ過去に経験した嫌な記憶に——3人分の記憶に、思いをはせた。まず私の胸につかえている重しのことを考え、それを3倍にして、アンソニーとリックが忘れられずにいる記憶の分もひっくるめた重さにした。目を閉じて座り、瞑想を行いながら、私たちの間に3人のトラウマが一緒くたになって漂うさまを想像する。記憶から作り出されたこのトラウマの分厚い暗雲は、霧状のタールのごとく部屋を汚染した。3人で、じゅうたんの上に魂のクソをして、ピカピカのパノラマウィンドウに精神の胆汁を塗りたくっているも同然だった。

頼むからこの事態に気づいてくれよ、と心の中でケンに呼びかけた。

こんなことをしても絶対に効果は出ない。片方の鼻の穴を指で押さえもう片方の穴から息を吐けばトラウマが解消されると、ケンは本気で思っているんだろうか？　それでクラークの首の出血を止めたり、ディアスの頭の穴をふさいだりできるとでも？　ケンは理解していないに違いない。私は確かに瞑想に参加した。映画のために。マイケルのために。しかし頭の中では、クラークとディアスの死体をケンの足元に寝かせていた。血が垂れてビロードのじゅうたんに染み込むのを止めもしなかった。2人の死体で私とケンの間に橋をかけた。お互い、この橋を越えることは決してないだろう。この程度の瞑想は一般的な量のストレスを克服しようとする一般人には有効かもしれない。しかし、呼吸が血をきれいさっぱり吸い取ってくれるわけじゃないのだから、私には効果がないだろう。

誰だってインチキだと思うにきまっている。信用する人がいるわけがない。

それから4日経ち、研修も残すところあと約1時間となっていた。まだ亡霊は振り払えていなかった。私の中のミスター・ロジャーズを召喚できてはいなかった。しかし、時おり、ほんの少し安らぎを味わう瞬間があった。四六時中頭の中で流れていた音声が、静寂により途切れた瞬間が2〜3回あったのだ。そのときだけは――ほんの一瞬だが――目の前の床に空きができ、クラークとディアスの亡霊は消え、死体はなくなっていた。あるのはじゅうたんだけだった。地下室と窓とケンとケンの口ひげと仲間たちと私だけだった。はるか遠くでほとんど知覚できないほどだったが、ふと、暗い洞穴に差す一条の陽光を――魂を癒やせるかもしれないという一縷《いちる》の望みを感じる寸前までいった。と、まあそんな感じで、私たちは最後の瞑想を迎えた。

私たちはいつものように、あぐらをかき、目を閉じて座っていた。ケンは前方で、私たちと向かい合わせに、背筋を伸ばして椅子に座っていた。その奥には見晴らし用のはめ殺し窓があり、そのさらに奥には森林に覆われた丘陵地帯の雄大な斜面が広がっていた。ケンに導かれながら、私たちは最後の呼吸法の訓練をやり遂げた。目を開いて、とケンの声がした。

鹿が2頭、外からガラス窓に鼻を押し当てていた。くんくんとガラスの匂いをかぐと、私たちに目を向け、そのままひっそりとたたずんでいる。ガブリエルがカメラに飛びつき、鹿にレンズを向けた。リックは呆気に取られている。ケンは振り返り、私たちをぽかんとさせたものに気づいた。こちらに向き直った彼の顔には、かすかな笑みが浮かんでいた。満足気だが、驚きは感じていないようだった。こりゃマイケルが外にいるんだな、という冗談がどこからか上がった。映画の見どころになるような絵を作るために、にんじんだかリンゴだかをちらつかせながら、カウボーイさながらに鹿を追い集めたんだろ、と。しかしマイケルは私たちの隣にいて、頭を振り、苦笑していた。

鳥肌もんだな、と私は思った。

「狩りの時期になったら、瞑想の気で鹿をおびき寄せてみようかなあ」とアンソニーが言った。

2頭の鹿は窓に鼻をこすりつけていたが、やがて裏庭に集まっていた小さな群れに戻り、のそのそと森のほうへ引き返していった。すべてはしくまれていたのだろうか。ケンが何年もかけて、さっきの野生の鹿たちを飼いならし、椅子の下に隠してあった無音の鹿笛を吹いたら寄ってくるように、しつけてあったとか。それとも、ものすごい偶然が重なっただけなのか。いやもしかしたら、と私は考えた。結局、私たちがやってきた4日間の瞑想は、それなりに理に適《かな》ったものだったのかもしれない。

25　車を使う

まだ目を閉じているときに、シャッと鋭い音が聞こえた。アンソニーがホテルの部屋のカーテンを開けた音だった。

「げーーーーーっ」とアンソニーの声。

私はパッと目を開いた。雪がこんこんと降っていた。といっても文字通りではない。風が非常に強かったので、降っているというよりは横殴りに近かった。ホテルの駐車場を判別するのもやっとだ。ふだんなら、コロラド州プエブロにあるそのホテルから遠景に望めるロッキー山脈が、完全にかき消されていた。

アンソニーが振り返り私を見た。私は雪に目をやった。次の瞬間、ベッドから飛び出し、服を着込みにかかった。

「ガソリンスタンドまで歩こう」と私は言った。「食べ物を買ってから、作戦会議だ」。長袖の肌着に十分丈のズボン下、その上に長袖のシャツとトレーナー、さらにレインジャケット、帽子を重ねた。外に出るや否や、重ね着した服の層を冷気がナイフのように切り裂いた。風に叩きつけられた雪が、歩道に小さな吹き溜まりを作っていた。アメリカ国旗は凍りついたかのように支柱からぴんと張り出して不動の姿勢を保っている。風速は秒速9mはあるはずだ。私とアンソニーはガソリンスタンドの入り口のガラス戸を力いっぱい押した。ドアが開くと同時に暖かい空気が押し寄せ、戸外を歩いた90秒間にできた、ひげの小さなつららを溶かした。

「冬が来たか」。ホットドッグの保温機とスラッシュマシーンの間に立ち、息も絶え絶えに私は言った。

「やばすぎるよ、これ」アンソニーはうめいた。

同感だった。外気温は氷点下17℃だったが、雪と叩きつけるような風のせいで、体感気温は氷点下35℃だった。

ホテルの部屋に戻った私たちは、レインジャケットと帽子を脱ぎもせず、朝食の入った濡れたビニール袋を提げたまま、呆然と立ち尽くした。アンソニーがもう1度窓の外を見て、首を振った。つい数週間前まで、というか数日前だって、半袖のTシャツ1枚で歩いてたじゃないか？　迫り来るコロラドの冬に追いつかれないよう、全速力で南へと前進し、このまま逃げ切れそうだと思ってたじゃないか？　ニューメキシコ州への入り口となるラトン峠まであと160km弱の地点にあるプエブロは、コロラド州の中ではかなり温暖なほうだって話だったじゃないか？

この先数日間の天気予報を確認する。それから、来週の分も。さらに再来週以降の分も。変化は見られない。雪、雪、凍雨、雪。日中の気温は氷点下17℃、夜はさらに冷え込む。数週間もすれば嵐は治まるだろうが、それでも気温が上がる保証はない。

数週間も待機する余裕はなかった。私たちの元手は非常に限られていたので、カリフォルニアのゴールラインまでやりくりするために、ち密な予算計画に基づいて動いていた。期限は5カ月。それ以上時間はかけられない。アンソニーには仕事も家族も待っている。プエブロでだらだらと冬ごもりする余裕はない。どうやって食いつなぐ？　宿はどうする？　この街に知り合いはいない。知り合いの知り合いすらいない。それに、ベテランズトレックは5カ月で達成すると、寄付者やサポーターに公約してしまっている。ここで立ち止まれば、みんなを落胆させることになる。約束されているいくつかの寄付金ももらえなくなるかもしれない。たとえば、クリス・エイベリから非営利組織に寄付されるはずの100万円は、トレックを達成しなければもらえない。それも、期限内に達成しなければもらえないのだ。ここで立ち止まれば、結局挫折することになるんじゃないか。それは絶対にだめだ。動き続けなければ。しかしこの状況では無理だ。

「中止だな」私の心を読んだアンソニーが言った。「この状況じゃ歩けないよ」

厳密に言えば、日中に氷点下17℃のブリザードの中を歩くことはできる。最悪な気分だろうが、死にはしない。しかし氷点下17℃のブリザードの中でテントを張り夜を明かすことはできない。最悪な気分だろうし、死ぬかもしれない。どんなに寒かろうと、一日中歩けば汗をかく。服は湿気で冷える。プエブロは南部に行くにしたがって、町と町との間隔がどんどん広がっていく――次の休憩所まで64㎞も間が空くこともある。となると、最低でも来週1

週間は、毎晩野営せざるを得ないだろう。濡れた服を乾かせる場所はどこにもない。テントの中に干したり並べておいたりしても凍るだけだから、濡れた服のまま寝るしかない。氷点下で冷たい濡れた服を着て寝袋に潜り込むなんて自殺行為だ。そしてこの何年かで初めて、自殺したくはないと私は心から思っていた。むしろ、生きたいとはっきり自覚していた。

軍隊では、自分の生死を気にかけないよう叩き込まれてきた。それが戦闘中の兵士としての成功を測る指標だった――他者の命を救うために、ためらうことなく銃弾の飛び交う先に身を投じられるなら、兵士としてうまくやっているということだ。死ぬ心配をしていては、毎日爆風を浴びるような任務には出られない。恐怖で身がすくみ、仕事にならない。生き残りたいという望みをかなぐり捨てることが、戦争で生き残る唯一の方法だったのだ。

プエブロでは、私たちの命以外に救わないといけない命はない。お互い以外に救わないといけない相手はない。しかし、自分たちの命は犠牲にしたときに最も価値が上がるのだ、と私たちは教わってきた。そして命を捧げる相手が周りにいない今でさえ、まだその思考にこだわっていた。だってそうだろう?　爆弾や榴散弾《りゅうさんだん》で死ななければ、物理的に戦争から自分を排除することはできる。でも、自分の中から戦争を排除するのはもっと困難だ。10年もそういう戦争の後遺症を抱えていると、生きるよりは死ぬほうが怖くないという心境になるのだ。

だから論外とは言えなかった。私とアンソニーが自らあえて命を危険にさらし、氷点下の屋外で眠り、臆せずに勇敢に死ぬという選択はありえた。なにしろ、私たちが受けて来た訓練は、そのための訓練だったのだから。そしてそれは陸軍で得た大きな教訓でもあった。要するに、私たちの命は、失われたときに最も意味あるものになる。死んだときに最も意味あるものになるのだ。

あれからもう何年も経ち、何㎞も歩いてきたというのに、私たちはまだその教訓を信じているんだろうか？　答えを知る方法が１つだけある。頭の中で延々と流れ続ける言葉をただつぶやいてみればいい。「英雄の都市」と呼ばれるコロラド州プエブロで、英雄として死を遂げるための言葉を。

進み続けないと。

進み続けないと。たとえ何が起きようと。**進み続けないと**。やると言ったのだから。**進み続けないと**。俺たちの言ったことは、死んででもやる意味があるんだ。**進み続けないと**。だってニュースの見出しをちょっとでも想像してみろ！

「イラク戦争の復員軍人が凍死。復員軍人の権利をかけたアメリカ横断旅行の道半ばで」

「戦争の英雄死す。全国の復員軍人のために戦って」

「戦争の英雄、英雄の都市プエブロで亡くなる！」

*

バスルームでびしょ濡れのジャケットと帽子を脱いだ。鏡の中の自分に目が留まった。ニット帽でぼさぼさになった、しめっぽい髪。溶けかけの氷と雪の粒で濡れたあごひげ。ミルウォーキーを発ってからひげは剃っていない。車禁止の誓いだけでなく、海に着くまでひげは剃らないという誓いを、2人で立てていたのだ。ひげはもっさりとした赤褐色のコイル状になってあごから垂れていた。頭髪とは色合いがすっかり変わり、他人のひげとかしか思えないほどだった。あたかも、まったく異なる平行な道が顔を横切っていて、どちらに進むか選択を迫られているかのようだった。

蛇口をひねり、顔とひげに湯を浴びせて、寒気の塊を洗い流した。再び目を覗き込む。洗面台にさっきの言葉を吐き捨てた。すると代わりに、新しいセリフが浮かんできた。さっきよりはほんの少し長いセリフだった。

部屋に入り、窓の外を見た。ベッドいっぱいに脱ぎ散らかしたアンソニーの濡れた服へ、さらにアンソニーへと視線を移した。ベッドに腰かけて、床を見つめている。山脈で自分たちを死なせるわけにはいかない。これまでの1688㎞の道のりを、すぐに忘れられるニュースのネタにはさせられない。何より、これ以上自分たちの命を——自分の命を——ないがしろにするわけにはいかない。

「車を使うしかない」と私は言った。

その言葉は行き場もなく漂った。決してしないと誓ったのに。歩くのを中断したり諦めたりするのはもちろん、車を使えばみんなの期待を裏切ることになるのに。いやむしろ、トレックをやめるよりもひどい裏切りかもしれない。その言葉を認めることは、私たちの命は生きる価値があると認めることだから。

「クソっ」とアンソニーが言った。

「ほんとにな」と私は答えた。彼のついた悪態は、肯定を意味していた――自分の命を犠牲にしてまで世間に価値を提供する必要はない、自分は死ぬよりも、生きるに値するのだ、と。だから私たちの意見は一致した。車を使って、嵐から脱出するべきだ。しかしその実現方法については、アンソニーの同意を得られそうもなかった。

「ついでにもっと悪い知らせがある」と私は言った。

「車は使わないって誓ったのに車を使うこと以上に、悪いことなんてないだろう?」とアンソニーは返すと、つと立ち上がり、部屋をうろつき出した。「隠してはおけない。みんなに知らせないと。もう、しっちゃかめっちゃかだろうな。きっと疑問の声があがる。だったらそもそも――」

「車を使うなら……リック・リソワスキーに頼むしかない」。私は静かに言った。

アンソニーは私に向けて目を見張った。そしてドサッと再びベッドにあお向けになった。ベッドは彼の体の下でしばらく弾んでから落ち着きを取り戻した。車に乗せてほしい、と頼むのは許されない。車に乗せてもらうのも許されない。しかし、リック・リソワスキーに頼んで、車に乗せてもらうのは、特に許されないことだった。

不治の障害を抱え、妻エイプリルから終日介護を受けているリック・リソワスキー。モニユメントの自宅近くの雪道を20㎞一緒に歩いた彼。恒久的な点滴だけを頼りに何とか水分を維持し、地道に足を運んだ彼。2人の幼子の父親。彼の母であるデブには、丸2週間にわたって食事と住処《すみか》を提供してもらい、感謝祭の食卓を共に囲ませてもらった。リックこそ、地球上で最も頼み事をしたくない相手だった。ましてや、480kmのドライブをして山中の吹雪を越えてほしい、なんて大仰な頼み事をするのは、もってのほかだ。

「ありえない」とアンソニーが言った。「リックはなしだ。他に選択肢はないのかい？　バスとかタクシーは？」

タクシーだと軽く3万円を超える。長距離バスにしたって、1人当たり5000〜6000円の乗車賃と、最寄りのバス停までのタクシー代がかかるし、途中で何回も停車するだろうから、何時間も――下手をすれば何日間も――時間をロスする。そもそも、この嵐でもバスが運行していれば、の話だが。クレジットカードは持っていなかった。あるいは、クレジットカードは持っていても、与信枠は残っていなかった。両親や親戚や友人からはすでに寄付をしてもらっていた。これ以上彼らに金を無心すれば面目が丸つぶれだ。

「分かった。あとはどんな手がある？　この辺にほかに知り合いはいないか？　マットはどうだ？」と私は聞いた。

「遠すぎるよ」とアンソニー。「デンバーからここまでだいぶある」

「ケンは？」

「とても頼めない。ケンには瞑想研修を無償でやってもらったばかりだから――」

「だよな」と私は言った。「本当なら大金を請求されてもおかしくなかった。でも俺たちが払える金額といったら、そうだな、せいぜい1000円くらいだろう」

しばらく沈黙が続いた。

「で、ほかに知り合いは?」やがて私は言った。

「あとはデブと、リックと、エイプリルだけだ」とアンソニー。

私はうーんと頭を抱えた。

デブに車を出してくれと頼むのは無理だ。そんなの、茶碗に残った最後の1粒の飯をくれと、僧に頼むようなものだ。あとこの地域で知っている人といえば、リックとエイプリルしかいない。リックの健康上の問題で、エイプリルはずっと家にいて彼の世話をしていた。つまり2人は、仕事を休まなくても私たちを助けに来られる唯一の知り合いでもあった。2人なら、ニューメキシコ州のアルバカーキまで、1日かけて私たちを乗せて行っても、有給休暇を使い尽くしてしまうことはない。

まったくもって気乗りしなかったが、電話をかけると、リックの一家は、またもや私たちを助けると決めた。リックとエイプリルは、子供も連れて、プエブロまで迎えに行って、ラトン峠を越えてアルバカーキまで送りますよ、と言った。リックは旅の疲れが出るでしょうが、大丈夫。もしあなたたちが車に乗らなければ、あなたたちが大丈夫じゃなくなっちゃうでしょう、と。

救出者がモニュメントからこちらへ向けて出発すると、私たちはFacebookに記事を投稿し、フォロワーに爆弾を投下した。車を使う決定を、ほとんどの人が支持し、理解してくれた。しかし最も印象に残っているのは、それ以外の人たちだ。

「何か困難なことをして、困難を克服できるんだってことを自分自身に証明したいって言ってたくせに」

「車は使わないって言ってましたよね」

「480km車に乗るんなら、『4345kmのトレック』と書くとき常に注釈をつけることになりますよ」

注釈うんぬんのコメントに対する返信として、アンソニーはこう書いた。「そうならそれでかまいません。トレックに注釈がつくほうが、人生に注釈がつくよりましですから」

＊

ついにリックの車がホテルに着き、私たちは装備品を持って乗り込んだ。それから480km前後を走り、アルバカーキについた。嵐からは抜け、雪からは遠ざかっていた。英雄の都市プエブロを離れたとき初めて、私は英雄になれたような気がした。英雄は、盲目的に自分を犠牲にする人とは違うんじゃないか、とふと気づいたのだ。自分をはじめ、すべての命を尊重できる人なんじゃないか。自分にとっての正解を――たとえそれが他者にとっては間違いだとしても――つらぬく勇気を持っている人のことなんじゃないか。
私たちはなけなしの金をはたいて、リックの車のガソリンを満タンにし、リックの一家に、ピザとその晩泊まるホテルの部屋をおごった。ありがとう、と言葉をかける。ありがとう、本当に。そしてさようなら。私たちはスイッチを切らない。歩き続ける。命を、大事に守っていく。なんとなく生きる価値がある気がしてきた、自分たちの、この命を。

26 希望

森の中に1人でいるクラーク軍曹を想像しよう。ヘリコプターの離着陸場を作るために、木を爆破している。彼は、『ボーン・レガシー』に出てくる、山中に1人でいるときのアーロン・クロスだ。政府の無人飛行機の銃撃をかいくぐり、狼から逃れ、生き残るあの男だ。

今度は、イラクで走行中の車両の屋根に乗っているクラーク軍曹を思い浮かべよう。反乱軍に狙われている。ストライカー装甲車から這《は》い出て、対空警戒員の脇を通り、ばかでかい車両の屋根を自在に乗りこなしながら雄叫びとともに武器を発射する、薄暮の中のクラーク軍曹。険しい青い目、厚くがっちりとした厚い胸板。続いて、フォートルイス基地でディアス軍曹の隣に立つクラーク軍曹を思い出そう。涼しく雨がちなワシントン州で、クラーク軍曹に出会ったあの日の姿を。肩を並べて立つ2人——白い肌に、滑り台のようになめらかに傾斜した鼻、前に突き出たあごのクラークと、後退した生え際にニタニタ笑いを浮かべたディアス。一緒にいる様子を見れば、2人は友人だと分かる。2人が笑うと、やっぱりこうでなくちゃと感じる。兄弟のような絆ってのはこういうことを言うんだろうな、と。その絆があれば、自分も助かる。この2人についていけば、きっと死なずに済む。ＰＴのユニフォームを着て、集中配車場で半円形の隊形を取っていると、クラークの舐めるような目つきにさらされる。初めて目と目が合う。そして気づく。クラークは背が低く、筋肉質。要するに、根っからの体脂肪嫌いだ。こちらへ歩み寄り、いぶかし気に目を細める。初めて話しかけられる。彼の目を直視してはいけない。ただ声だけを聞く。「調子はどうだ、デブ?」返事をする自分の声が聞こえる。「特に変わりありません」。すると相棒のイーサンの声がする。「あの、軍曹、大丈夫です。こいつ走れるし、ＰＴもできますから。ただ太ってるだけです」

今度は、プランクの姿勢を取っている自分が見える。イラク基地のごつごつした地面に握りこぶしを押し当てている。クラークは、終わりの指示を出すまで腕立て伏せをしてろ、と言い残し、去っていく。45分後、再び彼がそばを通りかかり、尋ねる。「まだいたのか?」罰は終わったのだ、と解釈する。起き上がり、擦り剝けた手の皮から石を取り除く。

午前2時に目を覚まし、クラークの部屋の続き部屋に入り込む。そこは無線が始終つながっていて、自分は無線係なのだ。座って無線を聞いていると、自室をうろつくクラークの影が見える。いつのまにか、クラークが入り口に立っていた。素っ裸の状態で、あいさつ代わりにペニスを手でぶんぶん振り回している。目はじっとこちらに注がれ、ペニスは狂ったように回転し、黙りこくる彼の手によって延々と円を描き続ける。クラークは不意に手を止め、ペニスを離すと、何も言わないままベッドに戻っていった。

こちらがおとなしいので面食らったのだ。自分とタイプが違いすぎて理解できず、どう接していいのか分からなかったのだ。たぶん、こちらがお利口で、おとなしかったから。そう、自分はかつてお利口で、おとなしかったのだ。それなら、また戻れるかもしれない――あの頃の自分に。本当の自分に。

毎朝早起きし、フィットネスバイクに乗る自分がいる。痩せられるようがんばる――本気でがんばる――と伝えたとき、クラークはこちらを見てうなずいた。かすかだが賛意が感じられた。それ以来デブとは呼ばれなくなった。

モスルの戦術作戦司令部の先任曹長室から、クラークが出て来る。イーサンに歩み寄る。イーサンは、自らの失態のために、撃たれて昇天するか、煙草の吸殻集めや石並べの罰を受けるものと思い込んでいる。1時間前に針を戻すと、イーサンが冷や汗をたらしながらクラークに事情を説明している。睡眠不足だった彼は、武器をテーブルに立てかけたまま、ドアを通って食堂を出た。武器を置き忘れたのだ。武器はなくなってしまった。イーサンはあらゆる罰を受けるものと覚悟した。上司の部屋から出て来たクラークは、イーサンの肩をぽんと叩き、言う。「かたはついた。こんなこと二度とないようにな」

今しばらく、そのときの記憶に浸ろう。道路をせっせと踏みしめながら、クラークが万事うまく収めてくれたときのことを振り返ろう。クラークは、みんなの窮地を救った。部下をかばい、守り、弁護した。冗談を連発するディアス軍曹と、並んで歩くクラーク軍曹の笑い声が聞こえた。

ニューメキシコ州の境界を越えアリゾナ州へと入った。木が風にそよぎ、行く手には太陽と雲が作り出す黒い影が続いている。ひとときき立ち止まり、ケンに教わったやり方で瞑想をする。いつのまにか、その頻度が増していく。あちこちで、少しずつ瞑想を重ねる。なんだ、こんなに簡単なことだったんだ。

底なしの大地の下から希望がふつふつと湧き上がってきた。それはやがて大きなうねりを上げ、風音をかき消した。クラークとディアスの顔から、亡霊じみた沈痛な面持ちが吹き飛び、幸せだった頃の、高らかな笑い声をあげていたときの笑みが浮かんだ。その瞬間、彼らの喜びは絶頂に達し、2つの峰のようにそびえ立った。これからも、2人が肩を並べて歩くのを見守ろう。そしてともに歩いて行こう。あいつらはきっと、死んでも友達のままさ、と信じて。なんだかんだで、どこかで一緒にやっているさ。だから大丈夫だ。希望のうねりが過去をかき消す音がした。そのうねりは亡霊たちを黙らせ、2人の微笑みを包み込み、静止画の中に永遠に収めたのだった。

27 すべては蜃気楼

秒速26ｍの風にあおられた砂が、もろに顔を叩きつけてくる。手の甲で目を拭《ぬぐ》い、風に向かって前傾姿勢を取る。これだけ風が強ければ、企業研修でやるトラストエクササイズか何かのように、わざと後ろに倒れて風に背中を受け止めてもらうことだってできるだろう。渦を巻く巨大な突風が、まるで帆を押すようにリュックサックを後方に引っ張る。前進するのもやっとの状態だ。モハーヴェ砂漠のど真ん中を走るルート66には、数㎞おきに高架交差道があった。私たちは水中を歩くように風を押し分けて進み、次に現れた高架下に入って風をしのいだ。

サポーターも、報道陣も、映画スタッフも、安定していた携帯電話の電波ももはや過去のものとなっていた。コロラド州とニューメキシコ州で見られた自然美も過ぎ去った――結局ニューメキシコ州のアルバカーキからトレックを再開し、最終的にアリゾナ州を横断したのだ。ペインテッド砂漠では繊細なクロワッサンのような成層岩を目の当たりにした。その隆起したところはテーブルマウンテン（頂上台地）状の高台となっていて、低地部分は、まるで凍ったあずき色の波のようにゆるやかに起伏を繰り返していた。今、眼前に広がるモハーヴェ砂漠は、真ん中にひたすら高速道路が伸びているだけの、無の大海だ。何日か前、カリフォルニア州東部を歩いていたときに、丘の頂上に到達した。３６０度、どこまでも陸が続いていていた。地球の丸さが目に浮かんでくるようだった。高速道路は、大きな弧を描く傷痕のように陸を切り裂き、地平線まで続いていた。谷底で平らになってから再び隆起し、彼方の巨山の頂に巻き付いている。その丘から山の尾根まで１４０㎞はあると思われた――あと５日は、景色の変化は望めないだろうと悟った。

日中は風との闘いになりがちで、一歩一歩が小さな勝利と言えた。レストランや店や人の姿は、どこにも見えない。空を見上げれば、あるのは霞のような雲が少しと、飛行機雲が数本のみ。飛行機雲はしばらくあたりを漂ってから、まるで綿が引き延ばされるように徐々に拡散し、最後には消えてまた無になる。一度だけ、カリフォルニアシティー東部の某所で、トロイ・ホームズというサポーターがポパイズ・ルイジアナ・キッチンのバケツ入りチキンを1箱、車で届けてくれた。記録をつけていた人なら分かるだろうが、道中の差し入れとしてサポーターがバケツ入りチキンを持ってきてくれたのは2回目だ。しかしたいがいは、ビーフジャーキーかトレイルミックスでしのいだ。夜になれば野営をした。夕暮れが迫ると、道路脇の土手裏や茂みの影など、野営に適した場所を探し始める。そして荷物を広げ、寝袋を開き、ブーツを脱ぎ、コヨーテの鳴き声や遠吠えに耳を傾けた。朝が来たら、ブーツのかかとを持って逆さまにして振った。夜間に蛇やさそりが潜り込んでいる可能性がないとはいえないからだ。最近は瞑想がおもしろくなってきていたので、その結果発せられる安らかな気に、生物が吸い寄せられるかもしれなかった。だから用心するに越したことはない。

この土地では、「何もない」ことが法律だった。たいていの場合、アンソニーが私の数km先を歩いていた。私の倍の歩幅があるからだ。互いに見えないほど離れたときは、彼が歩くのをやめ、再び私の姿が確認できるまで待つ。しかし常に一定の距離は保った。会話は最低限。音楽は聴かず、ヘッドホンもなし。これ以上何かにかまけていられなかった。トレックが横道に逸れるのはいつも、映画スタッフやサポーターやソーシャルメディアに対応しているときだが、そうしたものから解放された今、やっと、ずっと憧れていた空間と時間に——過去と向き合う空間と時間に、私たちはどっぷりと浸《つ》かっていた。ごくまれに、「何もない」が「何かある」に突如変わる瞬間があり——車が通過したとか、立ち入り禁止の看板が立っている廃屋があったとか、閉店した小食堂が見えたとか——、そんなときには胸が高鳴り、向かい風の中を進む足も速まった。しかしふだんは、すべての空間が、永遠にも思える「何もない」時間に満たされていた。例外は、私と、道路と、私に歩調を合わせる２人の軍曹のブーツだけだった。

広大な無の空間にいるうちに、軍曹たちの存在が——そして私自身の存在も——薄れていくのを感じた。風の中に悪魔と記憶と死者が見えた。風塵から、まるで蜃気楼のようにぬらりと出てきて、私の肩に手をかけ、足を踏みつけ、顔を現すと、何もせず再び風の中へ姿を消した。クラークがいた。ディアスがいた。黒いクルタを着た男もいた。

いや。

気のせいかもしれない。

死者たちは確かにそこにいるのか？

本当は風の中にはいないんじゃないか？　死者は過去にいるんだ。私の頭の中だけに存在する過去に。現実に存在するのは、風と、砂と、足の痛みだけかもしれない。もしかしたら、それさえ現実じゃないかもしれない。

ウォルフウォーカーに思いを巡らせた。自分の癒やしの責任を負うべきだと話したときの、彼の発言をもう一度頭の中で繰り返す。責任を負うためには、その過程として、過去の出来事を受け入れ、そこから教訓を得る道を選択する必要がある、と言っていたな。他に過去を変える方法はないと自覚すべきだ、と。この10年、私は死者に魂を捧げてきた。死者のために生き、死者とともに生きてきた。いつだって、目の前の現在よりも、死者を優先してきた。過去に生きれば、遠回しにでも、彼らへの忠誠心と、愛と、私の後悔の念を証明できるとでもいうように。過去にこだわれば、どうにかして過去の物語を書き換えられるとでもいうように。過去にしがみつき続ければ、今からでも過去を変えられる可能性にしがみついていられるとでもいうように。

しかし前方の地平線へと視線を向けてみた。３km先の砂漠の真っただ中に、標高３００ｍの頂との対比でぽつんと見える、アンソニーがいた――誰かに小さいと思われたのは、このときが生まれて初めてだろう。２９００km近くを共に歩いてきた彼。私の物語に耳を傾け、私の冗談に笑ってきた彼。自分の物語と冗談を聞かせてくれた彼。私の友。彼は私とともに、今ここにいる。今この瞬間、ここに生きている。

そして空がある。頭上を仰げばそこに。クルディスタンの空ではない。幸か不幸か、バーストー東部の空だ。青や灰色が、徐々に迫りくる日没の薄いオレンジやピンクやオレンジに移り変わっていくのが見える。

そして風。体に圧を感じる。肌をぴしゃりと叩きつけてくる。まるで神が直々《じきじき》に私の目を覚まさせようとしているかのようだ。

あのときああしていれば、と過去をほじくり返す気力も体力も、もはや残っていなかった。残しておいた力を振り絞らなければ、砂漠を進むことさえできなかった。頭の中で過去の情景を1万回追体験したって、起きたことが変わるわけじゃないのだ。

また現れた。地面にブーツ。そして例のごとく、肩先に、クラークとディアス。

すまない。

俺はアンソニーを選ぶ。空を選ぶ。風を選ぶ。

許してくれ。

俺は現在を選ぶ。

＊

砂漠を歩いているときに最も警戒すべきことは、殺人じゃない。追い剝ぎだ。断然追い剝ぎだ。なにしろ殺されたら死んで終わりだが、追い剝ぎに会って物品を奪われたら、とりあえずは生き残っても、あとが悲惨だ。人里離れた砂漠のど真ん中をうろつく、ひげもじゃで汗だくのヒッチハイカー風の2人組を見て、車を止め、助けてくれる人がいるだろうか？いるわけがない。

高架下に入って1時間過ぎた頃には、また先を歩ける程度に風が落ち着いてきた。急にあたりが静かになったかと思うと、遠くから近づいてくる車のモーター音が聞こえた。音は徐々に大きくなる。振り返ると、キャンピングカーが高速道路をこちらに向かって走ってくる。私たちとすれ違うとたちまち速度が落ちていき、1・5㎞ほど先で停止した。そのまま待機している。

アイドリング状態の車に歩み寄ると、運転手がウィンドウを下げた。60代の白人のヒッピーだった。彼が発する恐ろしく脱力したけだるい雰囲気のせいで、私たちは1960年代にタイムスリップしたヒッチハイカーのような気分になった。

「よう」と彼は言った。「何してんだい?」

私たちは説明した。自分たちが復員軍人であること。復員軍人が抱える問題の認知度を上げたり、資金を集めたりするために、アメリカを徒歩で横断していること。

「そりゃ本当か？　俺はベトナム戦争の復員軍人だぞ」

「すごい奇遇ですね」と私たち。

「どこまで行くんだ?」

「サンタモニカピアです。ロサンゼルスの」

「すごい奇遇だな」と男性は言った。「俺がこれから向かうところじゃないか」

アンソニーがさっと目配せしてきた。その含意を読む。「連続殺人犯の企《たくら》みか、またしても類《たぐい》まれな偶然の仕業か、はたまた世界に大がかりなドッキリをしかけられているのか、見極めよう」

「乗れよ」とその復員軍人が言った。「乗せてってやるさ」

「ありがとう、でもそれはできないんです」とアンソニーが言った。

「そうかい」

彼はそう言うと、ウィンドウを上げ、車線に戻って、走り去った。どこまでも。どこまでも。20分経っても、まだそのキャンピングカーが走っているのが見えた。何㎞も先の道を、のんびりと進んでいる。もしかしたら、今頃私たちもあのあたりまで進んでいたのかもしれない——車に揺られて。結局、あそこまで歩いていくしかないんだな。ひいひい言いながら、孤独と戦いながら、1歩ずつ。

*

バーストーの近辺まで来ると、見慣れた景色が見えてきた。南東に、海兵隊基地のトゥエンティナインパームス地対空戦闘センター。北のフォートアーウィンに、陸軍のナショナル・

トレーニング・センター。イラクに派遣される前、私とアンソニーが1カ月間訓練を受けた場所だ。もし砂漠にワームホールが空いていたら、10年前の私が、ほんの数キロ北にあるその場所で、戦闘地帯を生き抜くあらゆる公式を習得するのが見られただろう。決して1人で車両から降りないこと。決して夜に車両のライトを点灯しないこと。夜道で懐中電灯をつけてIEDを探したり決してしないこと。あの頃の私は、それを一途に頭に叩き込んでいた――本当に本当にがんばって、これさえ覚えておけば、なんとか死なずに済む、とでもいうように。**降車禁止、ライト禁止、懐中電灯禁止。降車禁止、ライト禁止、懐中電灯禁止。**

さらに時間軸を進めると、小隊軍曹だったガストン一等軍曹の姿も見えただろう。私たちを率いて戦場に行くはずだった男、「降車禁止、ライト禁止、懐中電灯禁止」と指導してきた男だ。そして、ある訓練演習中に、降車し、ライトを点灯し、懐中電灯をつけてIEDを探し始めた男だ。その結果、敵役のチームの奇襲を受け、何十人もの味方役が死んだことになってばたばたと地面に倒れた。翌日、ガストン一等軍曹が小隊からはずされ、私たちとともにイラクに行くことはなくなったと分かり、私の顔に安堵の色が浮かぶ。

気を付けの姿勢を取る私の前で、小隊長が話をしている。「今日から君たちを担当することになった小隊軍曹と分隊長を紹介しよう。こちらがクラーク軍曹。小隊軍曹だ。こちらがディアス軍曹。分隊長だ」

クラークが、キッと険しい視線を投げながら、小隊の指揮を執っている。その目を見るだけで、これまでに出会ったなかで、最も大胆不敵な下士官だと分かる。とにかく曲がったことが嫌いで、熱血で、部下の身代わりとなって胸に銃弾を受けるのが、リーダーのあるべき姿だと考えている。

クラークの背後で、ディアスがニッと笑う。クラークに身をかがめて何か耳打ちし、クラークを笑わせている。このタイミングで、それができるのは彼だけだ。クラークと友人でいるには、小隊を率いるのと同じくらいの自信と勇気が必要だろう。その意味で、クラークとディアスは同じくらい勇敢だ。２人は仲間で、兄弟だ。

私はほっと息をつく。

「やれやれ」。２人が声を上げて笑う姿を見ながら思う。「これなら死なずに済みそうだな」

＊

２人のおかげで――それとも神のおかげか、知る由もない何らかの理由があったのか――私は死ななかった。

私は死ななかった。

生きていた。

クラークとディアスの失った機会が、私にはまだ残されていた。２人のために、今こそ現在の世界へ――２人がもう存在できない世界へ――しっかりと脚を踏み出さなければならない。イラクやフォートアーウィンやフォートルイスやフォートベルンの地面に足を乗せていては、それはできない。過去に引きこもっていてはできない。今ここにいなければできないことなのだ。無がすべてを封印する、この場所でなくては。過去さえも、彼らさえも封印する、この場所でなくては。

と、そこまで考えたとき、ふと気づいた。私はクラークとディアスの亡霊のことをずっと誤解していた。イラクの頃から、2人に付きまとわれていると思っていた。取り憑かれ、責め苛まれていると思っていた。でも違った。2人が放してくれなかったのではない。私が2人にしがみついていたのだ。クラークやディアスの姿が見えたり、気配を感じたりするとき、2人は私を傷つけようとしたのではなく、助けようとしていたのだ。私がいいかげん2人を解放できるように、癒やしへと背中を押してくれていたのだ。たとえばあの夜、バーでディアスは言った。今君はどん底にいる。お姉さんの所に行って、「もう耐えられない、このままでは自殺してしまう」と伝えるんだ、と。トレックの出陣式では、2人して私の横に付き添い、私が自分の足で歩ける強さを身に付けるまで、一緒に歩くと誓った。そして何kmも続く砂漠で、熱気と風と空を前にした私は、自分はここにいる、死んではいない、生きているのだ、と否定しようもないほどはっきりと自覚した。君たちは生きなくてはいけないし、自分たちは死ななくてはいけない——そうクラークとディアスは伝えているのだ。過去の記憶にこだわり続け、どうにもならないことを悔やみ、過去に抵抗し続ける限り、2人は浮かばれない。2人を愛するなら、2人を手放さなくては。自分のためだけじゃなく、2人のためにも。2人の霊魂が私の魂のお守りから解放されるように。2人がようやく安らかに眠れるように。

だから砂漠で2人を解放した。まずはディアス二等軍曹。続いてクラーク曹長。恩寵と慈悲に包まれながら、2人の霊はすーっと私から離れていった。その姿が、解放された鳥の姿と重なった。ディアスの口ひげが鷲の羽に、クラークの目が鷹の目になった。そして無になった。ただ、風と空と一体になった。

「ありがとう」。私は思った。それから「ごめん」。

そして最後に、「さようなら」と。

押し寄せる感謝の波にのまれながら、安堵感に浸った。イーサンから借りたリュックサックが、急に5㎞軽くなった気がした。

私は先をめざした。

28 揺れる町《ロサンゼルス》

トロイ・ホームズの家は、カリフォルニア州サンタクラリタのキャニオンカントリーにあった。ロサンゼルス市から約160㎞以上北西にある町だ。トロイとは13日間夜を共にした。昼間は30～50㎞歩き——その頃には余裕でそれがこなせるようになっていた——トロイが提案したバーストーからハリウッドまでのルートに従い、サンガブリエル山脈を越えるのではなく、回り込むかたちでトレックを続けた。夜になると、歩きを切り上げ、トロイに現場まで迎えに来てもらい、彼の家へ行き、シャワーを浴びて夕飯を食べた。夕飯後は同じブロックにあるＶＦＷ〔復員軍人向け非営利組織〕に行き、様々な世代の復員軍人たちに酒をおごられ飲んだくれた。朝になると、前日トレックを切り上げた地点まで車で送ってもらい、そこからまた歩き始める、という毎日だった。

　ロサンゼルスのトレックは、これまでのどこのトレックとも勝手が違った。喧噪に包まれたこの街は、頭上やそこここで高速道路が交差し、まるでコンクリートのスパゲティー状態だ。複雑に入り組んだ細道は、道幅いっぱいにひしめく大量の市民が運転する大量の車でごった返している。私たちには、この街がいったいどこからが始まっているのか、つまり本当にここが待望のロサンゼルスなのか、さっぱり見当がつかなかった。ロサンゼルスに着いたぞ、という実感がまったくないのだ。なにしろ、「ロサンゼルス」という地名そのものが存在しない。あるのは、パサデナ、パームデール、グレンデール、バーバンク、ミッドウィルシャー、ウエストウッド、ベニスだけ。まあハリウッドはロサンゼルスと言えるかもしれない。あと中心商業地区《ダウンタウン・ロサンゼルス》も。ロサンゼルスは、たくさんの街から成る街、多彩な地区の集合体だ。境界を一歩超えれば、家賃や物価、住民の性質、駐車のしやすさががらりと変わる。そして見る者次第で、街の姿も変わる。可能性と希望に満ちた優しい夢のような街にもなれば、去る者追わずを信条とする、苦労と欺瞞だらけのくだらない街にもなる。いずれにせよ、万人の愛が報われない街であることに変わりはない。この街ではほとんどの夢は実現せず、たとえ実現しても、長くは続かない。

ロサンゼルスは私たちの旅の終着地だ。ルート66の公式の終点となっているからだ。道の終わりを示す目印は、海。それから、サンタモニカピアに立つ、どこか得意げな「ルート66――トレイルの終わり」と書かれた標識。それは、今から何カ月も前、姉貴の部屋で、トレックを思い付いたときに心に描いていた場所だった。道筋の途絶えるところ、波打ち際に行き当たって、長く続いた困難な旅の完結を見る地点だった。

＊

私たちはハリウッド大通りとバイン通りの交差点に差しかかった。終点まであと20㎞。2014年1月31日のことだった。そこには人々が必死に何かを求めている空気が充満していて、必死さの中に色気さえもにじんでいた。有名人を一目見たいと切望する一般人。有名人になりたいと切望する地元民。私たちのことを有名人か何かと勘ぐって、後ろに続く撮影スタッフをじろじろ眺める人々。ロサンゼルスを体験したいと願う旅行者たちが訪れる場所がこの交差点だとは、皮肉な話だ。ロサンゼルスに住んでいた頃の姉は、食について語らせると止まらなかった。大賑わいのメキシカンバーや、サービスタイムに500円で寿司が食べられる寿司屋、24時間営業のフォーの店、自分だけのオリジナルバーガーが食べられる酒場には、何回行っても飽きることがなかったようだ。おすすめのタイ料理店を10店は挙げられたし、ノースハリウッドからラグナビーチ一帯の惣菜店とブランチ向きの店を知り尽くしていた。また、この街の自然美についても絶賛していた――ラニヨンキャニオンでハイキングすれば、都会の真ん中で山からの景色が楽しめるんだよ、とか、ウィル・ロジャーズ・ビーチ州立公園の海を見下ろしながらウィズダムツリーを通るのは最高、とか、夜のサンフェルナンドバレーはね、山を北東に登っていく405号線とか、それはそれはたくさんの光がきらきらしているんだから、とか。

そのどれも、ここでは見かけなかった。見たのは、蝋人形館と、真っ暗なバーと、ストリッパー向けの靴の専門店。それから、ハードロックカフェと、観光バスとTシャツ店。どれも、ラスベガスやタイムズスクエアにあるハードロックカフェや、観光バスやTシャツ店と、1㎜も変わらないように見えた。私とアンソニーはハリウッド大通りとノースハイランド通りの交差点にある大きなショッピングモールを通過し、星形プレートの埋め込まれたウォーク・オブ・フェイムに足を踏み入れた。失業中の役者がバットマンやスポンジボブに扮してチップをもらい、小銭を稼いでいる。グローマンズ・チャイニーズ・シアターの前では、自撮りをしている観光客の姿が見られ、ラッパーたちが通行人にCDを売り込んでいる。

私たちが歩道を埋め尽くす人波をすり抜ける間、マイケルたち映画スタッフはレンタカーに乗り、窓からカメラをはみ出させて私たちの後を追っていた。車の流れが悪くなると、マイケルはたびたび私たちを見失い、車を飛び降りて追いかけてきては、望みのショットを撮り続けた。ペースを落としてくれ、と大声で呼び掛けてくることもあった。何度かは聞こえないふりをした。渦巻く切望。詐欺師に観光客。街路の表面にこびりついた薄汚いすす。がらがらのバーから漂ってくる古いビールの臭い。性具店。ビルの谷間にこもった排気ガスと太陽の熱。そのせいで生ぬるくなったコンクリートの悪臭が、肺に充満する。何もかもが汚らわしかった。一刻も早くここを抜け出したい。ドキュメンタリーなんかクソくらえだ。

私たちは観光客の群れをかき分けながら先を急いだ。自らの芸で身を立てようとCDを売るラッパーの一人が、アンソニーに声をかけた。

「兄ちゃん、このCDやるよ。聞いてみて」

「どうも」とアンソニー。「聞いてみるよ」

私はアンソニーに目で語りかけた。「それ絶対聞かないだろ。だいたい今時CDなんて聞くやついるのか？　2014年にもなって」

ともかく、アンソニーがラッパーからCDを受け取り、私たちはチャイニーズシアター前の人がひしめく広大な歩道を、再び押し合いへし合いしながら進んだ。

ラッパーが追ってきた。「兄ちゃん、それ1000円だよ」

「ええ？」アンソニーはくるりとラッパーに向き直った。

「やるって言ったじゃないか」と抗議する。

これに端を発した激しい口論の末に、アンソニーはFacebookにこう書いた。ハリウッドは「落ちぶれ者と詐欺師」の巣窟だ、と。

＊

バイン通りやノースハイランド通りと交わるハリウッドが「根性の塊」だとしたら、やがて現れるウェストハリウッドやサンセットストリップは「見栄の塊」だ。デザイナーズブランドのブティックと、その入り口でモデル立ちしている、スキニーレギンスをはいたショップ店員たちの前を通り過ぎる。続いて、屋上プールを備えた高級ホテル。オープンカフェと、地下に潜む会員制ジャズクラブ。ゲイバーに、ストレートバーに、特段その違いにこだわらない中間的バー。スプリンクルズカップケイクス、ピンクスホットドッグズ、客でごった返すユダヤ料理惣菜店。

そして、ビバリーヒルズとそれまで通ったすべてのものとを隔てる、透明な境界線を越えたとたん、一面に緑が広がった。黄緑色の芝生は柔らかで、巨大なヤシの木は陽光を受けて輝き、水面からすっくと伸びた風にそよぐ葦のように、さらさらと揺れている。完璧に手入れされた生垣の奥に潜む大邸宅。噴水とホテル。そこに立つ1970年代の看板は、昔の姿を今もそのまま残すことで、過去に宿泊したセレブ全員を宿泊客が思い出せるようになっている。

大通りをそぞろ歩く途中で、小さなボックスに詰めている守衛の前を通り過ぎた。ゲート付き住宅街に住民以外の者が入り込まないよう見張っているのだ。しかし、通りからも家が見えることがあり、そんなときは、広々とした鮮やかな芝生を手入れする労働者の一団が目に留まった。どの芝生でも、そこここに労働者が散らばって、生垣を整えたり、芝生を刈ったり、背負い式の『ゴーストバスターズ』風の機材から伸びるスプレーガンで植物に液体を撒《ま》いたりしていた。通りすがりに見えた家一軒につき5人前後、計何十人もの労働者が、屋外で日差しを浴びながら、艶めく葉とともにかすかに揺れるヤシの木の下で、剪定や落ち葉清掃や芝刈りをしてその土地を手入れしていた。家主たちは、今頃どこで何をしているんだろう、と思った。どこで何をしたら、これだけ大勢の人を雇って、ここまで完璧に家を手入れさせられるんだろう。

汚れた服に汗ばんだひげというあまりにも場違いな風貌で歩道をずんずん歩きながら、ウォルフウォーカーのことを考えた。自分の癒やしの責任は自分が負うべきだ、と話したときの彼の発言を思い返す。誰かが癒やしを代わってくれるわけじゃない、自分の魂の回復を、人に任せることはできない、と言っていたな。ここの住人たちは、きっといろんなことを人に委託しているんだろう。家の景観の維持、育児、使い走り、犬の散歩。他にも、個人秘書やら広報やらスタイリストやら、自分を保つのに必要なアシスタント集団やらを抱えているんだろう。家のケアを人に任せているように、魂のケアも人任せにしているのかもしれない。プライベートトレッスンをしてくれるヨガ講師や、マッサージ師やライフコーチや瞑想講師を雇うことで、心身の充実を外部委託しようとしているのかもしれない。

大理石や化粧漆喰や錬鉄や金を見ているうちに、俺には帰る家がないんだな、としみじみ感じた。生垣を刈り込む人たちを見ていると、思い知らされる。自分は、顔の見えない立派な家主より、庭師寄りの人間だ。金持ちになる方法も、有名になる方法も、取引の方法も、成功の方法も知らない。フランスから輸入されたドアの向こう側でどんな生活が営まれているのか想像もつかない。しかし、4330㎞を歩いてきた今だからこそ、自信をもって言えることがあった。家主たちの気づいていないことに、私は気づいている――幸福になり魂を癒やしたければ、自分の生垣を整えることが1つの秘訣なのだ。自分の中の、荒れて見栄えの悪い箇所に常に目を向け、手入れするのだ。自分の中の、栽培と再生が必要な箇所に、日頃から自主的に対処するのだ。一時的でなく根本から、本当に癒やすためには、自分以外の人に頼っていてはだめだ。

日が暮れ、トロイ・ホームズがビバリーヒルズまで私を迎えに来た。アンソニーは迎えに来たホーリーとマデリンの車に乗り込み、宿泊先のホテルへと去った。

その夜、私たちの一行――私、アンソニー、ホーリー、マデリン、撮影スタッフ一同――はトロイのもてなしを受け、ハリウッドにある高級イタリアンレストランで夕食を楽しんだ。途中で夜風に当たろうと外へ出ると、ポルノ映画界のスター俳優ロン・ジェレミーが、1990年代後半の深緑色のサターンに乗ってノース・ラス・パルマス通りを徐行してきた。路肩に車を寄せ、窓から口ひげを突き出す。

「やあ！　アリーナステージってどこか知ってるかい？」

私は通りの真向かいにある白いコンクリート造の建物を見やった。そこには、1つ2つどころか、4つの看板が正面の目立つ場所に掲げられ、うち2つは黒の大文字で「アリーナ」と謳っていた。

「ここじゃないかな」と私が返すと、彼は「ありがとう！」と言ってほっとした表情で走り去った。

トレックの最後の一夜を、私はトロイの家で1人きりで過ごした。ソファに横になって眠ろうと努めながらも、途方もない感慨と緊張感におそわれていた。もうやり遂げたも同然だった。人生で最大の、そして最高に無謀な企画が、もうすぐ達成されようとしていた。夢のような旅だった。癒やしの旅だった。その旅があとたった数時間、数km歩いたら、完結するのだった。

29 再会

ゴールまであと11kmの地点にあるビバリー・ガーデンズ・パークのカーブを曲がると、日光を浴びてたたずむイーサンが見えた。会うのは4年ぶりだった。その間にイーサンはステファニーに出会い、結婚し、父になり、今は第2子の誕生を心待ちにしていた。隣には奥さんがいて、サンタモニカ大通りと並行に走る柔らかい砂地のハイキングコースに立っていた。

イーサンに似て背が高く、髪は長い黒髪で、妊娠中のパンと張ったお腹を抱えていた。２人を見つけたのは、２人がアンソニーを満面の笑みで出迎えているときだった。

第一印象からして、イーサンは私が記憶していた彼のイメージとは若干ずれていた。私にとっての彼はいつまでも26歳の青年のままで、大学の花形ランナーのようなほっそりした首とスリムな胴を持っていた。あれから年を重ねたのだ――健康的な体つきは相変わらずだが、なんとなく逞しさが増したというか、結婚し親になった重みを支えられるだけの横幅を獲得したような印象だった。眉間の縦じわは深くなっていたが、野球帽の下にあるサングラスの奥の目は、イラクにいた頃から変わっていないと分かっていた。今も、年齢以上の智恵を思わせるようなしわが目じり周りに刻まれているのだろう。

イーサンは私たちの小隊の記章がプリントされたＴシャツを着ていた。トランプのスペードのエースの中央に、どくろと、交差した２本の骨、その下に矢じりの先端が描かれ、どくろマークの上には、「死なない者たち」のロゴが入っている。イーサンと同様に、たとえ何年ぶりだろうと、どこにいようと、そのシンボルマークを見れば、すぐにそれと分かっただろう。その形と皮肉な文言を見れば。私たちの小隊には、戦時中も戦後も含めて、死んだ者たちがたくさんいる。それでいて、その言葉は真実だ。私たちはみな生存者の心と頭の中で永遠に生き続ける。

「よう」イーサンに声をかけた。

互いに抱擁を交わす。

「もうすぐゴールだろ?」イーサンが白い歯を見せた。

「あと11kmでゴールだ」

待ち合わせ場所としてマイケルがこの公園を選んだのは、青々とした芝生と大きな噴水とたっぷりのヤシの木という映画映えする背景によって、イーサンとの再会を盛り上げるためだった。こうして落ち合った後は、最後の区間を一緒に歩くことになっていた。どういうわけか、ここは市内のどこよりも青空の色が深く、鮮やかな気がする。コンクリートと商店街は過ぎ去り、穏やかに揺れる豊かなヤシの葉と、噴水から流れ落ちる水、そして一面に広がるエメラルドグリーンの自然に囲まれていた。さんさんと輝く太陽。暑くも寒くもない理想的な気温。みんなの顔に自然と微笑みが浮かぶ。じゃあな、とイーサンが奥さんに言う。また後でゴールで会うのだ。2人が別れる瞬間の体の角度が、お互いに身を傾けたときの何気ない雰囲気が、奥さんのこめかみにさっと頬を当て別れを告げたイーサンのしぐさが、夫婦の熱愛ぶりを実感させた。緑に囲まれた公園の青い空の下で、さよならのキスをするイーサンにそっと目を走らせながら、この瞬間を永遠に見守っていたいと思った。2人にはいついつまでも、こんなふうに幸せで、はにかんで、大きなお腹を抱え、満ち足りた気分でいてほしい。イーサンが残りの人生をずっとこのまま幸せに過ごせるなら、イラクの少女が死んだときの記憶は、きっと相殺されるだろうから。

＊

その日バグダッドは大混乱に陥っていた。私たちはダウラ地区にいた。分隊単位で市内各地を掃討していた。イーサンの小隊は標的を追っていて、イーサンは狙撃チームのメンバーとして民家から外の状況を監視していた。ふと通りの先に目をやると、子供を抱えた血まみれの男がいた。イーサンは衛生兵を捕まえてきて、その男と瀕死の少女を、監視用の民家に連れ込んだ。男を追い払おうとする家主にかまわず2人を中に入れ、入ってすぐの床に少女を寝かせて手当てをした。シャツを切り取ると、胸に刺し傷があると判明した。通訳がいなかったので、怪我の原因を想像することも尋ねることもできなかった。衛生兵と協力して胸の傷をふさいだとき、少女が息を引き取った。周りにはその家の者たちが輪になって立っていた。白い衣装を着て、頭には、名称不明のつばのない小さな帽子をかぶっていた。少女を連れて来た男は血を浴びたまま立ちすくんでいた。

少女の息が止まった直後に、脈も止まった。手足を動かしてみると、まだ生きている感触がした。完全に力が失われていたわけではなかった。心肺機能蘇生用マスクを取り出した衛生兵とともに、2人法の心肺蘇生を開始した。子供なので、10回の胸骨圧迫と、2回の人工呼吸を繰り返す。家の者たちがアラブ語で祈りを唱え始めた。アラーだか何だかという言葉だけは聞き取れた気がしたが、何を言っているのかはっきりしなかった。ほどなくして、心肺蘇生をやめた。少女は死んでいた。血に染まった男に、少女の死を身振りで伝えようとしたが、うまく伝えられる自信はなかった。少女の体の上で手を動かしながら、男の目を覗き込んだ。少女を発見したのは、少女の父親ですらなかった。

衛生兵とともに遺体に布をかけると、血の付いた男が少女をその出入りの規制された民家から運び出した。状況を上に報告したが、小隊は戦闘員を探すので手一杯で、少女の死を気に留める余裕はなかった。床に横たわった少女の遺体を思い出すと吐き気がした。少女の死と同じく、今目の前で行われている捜索は無意味だと、イーサンは確信したのだそうだ。私との再会、イーサンの家族、さんさんと降り注ぐ日差しと青い空——3つの要素によって、そのときの記憶が拭《ぬぐ》い去られるか、薄められるか、多少なりとも何らかの意味を獲得できるよう願った。

＊

私とアンソニーとイーサンで、海を目指してサンタモニカ大通りを西へと歩く。映画スタッフを引き連れながら、私とアンソニーはイーサンに道中の出来事を語って聞かせた。アイオワ州にいたエイブラハム・リンカーンのこと。コロラド州で出会ったウォルフウォーカーのこと。瞑想研修にラトン峠にモハーヴェ砂漠のこと。ポパイズ・ルイジアナ・キッチンのチキンの差し入れが2回あったこと。ベトナム戦争の復員軍人に、サンタモニカまで乗せてやろうかと声をかけられたときのこと。
途中、現地の記者の取材に応じるため、交差点で立ち止まった。
「何着服を用意したんですか?」1人目の記者が尋ねた。
「どうだったかな」と私は言った。「Tシャツが3枚と、ズボンが2本かな」
「痩せましたか?」もう1人の記者が聞いた。
「いえ、あんまり」と私。
聞かれたのはそれだけだった。

30 波

ゴールから3・2kmの地点まで来ると、フォレスト・ガンプのような気分になってきた。このとき頭に浮かんでいたのは、フォレスト・ガンプが「走りたいから」という理由で走り出して大陸を横断するシーンだった。映画では、東海岸と西海岸を何往復もするうちに伴走者が現れ、最初は数人だったのが、次第に大勢にふくれ上がる。それと同じようなことが、私とアンソニーの身に起きたのだ。ミルウォーキーを発って以来一度も剃っていないあごひげは伸び放題だったが、それでも私たちはそのシーンのフォレスト・ガンプに似ていなくもなかった。

まず、ブーズファイターズという、復員軍人の暴走族の一味が歩きに加わった。次に、ネブラスカ州で夕食に連れて行ってくれた、ミルウォーキー在住の復員軍人。それから、マイケルの知人の瞑想講師が現れて、復員軍人専用に開発した瞑想研修について、歩きながら延々と語りかけてくる。そんなこんなで、数日前は何km歩いても誰にも会わないだだっ広い砂漠にいた私たちが、今は世界有数の大都市の真ん中で、集団に囲まれ、映画スタッフを横に従えていた。

私たちはサンタモニカ大通りを大挙して進み、オーシャン通りとの交差点に差しかかった。そこに、とうとう見えた――海だ。ずらりと並んだみごとなヤシの木の向こう、茶色い崖を渡り、州間高速道路10号線――途中で州道1号線、さらにはパシフィック・コースト・ハイウェイへと変わっていく道――をはるか下に眺めながら歩き、広大な駐車場と白い砂浜を越えた先に、4345kmを旅して目指してきた海がある。

交差点をぐいっと左折し、そびえ立つヤシの並木を頭上に感じながら、オーシャン通りを進む。手入れの行き届いた黄緑色に輝く公園内では、路上生活者たちがベンチでだらけたり、自前のテントで寝たりしていた。このうち何人が復員軍人なんだろう。

埠頭でアンソニーの家族が待っていた。ロサンゼルスの大手報道機関も勢ぞろいしていた。帰宅すれば、アンソニーには奥さんと、娘さんと、仕事が待っている。そして彼は帰宅する準備ができている。8カ月以上、精魂と時間と資金をつぎ込んできたトレックが終わる間際になって、私の胸にはある痛切な思いが芽生え始めていた。私はまだトレックを終える準備ができてない。癒すべき記憶をすべて癒やせたわけじゃないし、帰ったところで何が待っているわけでもない。

高速道路をまたぐように架かっている、崖と埠頭を結ぶ橋を歩く。その私たちの姿を撮影しようと、マイケルと映画スタッフが埠頭にカメラを設置していた。二手に分かれて、半数は橋の終端でカメラを構え、もう半数は小型カメラを携えて、映画に必要なショットをとらえようと、人だかりを縫いながら追いかけてくる。マイケルの一行だけじゃない。その頃には観衆がぞろぞろと後をついてきていた。私たちを追って、高速道路の出口から埠頭方面へ伸びるランプウェイを下ってくる記者軍団もいた。マイケルたちとは別の撮影スタッフもいた。スタッフが追っていたのは、他ならぬクリス・エイベリだった。トレックをやり遂げたらもう100万円寄付すると約束した、あのミルウォーキー郡長だ。エイベリは、トレックの達成を見届けるために、ミルウォーキーからロサンゼルスまでの飛行機を予約していた。しかしそれが直前に欠航となり、代わりの民間機が見つからなかったため、プライベートジェットをチャーターしてここに駆け付けていた。

「いったい何の騒ぎ?」記者や映画スタッフを引き連れて歩いていると、脇から声が上がった。

「二日酔いから立ち直ったこの兄さんが、今日ここで何か撮影するんだよ」と誰かが答える。観衆から見たら、私とアンソニーはフォレスト・ガンプというより、二日酔いの男を演じたコメディアンのザック・ガリフィアナキスに近いんだろうか？

　私とアンソニーはイナゴのように群がるカメラや記者を掻き分けて進んだ。だいぶ遅れてイーサンが続く。そしてブーズファイターズ。そして他のサポーターたち。みんなを引き離したまま、私とアンソニーはゴールに歩み寄った——目の前に、白黒の高速道路の標識がすらりと伸び、「サンタモニカ66——トレイルの終わり」と謳っている。それはルート66の公式の終点であり、ベテランズトレックの公式の終点でもあった。埠頭の先端にいた消防士が無線機を口元に当てた。「今だ」と無線に向かって言う。消防艇が埠頭へと近づいてきたかと思うと、巨大なホースから、まるで大砲のようにどっと水が噴射し、空高く舞った。アンソニーと2人、埠頭に立ち、その礼砲を見守った。その後、カメラに向かってポーズを取り、その場にいた復員軍人全員と一緒に写真に納まった。

　2014年2月1日——ミルウォーキーの海際にあるウォーメモリアルで見送られてから5カ月と2日、距離にして4345km（コロラド州プエブロからニューメキシコ州アルバカーキまでの約550kmは車で移動したため、4345キロの旅のうち歩いたのは約3795kmとなる。嵐から脱出できたことに——そしてこの注釈をつけられたことに——永遠に感謝する）。とうとうやった。歩いてアメリカを横断した。旅は、終わったのだ。

　復員軍人同士の記念撮影と、記者の取材を済ませた後、私とアンソニーはふくれ上がった人だかりから抜け出した。ババガンプシュリンプを通り過ぎ、観覧車を通り過ぎ、モグラたたきの台の並びを通り過ぎ、ゴールを越えて、埠頭の終端に着いた。そして無言のまま海を眺めた。

「やれやれ。やったんだな」。やや間があって、アンソニーが言った。「終わったんだ」

「うん」。私は言った。

お互いそれ以上の感想は口にしなかった。

*

アンソニーは家族とともに去り、私は少しの間1人になった。ありがたいことに、名も知らぬ観光客の一団が、カメラや取材攻めから守ってくれた。どうせ聞かれることは同じだ。毎度のように「旅を終えた今の気持ちは?」的なことを聞かれ、私は私で決まって「嬉しいです。終わってほっとしています」的な返答をするのだ。

柵にもたれて水平線をしかと見据えた。1年近く前、姉貴の部屋で思い描いていた光景がまさに現実となっていた。サンタモニカピアに立ち、大西洋を眺める私。埠頭の突き当りの柵に体を預けて見る、見渡す限りの海。やがて、私の内に広がる果てしない海が目に浮かんできた。大海のように雄大に広がる海が。私にはまだ魂が残っていた。それは大きな魂だった。すべてのものへ、すべての人へつながるほど、大きな魂だった。ウォルフウォーカーがコロラド州で言っていた通りだった。私は、海や埠頭の人々から分離してはいなかった。世界の一部になっていた。生者の世界における自分の居場所を取り戻していた。

海岸線が南北にカーブを描いている。まるで私を左右から包み込む2本の腕のようだ。北西に目をやると、湾の彼方に白くたなびくマリブの浜辺がうっすらと見える。南に目をやると、浜辺はやがて海面から隆起し、水平な層を成す崖へと変わる。この海が持っているエネルギーと、精神と、生命力を、全身全霊で感じた。私を生かしている生命力は、海面を波立たせる生命力と、何も違わなかった。私と海は同じものからできていた。だから私たちは一体だった。

海に目をやると、一面に波が立ち、伸び上がって、必死で母体から離れようとしていた。波は自由と分離を求めていて、そのために立ち上がっているんだろう。そしてピークに達したとたんに、海から離れることは死ぬのと同じだと気づいて、再び融合し、一体性《ワンネス》を取り戻す。それらが大挙して陸に押し寄せては引き、寄せては引く。前回、脱走を企てたときの教訓を忘れて、凝りもせず同じことを繰り返すのだ。

連帯感は、訪れた時と同じくらいあっという間に去った。波と同じように、再び海から分離したい気分になり、それを夢見た。するとたちまち、トレックが完結することに対する不安と恐怖が表面化した。

トレックで癒やされたのは確かだ。でもこれで十分だと言えるか？

完全に癒やされていないとしたら、トレックをやった意味はあったのか？ 5カ月かけて4345キロ歩いても癒やせないなら、どうやっても癒やせないと、あの時の私は言ったじゃないか。結局失敗だったのか？

波が1つ砕けるたびに、胸の内で新たな不安の波が頭をもたげた。

俺には仕事がない。ミルウォーキーに戻ったらどんな仕事をする？

どこに住む？

どうやって生活費を稼げばいい？

この5カ月、癒やしのことだけを考えてきた。ひたすら歩き、考え、安らぎを願ってきた。心に巣くう魂の傷の問題を掘り下げて見つめなおし、同じ境遇の復員軍人たちを支援したい、とそればかりを気にかけてきた。これからは定職に就き、人付き合いをこなし、自殺をそそのかすテープが二度と再生されないように平穏な生活を送るだけで、精一杯になるんだろうか。それで、本当にいいんだろうか？

このトレックが魂の傷に対処する一度きりのチャンスで、しかも十分な成果がなかったとしたら、これから一体どうなるんだ？

くるりと海に背を向けた。人混みに紛れてアンソニーが見えた。ホーリーに微笑みかけ、マデリンを肩車している。イーサンの姿は見えなかったが、人混みのどこかでステファニーとともに、私を待っているはずだ。これからみんなでディナーを食べに行くのだから――アンソニー、ホーリー、マイケル、ジェリー、メリッサ、イーサン、ステファニー、そしてディナーの費用を全額負担するというクリス・エイベリとともに。埠頭名物のどでかいボウルに入ったドリンクをみんなで飲んだら、私はイーサンの車に乗せてもらってサンタバーバラに行き、2〜3日イーサンの家に泊まって、最後にリュックサックを返すつもりだった。打ち上げに繰り出そうと、みんなが私を待っている。
でも、その先に何が待ち受けているのかは、分からなかった。

Ⅲ

静

知識の炎はすべての業を焼き尽くし灰に変える。

——『バガヴァッド・ギーター』

31　名前の付けられなかったもの

２通のメールが受信箱に立て続けに飛び込んできた。このときはまだ、そのメールが結構重要なものだとは気づいていなかった。もちろん、とりあえず目を通す価値はあると思った。しかし、所詮メールはメールだ。大騒ぎするほどのものじゃない。人生や考え方ががらりと変わるなんてことはありえない。

私とアンソニーはレンタカーを借り、何千㎞もの元来た道を逆にたどって大陸を横断し、この地に戻っていた。故郷に帰った私を待ち受けていたのは、公私を含むいくつかの祝賀会だった。それは最初が最も盛大で、徐々に尻すぼみになり、最後には平凡な日常生活が残った。海外派兵から帰ってきたときとほぼ同じ流れだった。結局、私は雑用を請け負い、寒さに耐えながら木を切っていた。５カ月間、広大な屋外空間で繰り広げられる壮大なドラマを体験し、ウォルフウォーカーが言っていた「周りで起きているすべてのこと」に浸り、その一部となり、その中で自分を取り戻した後に、また室内にこもって働くのは、考えるだけでも耐えがたかったのだ。そんな頃に、この２通のメールは届いた。うち１通の送信者は、マイケル・コリンズ。もう１通の送信者は退役将校の女性だったが、今となっては名前さえ思い出せない。

考えてみれば、人生を左右する瞬間がこうも無自覚同然に過ぎていくなんて、おかしな話じゃないか？　たわいもないやりとりを交わした相手が、将来の配偶者になったり。ベッドインする気分じゃなかったのに、妊娠したり。会議が15分ずれたのでいつもより15分遅く退社したら渋滞にはまり、その結果、事故に巻き込まれずに済み、命拾いしたり。そして、名前も覚えていない相手に招待された研修が、人生の転機となったりもする。

２０１４年3月18日。撮影ディレクターの１人であるメリッサは、ロケ中でも制作中でもなかったため、恋人とシェアしているブルックリンの自宅アパートにいた。マイケルやジェリーとともに私たちのドキュメンタリーに携わってきたため、復員軍人やＰＴＳＤに関する文献は片っ端から読んできた。そして興味を持った記事や、映画に関連しそうな資料を見つけたら、マイケルとジェリーに送るのがすっかり習慣になっていた。その日送ったのは、「ザ・ハフィントン・ポスト」に掲載されたデイビッド・ウッド氏による全3回の連載記事へのリンクだった。記事のタイトルは「戦士たちの道徳的ジレンマ」。

メリッサからメールをもらったマイケルは、一気に3回分の記事を読んだ。そして私とアンソニーにその記事を転送した。

私はふだんはそこまでメールを確認していなかった。トレックは終わったし、外で働いていたから、その必要があまりなかったのだ。しかし、どういうわけか、その日は確認した。リンクを1つずつクリックしていくと、画面から次々と語句が飛び出し、頭や胸の隙間にすっとはまっていった。それまで名前を付けられずにいた部分に、名前が付いた瞬間だった。

「善悪の区別が困難なとき……」

「道徳的に混乱し……」

「良い人であると同時に、悪いこともした自分……」

「戦士たちは誇りと不安定感を併せ持ち……もがいている……善悪の理解を根本から覆され……戦争にともなう不明確な道徳と倫理によって……死んでも地獄、生きても地獄……道徳的負傷《モラルインジャリー》は比較的新しい概念で……モラルインジャリー」

モラルインジャリー。

モラルインジャリー。

ウッドの定義によると、モラルインジャリーは「多くの人の心情を言い表しているように思える比較的新しい概念、つまり、善悪の理解を根本から覆されたという感覚と嘆き、その結果生じやすい無気力感もしくは罪悪感」だという。

モラルインジャリー！

それこそ、魂の傷の正体であり、単なるＰＴＳＤでない何かの正体であり、不眠の原因だった。

名前のなかったものに、やっと名前が付いたのだ。

マイケルとメリッサをはじめとする映画スタッフにとって、モラルインジャリーは、ドキュメンタリーのために撮影してきた全映像を方向づける、欠かせない枠組みだった。私たち

を取材し、撮影してきたマイケルは、私とアンソニーの苦悩の原因はPTSDだけでない

との認識をずっと持っていた。私たちが解決しようとしている難問は、単なる身体的もしくは心理的な性質の問題ではなく、道徳的で、もっと言えば信念に関わる性質の問題だと分かっていた。しかし、私たちや多くの復員軍人とまさしく同様に、その問題にぴったり当てはまる呼び名を知らなかったのだ。

凍てつくような春に木を剪定し、４３４５㎞の旅によって幾分癒やされ、自分の責任で癒やしに取り組めるようになり、過去に立ち向かう恐怖心が減ったとはいえ完全にはなくならず、これまでの成長が今にもすべて巻き戻されてしまうのではと相変わらず恐れる日々に、その核心となる問題を完璧に言い表す名前が見つかった。ＰＴＳＤと診断されたときは、中央のピースが欠けたパズルを渡されたような気分だったが、その最後のピースがモラルインジャリーだったのだ。戦争に関わって以来ＰＴＳＤを患っていたのは確かだ。しかしＰＴＳＤで説明がつくのは、問題の一部にすぎなかった。屈辱感と罪悪感と悲しみに着目したモラルインジャリーのほうが、自分の状態をずっと正確に言い表していると感じた。これならすべてに説明がつく。自分のなかで名前の付けられなかったものに名前を付けられれば、そしてそれに目を向け分類し分析できれば、さらにそれについて色んな人と語り合えれば、もっとすんなり傷を癒やせるかもしれない。

＊

その春に受信した、一見取るに足らない2通目のメールを読んだ当初は、実のところ、ややいら立ちを覚えた。それは、退役陸軍将校から送られてきたものだった。コロラド州アスペンでの瞑想研修を企画しているそうで、アスペンに来て研修に参加してみませんか、と書かれていた。研修の講師はケンとジェームズだという――コロラド州で4日間の瞑想研修を提供してくれたあのケンと、サンタモニカでトレックの最後の数㎞を一緒に歩き、今度やる瞑想研修の話を一方的にしゃべり、絶対受けたほうがいいですよ、と言っていたあのジェームズだ。あのとき話していたのは、この研修のことだったのだ。

さらに奇遇なことに、その研修はアンソニーが何年か前にマディソンで受けたものと同じだった。もしその研修を受ければ、トレックに先立ってアンソニーが習ったのと同じ瞑想法や呼吸法を習うことになる。彼は当時、研究の一環としてその研修を受けた。そして「お気に入りのバンドがコンサートで即興演奏に入ったときに、それを聴きながらマリファナ煙草を1本吸いきる」のに似た安心感と快感が得られると話していた。あの研修がきっかけとなり、復員軍人の映画を構想し始めていたマイケルとアンソニーが出会ったのだ。そう考えると、今誘われている研修は、アンソニーからマイケルに、マイケルから私に、私からウォルフウォーカーやケンやジェームズにと縁をつないできた研修で――そのすべての末に送られてきたメールが、受信箱の中で、返事を待っているのだった。

しかしメールを開いて分かったのは、こんな瞑想研修に招待されたって、現状ではとうてい参加できないということだけだった。

ありがとう。と私はいら立ちを抑えながら書いた。**でも遠慮します。5カ月のトレックから戻ったばかりなので、この5カ月働いていなかったんです。これ以上休みを取っていられないし、ましてや飛行機代、デンバーからアスペンまでの交通費、宿泊費、その他諸々の経費を払うのはとうてい無理です。お誘いはありがたいけど、またの機会にとっておきます。**

そして送信ボタンを押すと、研修のことはきれいさっぱり忘れた。

しかし数週間経った頃、将校から返事が来た。

こんにちは、トム。いいお知らせがあります！　匿名の寄付者が現れました。研修に参加する復員軍人全員のアスペンまでの飛行機代を出してくれるそうです。デンバーからアスペンまでの交通手段はこちらで用意します。宿泊費も負担します。研修中の食費もすべて込みです。とはいえ、5日間仕事を休まないといけないことに変わりはないし、それは簡単ではないかもしれません。でも自己負担は0円で研修に参加できます。ホテルは2人部屋になります――もう1人も、戦闘経験者です。その点も検討してみてください。近々お返事をもらえますように。

32　閃光

私とトレバーを半狂乱にさせていることに、ケンはまったく気づいていなかった。

さかのぼること数時間前、知り合ったばかりのトレバーと私は、デンバー空港の手荷物受取所で、ケンにじっと目を注いでいた。ケンは人混みに目を走らせて、私たちを探している。やがて私たちの姿を認めると、彼の顔に、ミスター・ロジャーズ風のほのぼのとした笑みが浮かんだ。３人で駐車場に向かい、そこに停めてあったケンのＳＵＶに乗ってアスペンへと走り出した。トレバーは海兵隊員で、私と同じ戦闘経験者で、私のルームメイトだった。瞑想研修を受ける5日間、同じ部屋で寝起きするのだ。到着ロビーを去るとき、私は空港内をさっと見渡した。マイケルと、研修のドキュメンタリー撮影のために雇われた映画スタッフが、どこかにいるはずだった。

「おかしなもんだな」とマイケルは言った。瞑想研修に参加すると伝えたときのことだ。「映画は撮り終わったと思ってたよ」

「終わったんだろ?」私は困惑して尋ねた。

「でも、まだけりがついていないって分かったじゃないか」マイケルは言った。「癒やしのためにこれまでしてきたことは、本能的によかれと思ってやってきたことだ。でも、今はモラルインジャリーという概念を知って、君の問題について語り合うための道筋ができた。そして今度こそモラルインジャリーを癒やそうと、君は瞑想研修を受けようとしている。君の問題について対話するのにこれ以上にぴったりの機会があるかい？」

私はモラルインジャリーについてカメラの前で話すことを承諾した。モラルインジャリーは映画を1つにつなぎ合わせる糸のように思えた——それは私とアンソニーが旅に出た理由であり、ずっと分類できなかった傷であり、PTSDの診断やEMDRや瞑想が効かなかった原因だった。つまり戦争で負った傷は、魂に達する傷で、魂にまで届く癒やしが必要だったのだ。どうやってそれを達成するのかは、まだ分からない。砂漠でクラークとディアスを解放できたのは、単に運がよかったのだと、今も思う。でも、とりあえず何が問題なのかは分かった。他にも私みたいな復員軍人が——PTSDの診断だけでは内面の問題の核心にたどり着けない人たちが——いるはずだということも。

しかし、その撮影のために映画スタッフを丸々動員する価値があるのかと問われると、疑問だった。魔法のように突破口が開いたり、急にがらりと視点が変わったりするとは、とても思えなかったからだ。トレックで学んだことがあるとすれば、それは癒やしには時間が必要だということだ。癒やしは少しずつ、水面下で進むもので、雷に撃たれたかのように真理に達したり、理解と安らぎが突如押し寄せたりすることはない。モラルインジャリーを癒やしたければ、1針ずつ傷を縫い合わせていくしかないのだ。そんなふうに、ゆっくり着々と進む変化を気長に見守った映画が、人目を引くはずがない。しかしマイケルはそんなことはないと確信しているようだった。だから仕方なく彼の案に乗った。

＊

私とトレバーはケンのいすゞ車に乗り込んだ。空港から引き上げ、デンバーとアスペンの間を走る山脈に入り込むと、懐かしい光景が見えてきて、第2の故郷に帰ってきたような気分になった。こうして再び自然の中へ、山脈の頂と谷に囲まれた空間へ、路上へ戻ってきたのだ。時空を超え、トラウマをも越え、過去から遠ざかって。ここここそ、私の本来の居場所だった。

デンバーからアスペンまでは２４０㎞以上ある。車は、トレックのときのルートと平行に走る州間高速道路70号線をしばらく進んでから、南に折れてアスペンへと向かった。ケンがいつラジオをつけるかと待っていたが、一向にその気配がない。トレバーと、お互いの派遣経験や軍隊にいた頃の仕事をとりとめもなくしゃべった。が、その話は5分しか持たなかった。その結果私たち３人は押し黙ったままドライブを続けた――実に何時間も。

もはや時間の感覚がなくなった頃、車のスピードが落ち始め、のろのろ走行の末にちっとも動かなくなった。前方には何百もの車が止まっていた。トンネルが通行止めになっていて、中に入れないのだ。

「ときどきこのトンネルは通行止めになるんだ」とケンが言った。「ちょっとだけラジオをつけてニュースで状況を確認しよう」

事故のためトンネルが通行止めになっています、と声が流れたとたん、ピッとラジオが切られ、車は再び沈黙に包まれた――ただ今回は、渋滞にはまってぴくりとも進まなかった。

幽体離脱できたらいいのに、と思った。

私にとって車内で音楽を聴く目的は、酒を飲む目的と同じだった。脳内で進行中の出来事を感じたり見たりしないで済むようにするためだ。気を紛らわせるものがあれば、不安や厄介な思考を避けるのがかなり楽になる。私とアンソニーがトレック中に音楽を聴かないと誓ったのも、同じ理由からだった。音楽を聴いていたら、本当に向き合いたいことに意識を集中させられないと思ったのだ。

しかしコロラド州のトンネルの外で渋滞にはまって、はたと気づいた。無音の車に閉じ込められているのと、外で歩いているのとでは、わけが違う。外では、何かしら音楽的なものが絶えず流れている。鳥のさえずり。風でカサカサと鳴る木の葉。自分の心音。路上では、体を動かすことで過去の思考と未来の不安から抜け出せる。車内では、気を紛らわすものも逃げ場も一切ない。出口のない思考にとらわれている感覚に陥る。まるでゴミ箱から抜け出そうともがくアライグマだ。

いつ終わるとも知らずにしんとした車内に缶詰めにされるのは、戦闘経験者としても耐えがたいことだった。兵役を経たことで、私の脳には作戦行動向けの思考回路が染み付いていた。目標地、ルート、到達予想時刻は常に把握しておきたかった。戦闘では、全員が常時状況を把握していなければならない。そうでなければ、死傷者が出る可能性がある。だから、渋滞がいつまで続くのかも、トンネルがいつ開くのかも、アスペンにいつ到着するのかも、何もかも分からない状況に、今にも叫び出しそうだった。しかも、完全な無音空間でじっと座り続け発狂しかけている私にひきかえ、他のみんなは（というより、ケンだけかもしれないが）この状況を何とも思っていないようだった。おまけに、これから5日間、一言もしゃべらずただ座り続けるだって？　そんなのあまりにもバカげていないか？　ほんの3時間、車内で黙って座っていることもできないってのに。

アスペンに着く頃には、指の関節は白くなり、体は対向車との衝突にずっと身構えていたかのようにがちがちになっていた。ケンの車を飛び出すように降り、ホテルのロビーに入ると、同じように研修を受けに来た復員軍人たちに迎えられた。初めて会う人ばかりだったが、兵役という共通点から、あっという間に家族同然に打ち解けた。気が置けない兄弟のような絆に包まれ、道中の不安が和らいだ。ライムライトホテルのロビーにいながらも、彼らと出会って、家に帰ったような気持ちになった。

＊

研修中にどんな展開があると思っていたのか分からないが、予想が現実と違ったのは確かだ。今思うと、その研修は前回のいわば続編だ、くらいに考えていたんじゃないか——みんなで座って、呼吸を繰り返して。すべてが終わる頃には、すっきりとした落ち着きを体感しているかもしれない。ついでに鹿が窓まで寄ってきて、ちょっとの間みんな唖然とするかもな、と。

いよいよ研修が始まり、参加者はケンやジェームズと向かい合わせになるかたちで、半円形に並べられたホテルのバンケットチェアに座った。戦闘中の負傷により床に座るのが難しいメンバーがたくさんいたため、全員無理なく参加できるよう、椅子を使うことにしたのだ。ケンとジェームズの指示に従い、目を閉じる。息を吸い、吐く。思考の波にのまれるのではなく、思考が去来するのを見守るよう努めた。

私たちはたいてい、午前中いっぱいは瞑想をした。午後になると、アスペン周辺の国立森林公園にハイキングに出かけた。1度はスケートに行ったこともあったが、私は参加しなかった。ときどきそうやって、何をするでもなく、部屋で休憩していた。呼吸法でエネルギーを消耗したように感じたからだ。どうやらひどいカゼをひきかけていたようで、鼻呼吸がやりづらくてしかたなかったのだ。まあ、なんだかんだ言っても、悪くない研修だった。ともかくこうして参加できてよかった、とは思った。しかし、取り立てて言うべきことは何もなかった。

3日目までは。

3日目のその日は、これまで練習してきたのとは違う特別な呼吸法を習った。いくつかの決まったパターンに沿って呼吸をするのだ。たとえば、最初はゆっくり、次に少し速く、最後に非常に速く、といった具合だ。テープから流れてくるパターンを聞き、それに合わせて呼吸をするかたちで授業は進められた。

私はバンケットチェアに座って目を閉じ、手のひらは上向きにして太ももに預けていた。テープのパターンが変わり、私たちは一斉に非常に速い呼吸を始めた。すると突然、脳裏で光と色が次々とはじけた。まるで目まぐるしく切り替わる映画のカットのように。実際に映画を見ていると錯覚しそうなほど、鮮やかだった。あっという間の出来事だったため、何を見ているのか考える暇もなかった。意図して思い浮かべたわけではない。それどころか、特に何も考えていなかった。しかし確かによみがえったのだ――イラクの光景が、何もかも。吹き飛ばされている私。路上で死に絶えた民間人。迫撃砲の砲火を浴びる私の小隊と、その直後にあちこちで起こる爆発。閃光とともに、走馬灯のように過去が駆け巡る。

それは唐突に現れ、同じくらい唐突に消えた。

瞑想を終えると、全員目を開けてその日の体験の感想を述べた。私の身に起きたことは、話さないでおいた。何が起きたのかきちんと分かっていなかったからだ。そして、それについて考える暇すら見つからないうちに、ホテルの会議室を出てすぐの廊下でぶらついているマイケルが目に入った。このパターン呼吸の間だけは、受講者以外立ち入り禁止になっていた。どんな記憶がよみがえろうと気兼ねなく消化できるように、との配慮からだった。湧き上がった感情を、湧き上がるままに味わい尽くしてほしいと言われていた。マイケルの一行は廊下で待機することになり、カメラは締め出されたのだった。

マイケルがホテルに戻ってきたのは、私を課外授業に連れ出すためだった。私は今習った特別な呼吸法でへとへとで、その際の体験に戸惑っていたし、人生最悪とも言える鼻かぜをひいていた。しかし、第2次世界大戦の頃から戦闘経験者のカウンセリングをしている91歳のトラピスト会の修道者に会いに行き、モラルインジャリーについて語ってほしいと言われては、断りにくかった。

33 告白

ぎゅうぎゅう詰めの車内で縮こまっている私を乗せ、車は砂利道をのんびりと進んでいく。道の終点はコロラド州スノーマスの聖ベネディクト修道院。車には、私とマイケルだけでなく瞑想研修の全講師陣――ケン、ジェームズ、そして毎晩受講者たちに夕飯を作ってくれているキャシーなど――が乗っていた。講師陣はべつに24㎞も先のスノーマスに行く必要はないのだが、私とマイケルの対談相手にじかに会って話を聞いてみたいという理由でついてきたのだった。

中庭でつながったクリーム色のレンガ造りの建物群が近づいてきた。近くにはロッキー山脈を構成するエルク山脈のソプリス山があり、その裾野に開けたキャピトル・クリーク・バレーの中心に――というのはあくまでぱっと見の印象だが――ぎゅっと密集して立っていた。本館とおぼしき建物の周囲にはワンルームの隠遁用コテージがあり、見渡す限り続く16㎢の敷地に点々とアクセントを添えている。遠目に見ると、背景となる雄大な山のふもとに修道院とその関連施設がつつましやかにたたずみ、山脈と、敷地から全方位に延びる広大な平野の中に、豆粒のような中庭と隠遁用コテージが散らばっていた。

トーマス・キーティング神父は、1958年に聖ベネディクト修道院に入ったトラピスト会の修道者で、センタリングプレイヤー運動の立役者の一人でもあった。センタリングプレイヤー、つまりセンタリングの祈りとは、1970年代に現代社会に初めて紹介されたキリスト教の瞑想法だ。仏教の瞑想に類似しており、瞑想をしながら1つの言葉もしくはマントラ（真言）に意識を集中させるよう説いている。マサチューセッツ州聖ヨセフ修道院に移ったトーマス神父と、同修道院のトラピスト会の修道者数名が、このテーマの共著書――当時はまだ「センタリングプレイヤー」という名称は存在しなかったが――を出版してから、広く実践されるようになった。なんとジェームズはトーマス神父ともう何年も前に出会っていた。司祭になる勉強をしていた頃に、聖ヨセフ修道院で出会ったのだそうだ。スノーマスに来たその日も、2人の数十年来の友情は続いていた。

センタリングプレイヤー運動を起こし、マサチューセッツ州からスノーマスに帰って以来、トーマス神父は、キリスト教徒の間で世界的にその名を知られ、愛されると同時に、物議を醸してきた。宗教や瞑想、神の愛に対するトーマス神父の観念は何冊もの書籍となり、何カ国語にも翻訳された。世界各地の公演や対談では、ダライ・ラマのような大物たちと同じ舞台に立った。セントベネディクト修道会で1年に12回開催される彼の瞑想リトリートには、世界中から人々が集まった。

そんな彼が、木曜日の午後にドキュメンタリーの取材を受けることを——私なんかとの対談を——承諾してくれたのだ。

私は修道院の第1図書室にいた。そこにはその日のために映画のセットが組まれていた。照明制御のために背の高い窓から入る光を遮断しようと工夫した跡が見られたが、隙間からわずかに差し込んだ日光が、壁一面の書棚の中央を走る螺旋階段を照らしていた。ここに来るまでは、案内人の後をぞろぞろと歩き、蘭と多肉植物にあふれた長い廊下を通り、チャペルを過ぎた。そして入ってきたのが、予想だにしない大量の本が並ぶ、この小ぢんまりとしたじゅうたん敷きの図書室だった。聖書やカトリックの教義に関する本があるのだろうと書棚をざっと見渡したが、目に入ったのは心理学や古代哲学、現代物理学を扱ったタイトルの数々だった。

その多様な蔵書に面食らいながら、部屋を温かな光で包む白熱電球や撮影スタッフから遠ざかり、部屋の隅に陣取った。一同がそろってトーマス神父の到着を待っていた。私の具合は刻々と悪化していた。頭はズキズキと痛み、副鼻腔は完全に詰まっていた。しかも緊張感は高まるばかり。司祭と一対一で話すのは、高校の堅信式〔カトリック教会において、洗礼を受けた者に聖霊の恵みを授け、完全なキリスト教信者とする儀式」の授業以来だ。告白をはじめ、カトリック教義を実践するといつも、自分がくだらない人間に思えてくる。もっとも、己のくだらなさを感じることが、この教義全体を貫く肝なのだろう。人は罪人として生まれ、罪人として生き、神の仲介人こと司祭に罪を告白しない限り、罪人として死ぬのだ。私が高校時代に告白した罪は、司祭から見ればあまりにさもしく、卑劣で、非難に値するものらしかった。だからこそ、非難されているのは罪というよりは、むしろ私自身だった。

私は自慰をしました。

私はコンビニでブックマッチを盗みました。

私は学校の女子を思い浮かべてみだらな想像をしました。

そう言うと口をつぐみ、司祭の重厚な裁きが格子状のついたての向こうから漂ってきて、マントのように肩にかぶさるのを待った。与えられた罰は、「アヴェマリア」を10回と「主の祈り」を15回復唱することだったが、それは形式にすぎず、私にとっての本当の罰は、司祭の無言の裁きを受けることだった。聖職者に根っからの人でなしだと思われていると実感することだった。こいつは不健全でひねくれた自慰にふけるコソ泥で、神の寵愛に値しない、と思われることだった。

自慰をしたりブックマッチを盗んだりしたがゆえに、私が本当にさもしい人間なのだとしたら、戦時の私の行いについて、司祭は何というだろう？　この10年、自分を自分で裁き、非難してきた。このうえ、司祭の容赦ない無言の裁きまで受け止める自信はない。それに、アヴェマリアを何回暗唱したところで、イラクで過ごした時期のことを償えるはずがない。いったん自慰とブックマッチから離れ、戦闘を体験したら、もはやロザリオを繰りながら祈りを唱えるだけでは何の償いにもならないと気づく。

＊

トーマス神父が図書室に入ってくる頃には、私はひどい鼻詰まりと動揺に襲われ、見るも哀れな状態だった。消え入りたいやら、司祭の批判的な視線から逃れたいやらで、部屋の隅に隠れていた。

するとそろりそろりと91歳の老人が入ってきた。顔には微笑みが浮かび、着古したフリースのトレーナーに、おろしたてのスニーカーを履いている。彼が椅子に腰をおろす。マイケルがカメラを回す。トーマス神父とマイケルとの質疑応答が始まった。このマイケルのインタビューが済んだら、トーマス神父の向かいの空き椅子に私が入り、マイケルの質問に私と神父が答えるかたちで、対話を進めていく流れになっていた。

出番を待つ間、トーマス神父の話に耳を傾けた。彼の声音《こわね》と瞳に宿った光から、この人は誰かを非難しに来たわけじゃないんだと分かった。精神的な議題を押し付けるつもりさえない。ただそこにいて、その部屋で、どこまでも現在を生き、今この瞬間がもたらすものに完全に目を開いている。彼がいると、周りの者もみな現在に意識が向く。過去が消える。未来が気にならなくなる。陶酔する講師陣。心底驚嘆する私。一同は棒立ちになって、ただただ神父の話を聞いた。

次の瞬間、なぜか私の脳はショートした。

トーマス神父が座って話し出してからいくらも経たないうちに、いまだに説明のつかない事象が発生した。彼の口から発せられる言葉が、急に外国語に聞こえたのだ。英語で話すのをやめて私の理解できない他の言語で話し始めたかに思えた。マイケルとアイコンタクトを取ろうとしたが、彼はにこやかにうなずきながらトーマス神父と談話を続けている。マイケルが話しているのは英語だ。彼はトーマス神父が話し出した聞き慣れない言語を理解しているようだ。これはラテン語か？　マイケルはラテン語に堪能で、私がそれを知らされていなかっただけなのか？　ジェームズ、ケン、キャシーの順に視線を移し、さらに、残りの映画スタッフを見やった。全員がトーマス神父の話に微笑み、うなずいていた。彼の言葉をきちんと理解していた。のちに映画でそのときのインタビューを見たら、神父の言うことはすべて問題なく理解できた。今にしてみれば、聞く準備のできていなかったことを彼が話したのだろうと推測するほかない。本能が、時期尚早な学習を避けようとした結果なのだろう。

やがてマイケルに名前を呼ばれた。

トーマス神父の向かいの席に座る時が来た。

できるだけ深く深呼吸をしてから、照明裏の安全な暖かい洞穴を出る。そして自分の席に着き、思い切って神父の目を見た。目が合った瞬間、思わず泣きそうになった。

優しさの波が次から次へと押し寄せてくる。神父に何かを裁く意図がないことは、すでに見抜いていた。でもこうして一緒に座っていると、それが感覚としてひしひしと伝わってくる。トーマス神父は私を罪人呼ばわりするつもりはないんだ。裁くつもりはない――イラクのことさえも――イラクで私が何をし、何をしなかったにしても。裁く意図も魂胆もなく、純粋に私の話を聞こうとしている。私の体験の証人になるためだけに、こうして対面している。まだ聞いてもいない問題に答えを出してやろうと構えているわけじゃない。己や神に背いた罪深さについて説く隙を狙っているわけじゃないんだ。トーマス神父に感じられたのは、人間の心の最も邪悪で醜い暗部に対する、尽きることのない慈悲だった。何も狙わず、何も誘導せず、すべてを許す慈悲だった。それは完全無欠の許しで、つまりはすべてをありのままに受け止めるという意味で、つまりは真の純粋な愛だった。自然の愛であり、神の愛だった。

この日新たに習った呼吸法のせいかもしれないが、トーマス神父の前にいると、かつてないほどに感受性が鋭くなるようだった。そして、私のファーストネームはトーマス神父と同じじゃないか、とはたと思い至った。もはや彼の足元に伏してあたりもはばからずに泣いてしまいそうなところを、必死でこらえた。

トーマス神父が口を開いた。言葉は英語に戻ったようだ。何を言っているかちんぷんかんぷんだったあのひと時は、幻か何かだったのだろうか。

マイケルは私たちを質問の核心へと巧みに誘導した。そんなふうに人を導けるのは、彼の偉大な才能がなせる業《わざ》だった。初対面の相手とモラルインジャリーについて話すのは簡単なことではないが、マイケルとトーマス神父のおかげでハードルが下がった。もしトーマス神父に告白を求められたら、すぐにでも語り出しただろう――こんなふうに。

復員軍人が英雄視されがちなのを知っていますか？　実際に、英雄だと言われることがあります。自らを省みず奉仕した勇敢な人たちだ、と。要するに、兵役に就いていた勇敢な人間だと考えられています。戦争で戦ったのだから、と。

でも、その実態は知られていません。私たちは自動車爆弾を浴びました。そのとき私は対空警戒ハッチの中にいました。その衝撃がどれほどだったことか。大きな爆弾でした。自動車爆弾は、風船を踏んづけたくらいにしか思えない、小さなお粗末なものもあれば、頭の中で花火が爆発したかのような大規模なものもあって、そういうときは半径1ブロック圏内が火の海と化します。私がそのとき浴びたのは、後者のような爆弾でした。

煙が晴れたときに見えたのは、自動車の後ろに隠れている4人の男でした。私をこっそり見上げていました。私は銃を構えました。条件反射でした。仲間を守らなくてはと、その一心でした。車に向けて大量の銃弾を浴びせました。4人とも殺しました。男たちは地面に倒れていました。私たちは止まって生死を確認することはしませんでした。誰かが道から男たちを引きはがして、父親や息子の遺体を運ぶべき場所へと、持って行ったに違いありません。

あの男たちが爆弾を作動させたのかもしれない。そうじゃなくて、爆発から身を守っていただけかもしれない。真実は永遠に分かりません。

英雄は、人々を勇気づける人のことだと思います。世のため人のためになることをする人だと思います。命を救ったり。人々の暮らしをよりよいものにしたり。苦悩している人たちを助けたり。でも、戦争はそういうものじゃありません。戦場には、英雄は一人もいないんです。

しかし、トーマス神父は、告白するようにとは言わなかった。あえて告白を聞かなくても、分かっているようだった。多くを語らずとも、彼にはすべてが伝わる。

「戦地で歌うミリタリーケイデンスがあるんです」やや間をおいてから告白した。「歌みたいなもので、歌詞のテーマは敵の殺し方です。それが、私たちが戦地にいる目的ですから。だから兵士はその通りにします。じっくり考える余裕はありません」

トーマス神父はうなずいた。しばらくの間、私の言ったことについて思案しているように見えた。

「それで、今も当時のままの生々しい感情から逃れられないわけですね。人間として、ひどく間違ったことをしたんじゃないか、と」。彼は言った。

私はうなずいた。お互い沈黙に戻った。室内の他のメンバーも口を利かず、固唾を呑んで見守っていた。自分の苦しそうな息遣い以外、何も聞こえなかった。

「自分のしたことが正当な行為だったたか、自問しているのですね」と彼は続けた。「そして許してもらえるかどうか、分からないでいる」

その言葉はずしんと胸に響いた。神業としか言いようがないが、そのシンプルな二言は、私にとってのモラルインジャリーの本質をずばりと言い当てていた。私には分からないのだ。自分が許してもらえるのか。許されるべきなのか。

「ここまで深い苦痛には、抗鬱薬は届きません」とトーマス神父は言った。「でも人間の精神には計り知れない回復力が備わっています。一瞬の安らぎさえあれば、目前の差し迫った恐怖の先に何かがあると気づきます。その気づきが、あなたを解放するのです」

私たちに必要なものは、ほんのかすかな望みだけ。それさえあれば、生き延びられる。心に備わった癒やしの力を引き出せる。

トーマス神父は私を正面から見据えた。目じりにしわが刻まれた優しい目をしていた。

「ですから、答えを出さないといけない質問は2つだけです。この人は、自分を許せるか？そして、このような運命を授けた神を許せるか？」

34 許し

最終日の瞑想研修には、予想外の意図で臨むことになった――自分を許し、神を許すのだ。この日も、昨日習ったばかりの呼吸法をやっていた。ゆっくり、ふつう、速くと移っていくあのパターンだ。何があっても目を閉じ、呼吸を続けるように、とジェームズとケンから指示があった。そういう指示を出されたら、復員軍人の集団は１００％完璧にそれを守る。一丸となってその使命をまっとうしようとする。私は、今ならどんなことにも向き合えると感じていた。フラッシュバックに襲われようと、理解不能な言語が聞こえてこようと、そのほか何が起きようと。

後になって知ったのだが、私たちの体にはチャクラという気のポイントがある。チャクラは、体内に張り巡らされた気の中枢、たとえば尾骨や頭頂部などに存在する。トラウマのような老廃物があると、このチャクラが詰まることがある。呼吸や瞑想はそうした老廃物を排出しやすくし、体を本来の状態に整える効果がある。

パターン呼吸の最後の１回に入った。昨日と違って手と顔が少しピリピリとしびれただけで、フラッシュバックは起きなかった。呼吸を終えると、みんな横になって休んだ。そのときやっと、自分で決めた今日の授業の狙いを思い出した。深い瞑想状態に入り込んで、トーマス神父を、彼の本質《エッセンス》を思い浮かべた。神父の言葉尻までは思い出せなかったが、許しという概念は覚えていた。許せるかどうかは、疑問な気がした。イラクで色々なことをしたり、しなかったりした自分を、許せるのか？　道徳的な傷により、私の残りの人生はほぼ台無しになった。そんな運命を与えた神を許せるのか？

それについて、頭の中で問うことはしなかった。自分の中のもっと深いところから問いかけた。言葉や思考は必要なかった。残った魂と自然――すなわち自然の創造主である神――との間で、問答を交わした。

突然、尾骨にピリッとした感覚が走った。何かが開きかけ、体の奥から解き放たれようとしているみたいだった。その感覚は体で感じたが、解きほぐれていったのは体だけではなかった。ピリピリとした感覚が背骨沿いに上がってくる。尾骨から背中の中間、肩甲骨の間をかけあがり、徐々に勢いを増して気管へと流れ込んだ。チャクラだかなんだか分からないが、その感覚は気管を経由してすすり泣きとなり、涙となって流れ出した。周りには他の復員軍人たちがいたが、マットに寝そべったまま気兼ねなく涙を流した。悲しみも嘆きもなくただはらはらと流れる、静かな涙だった。

しばらくすると、内から声が上がり、携帯式対戦車ロケット弾のような勢いで心を満たした。

あなたは許されました、と声がした。

細胞の隅々にまで許しが浸みわたっていく。

やがて、それに対する答えが心の奥から湧いてきた。

私もあなたを許します。

35 傷を越えて

瞑想研修が終わった数日後。ミルウォーキーの道の真ん中に立ち、空を見上げていた。まるで傷に当ててあったガーゼがすーっと引かれていくかのように、分厚い雲が頭上をゆっくりと流れていく。薄暗い天空の下では、溶けかけの雪と汚れた氷と小枝からなるどろどろの混合物が道の中央を勢いよく流れ、脇には泥まみれの草の塊――ずさんな除雪車が残していった悲しい産物――が積もっている。まるで隠してきた恥が明るみに出たかのように、あたり一面にひと冬分の残骸が点在していた。そんな、寒々しく湿っぽい荒涼とした春の景色に包まれながら、駐車した車の運転席のドアを開け放ってその傍らに立ち、頭をのけぞらせ、くすんだ灰色の空を眺めて、こう思った。「これ以上美しいものはないな」

そのときの空の美しさは、単なる主観ではなかった。実際に、空は美しかったのだ。その美しさはいわば客観的な現実が実体化したもので、「そう見える」とか「そう思う」といった話ではない。確かな事実だった。その空の美しさが私には分かったし、全身でそれを感じてもいた。空腹や吐き気や極度の疲労や真の愛を感じるときとたぶん同じように、空の美しさを感じていた。空腹や吐き気や極度の疲労や真の愛を感じているときに、その感覚を証明する必要はない。他人がその感覚を信じるかどうかなど、気にする人はいない。その感覚はとても生々しく、気のせいなどではないのだから、他人の認識や解釈がどうだろうとまったく関係ない。現に味わっているのだから、疑いようがない。その感覚に完全に飲み込まれて心を奪われているのだから。その日、そんなふうにして、私は生まれて初めて空を見上げた。

　とはいえ、こうして陰湿な道に立ち灰色の空を眺めて、「美しい」と思うことの奇妙さも認識していた。ウィスコンシン州民が口をそろえて言うことが1つあるとすれば、3月下旬から4月上旬にかけての天気だけはうんざりだ、ということだった。春へと舞台を譲る去り際に、冬が腹いせをするなんて、と。くすんだ暗い空を見たらふつうはどう感じるはずか、私はそのときはっきりと認識していた。どういうわけか、視点が完全にリセットされていた。理由も経緯も不明だが、私の中で根本的に何かが変わったことは確かだった。

　根本的に変わったのは、天気の見方にとどまらない。この1週間、酒を1滴も飲んでいないし、チキンテンダーさえ食べていなかった。研修を受けていたときは、体内の毒素を排出するために肉も酒も断つように言われていた。デトックス中の人が深酒や脂っこい食べ物を避けるのと同じで、呼吸法の特訓中は体が汚れるような物はあまり食べてはいけないのだという。できるだけデトックスしたかったので、私はその指示に従った。するととても調子がよかった。なんとなく体が軽くなったような感じがした。研修が終わった頃には、以前の習慣に戻りたいとは思えなくなっていた。

*

ようやく空の鑑賞に切りをつけると、友人に会いに行った。私たちを待っていたのは、手作りの豪華なステーキディナーと、高級なボトル入り赤ワインだった。手間暇かけて用意してくれたものなので、断るに断れない。食事を終えるやいなや、熱っぽさを自覚した。内側から頭蓋骨を突き刺されているかのように頭がズキズキと痛んだ。体調不良を感じただけではない。そのとき食べたものとワインの影響で、さっき空の下で感じた不思議な美の感覚が鈍ったような気がしたし、研修以降続いていた、軽やかですっきりした気分が消え失せてしまった。やるせなかった。あの気分が本当に、本当に好きだったから。これまでどんな食べ物や飲み物や麻薬や薬でも感じたことがないほどの快感だった。ステーキとワインではちきれそうな腹を抱え、薄れた美的感覚を惜しみ、吐き気を抑えながら、すでに禁酒は済んでいたんだな、と悟った。

肉を断つのはもう少し時間がかかった。まず赤肉――牛、豚、羊など哺乳動物の肉――をやめ、代わりに七面鳥と鶏の肉を食べるようにした。その後数カ月間は、肉を週3回に抑えることにした。それ以外の日は、人生初のベジタリアン向けレシピに挑戦することが多かった。そこにはまさに未知の世界が広がっていた。タンパク質不足にならないようにすることと、本当に食べたいものを食べることを心がけた。やってみると意外に無理がなくて驚いた。

体調がどんどん良くなっていくのも驚きだった。まるで日ごとに体が軽くなっていくようだった。

でも一番驚いたのは、瞑想の質が食生活にかなり左右されることだった。研修から戻ってからというもの、瞑想と呼吸法を習慣にしようと本気で取り組んだ。ケンとジェームズから、自宅でできる呼吸パターンを教わっていたのだ。そして、食べる肉の量を減らすと、瞑想が深まり、長い間身じろぎせずに座れることに気づいた。食べる肉の量を減らすと、体に再結合しやすくなった。トラウマを経験した人は体から解離する傾向があるという。つまりは空腹を自覚したり、体が本当に求めているものを自覚したりしにくくなる。もしかしたら、トラウマ経験者は、食物を利用して、トラウマの感情をかき消したり、モラルインジャリーの苦痛を和らげたりしようとしているのかもしれない。

数カ月後には、調子が良くなる食べ物と、悪くなる食べ物を、ずいぶん簡単に見分けられるようになった。だから、私はブラートヴルスト〔ドイツが起源のソーセージ。ドイツ系移民が多いウィスコンシン州では一般的に食され、名物にもなっている〕とビールで生きてきた中西部の異性愛者のエネルギッシュな白人男性であるにもかかわらず、いつのまにか、生粋の禁酒主義のベジタリアンのようにふるまっていた。こんなふうに変わるなんて考えてみればおかしなものだが、実際にはごく自然なことだった。私が禁酒主義のベジタリアンになったのは、倫理や、環境、政治思想とは関係がない。禁酒主義のベジタリアンになる立派な理由が他にどれだけあろうと、私には関係がない。もっと自己中心的な変化だ。

もはや、嫌な気分になるか、いい気分になるかは、自分次第だった。私はいつもいい気分でいたい。殺風景な空を見上げて美しいと思ったあの日のような快感をずっと維持したい。研修の最中に許しの涙を流したあの日のような清々《すがすが》しさを感じていたかった。それができるなら、どんなことだってしたし、どんなことだって避けた。酒と肉を断つのに加え、いい気分を保つのに最も有効なのが、習慣的に——たとえば毎日——瞑想をすることだった。

最初の頃はうまくいかなかった。1日やったら、その後1週間空いたり、3日続いたと思ったら4日目はさぼったり。そんな調子で何カ月かが過ぎた。瞑想をするのは本当に一苦労だった。じっと座っているのもきつい。呼吸法もきつい。気分の乗らないときに自分を律して瞑想をするのも大変だった。それでも、瞑想を暮らしに取り入れようと決めた。瞑想の習慣を守っているときは、生まれ変わったように感じられたからだ。

その気持ちを他の復員軍人と共有したいという思いから、アスペンで受けた研修の運営元である非営利組織でボランティアを始めた。ケン、ジェームズ、そしてキャシーとともに、ミルウォーキーで復員軍人向けの瞑想研修を開催した。研修では、アスペンのときと同じ呼吸法を教えた。あのときと同じテープを聞いた。パターンに沿った呼吸法——ゆっくり、ふつう、速く——を実施した。私の目の前で、復員軍人たちは新境地を切り開いていった。かつての私と同じように。体が軽くなったようだ、と言っていた。かつての私と同じように。かつての私と同じように。それだけで終わらせずに、瞑想を習慣にした人もいただろう。

そうやって次々と受講生を送り出しながらも、私は呼吸法の仕組みを依然として把握できずにいた。呼吸のような単純な行為で、なぜそこまで絶大な効果が現れるのか？　決まったパターンの呼吸をすると、なぜこうも早くトラウマから解放され、こうも直接的にモラルインジャリーに対処できるのか？　やろうと思えば誰でも自由にやれる瞑想という行為が、みんなの探していた答えだなんて、いったいどういうわけだろう？

そんなある日、ジェームズとキャシーから電話があり、自分たちと一緒にフルタイムで働いてはどうかと言われた。無給のボランティアではなく、フルタイムの職員にならないか、というのだ。全国各地を回って、復員軍人を対象とした瞑想研修を統括してほしい、とのことだった。

＊

時は流れ２０１５年の秋、私はワシントンＤ．Ｃ．にいた。瞑想センターに住みながら、非営利組織のフルタイムの職員として働き、１日に何時間も瞑想をしていた。瞑想を始めるまでは、10年近い歳月をかけて、モラルインジャリーを癒やすために手あたり次第に色々な手段を試しては、失敗を見てきた――トークセラピーから、麻薬、酒、処方薬、ＥＭＤＲ、そして、４３４５㎞のアメリカ横断徒歩の旅まで。しかし瞑想を日課にしてからは、たった18カ月の間に、思いがけない回復を見せた。自殺願望がなくなり、ふさぎ込まなくなったのはもちろん、モラルインジャリーの苦痛をごまかすために酒に頼る必要もなくなった。何時間でも続けて座れたし、自分を保っていられた。座ったまま、悲しみの波に飲まれることなく、過去を思い浮かべることさえできた。すでに、私と私の過去の間には、隔たりが生じていた。クッションができていた。瞑想で過去が消えるわけじゃない。過去に飲み込まれずに思い出を振り返れるようになるのだ。過去は過去にあり、私は今ここにいる。

全国を、ときには海外をも飛び回って働き、信じられないほど充実した時間を過ごした。私は過去の記憶を乗り越えたのだ。

傷を乗り越えたのだ。

未来は確かで、明るく見えた。しかし、付き合い方が分かってきた「現在」のほうが、いっそう明るく輝いて見えた。

36 白い服の男

ワシントンD.C.のコロンビアハイツにあるメリディアン・ヒル・パークの向かいに、シュリ・シュリ・センター・フォー・ピース・アンド・メディテーションはあった。その通りに面する建物にはよくあることだが、この瞑想センターは大使館を改修して作られていた。

そこに入る人は、スライド式の鉄の門をすり抜け、小さな庭を通り、数段上がって本館の1階のロビーに着く。そこで、ビジネスカジュアルのブレザーに履き心地の悪い靴を履いて走り去る大使館職員の姿が見えないかと、あたりを見回す。そのときになってやっと気づく。ここは大使館なんかではない。確かに天井にはシャンデリアが並び、床は寄木張りで、壁は金とクリーム色でまとめられている。しかしそこにいるのは、落ち着いた地味な色の服を着た人ではなく、目にも鮮やかなあずき色や青のサリーに身を包み、行き交う人々だ。会議机があるはずの会議室の床には、紫や緑のヨガマットが並んでいる。インクトナーや清掃用品が放つツンとした刺激臭ではなく、インド料理のかぐわしいスパイスの香りが漂ってくる。

メインの瞑想場は2階にあり、瞑想やヨガや呼吸法を実践しに来た何十人もの人々を収容できる広さになっている。もう少し小さな瞑想場は、瞑想の講習や授業に来た生徒やら講師やら一般参加者やらで、しょっちゅうあふれかえっている。普段センターを出入りしているのは、8~10人程度だったかもしれない。その中には、私のようにセンターに住んでいる人もいた。残りは、講師か集会の出席者だ。忙しい日になると、多いときには50人もの人が来て、瞑想の講習を受けたり、プログラムに参加したりする。そこには呼吸法を習いに来た復員軍人もいれば、刑務所や学校で瞑想講座を実施するために訓練を積んでいる講師もいたかもしれない。瞑想センターの3階は、組織の創設者であるシュリ・シュリ・ラヴィ・シャンカールなど特別な人物が来たときにしか使わない。シュリ・シュリは、私がコロラド州の研修で習った呼吸法を開発した講師で、全人類は精神的な絆で結ばれているとの信念のもとに、この組織を立ち上げた。人類をつなぐ精神的な絆は、人類を隔てる人種や宗教や文化よりも強力で、重要だ。彼は、愛、慈悲、熱意、ストレスと暴力のない世界の創造をコアバリューとして掲げ、その促進のために活動している。科学と精神性は、互いに補い合う分離不可能な関係にあるとし、心と体をつなぐ手段として呼吸を推奨している。呼吸は、やり方によってはストレスを減らし、心を和らげる実践的な手段になるというのだ。そして、他者への奉仕を重んじている。その点が、私にとっては何より重要だった。

宗教や特定の教義を押し付けてこない点も、私にとってはとても魅力的だった。価値観と実践可能な手段を重視しているところに、好感を覚えた。たゆまず瞑想を続けるとか、鍛錬の重要性は強調されていたが、絶対厳守の規則は存在しなかった。こうあるべきとか、こうしてはいけない、といった決まりはなく、その基準に合わない人が罰せられるおそれもなかった。肝心なのは、自分自身が最善を尽くし、己の過ちから学ぶと同時に、他者もそうなれるよう支援することだとされていた。何となく、それが人のあるべき姿であるような気がした。

*

2015年秋、瞑想センターに越してきてわずか2〜3週間の頃に、シュリ・シュリがワシントンD．C．に来ることになった。私の仕事は、シュリ・シュリと、彼の瞑想講座を受けたことがある6人の復員軍人との面会を取りまとめることだった。段取りさえ終わっていれば、かなり簡単な仕事に見えた。市外に行ったり、受講者を募集したり、講座を一から企画したり、受講者の交通手段を手配する必要はなく、町内で気軽にやれるのだから。参加者の交通手段はすでに手配されていた。私はただヴァンを借りて空港で参加者を拾い、シュリ・シュリとの対面に向けて、しかるべき時間にしかるべき部屋で待機させておけばいいのだ。

シュリ・シュリの訪問日、自室を出ると、階段に座って板張りの床の汚れを落としたり磨き上げたり、モールディングを濡れ雑巾で拭いたりしている集団が目に入った。

「精が出るね」。私は女性の1人に話しかけた。彼女とはすっかり親友になっていた。

「こんなのたいしたことないわよ!」と彼女はにっこりした。「前回来たときなんか、掃除機が壊れて、じゅうたんの糸くずやらほこりやら全部手で摘み取ったんだから」

私は返事に詰まり、「それは……」と口ごもった挙句に、なんとか笑顔を作って見せた。いつもの雑務に取りかかるために、慎重に彼女を回り込んで階段を下りていく。

「もう空港を出たのかしら?」と誰かが聞いた。

「シュリ・シュリはいつここに来るの?」と別の誰かの声がした。

階段を下りているうちに、建物全体が熱狂の渦に巻き込まれていくのを感じた。何十人もの人がこの場所に詰めかけていた。そのほとんどがインド人かインド系移民かインド系移民から生まれたアメリカ人で、その全員が見たこともないほどの一種の喜びと興奮に包まれていた。私の雑務はとっくに誰かが済ませていた。シュリ・シュリの乗った飛行機が空港に着いたというメールでも流れたのか、掃除をする人々の手がいっそうせわしくなった。

＊

瞑想センターには彼のことを導師、つまり精神の師と考えている人たちがいた。要するに、彼の教えを信じ教えに従っている人と言えばそれまでだが、それだけじゃないと、私は踏んでいた。その人たちにとっては、シュリ・シュリに献身することが、精神的に重要な意味を持っているのだ。導師に献身すると、自分の外に焦点が移る。つまり献身は、感謝や無私無欲や奉仕といった精神を実践し、高次元の霊力のようなものの存在を認める好機なのだ。あくまで第三者としての意見だが、信奉者たちは、シュリ・シュリを悟りに達した宗教指導者と見なし、彼に近づきたいと思っている節があった。後で知ったのだが、特に狂信的なファンは——15人から20人といったところか——シュリ・シュリがワシントンD.C.に来るたびに空港で出待ちをしていた。いわゆる「導師の追っかけ」だ。なかには、途方もない時間とお金をつぎ込んで、シュリ・シュリを追って世界中を飛び回っている人もいた。シュリ・シュリの一行が空港を出ると、その後に導師の追っかけ組が続き、隊列をなして街中を進むのだろう。かたつむり並みに進まないワシントンD.C.の渋滞のせいで、その車列は大統領専用車の行進同然だったかもしれない。

群衆が押し合いながら中央ロビーを抜け、門から通りへと出た。私はロビーに残り、壁にもたれて窓越しに中庭を見渡した。そこに最近友達になったジェイシュリーがいて、目が合った。

「どうしたの?」と手招きしながら大声で呼び掛けてくる。「こっちに来てお出迎えしないの?」その瞳はきらきらと輝いている。全員が全員、まるでロックスターの登場を待つファンか何かのようだった。この人たちの多くが、シュリ・シュリを導師であり、自分のすべてであると考えていることは知っている。でも、実際には、神くらいに思ってるんじゃないか?

「大丈夫!」群衆の歓声に負けじと、ジェイシュリーに向かって声を張り上げる。「ここでいい!」

「オッケー!」彼女はにこやかに微笑むと、私に見守られながら群衆を掻き分け、階段の下まで来て、1段目に陣取った。シュリ・シュリがロビーを抜けて彼専用の個室に入るまでのルートを把握していて、階段を上り自室へと向かう彼を目の前で見られるようにと、計算づくでその場所を選んだのだ。

4~5台の車が来て建物の正面でゆっくりと停車した。ドアが開き、男たちが6人ほど出てきた。みな白ずくめで、ひざ丈の伝統的なクルタを着ている。うち1人がつかつかと先頭の車の助手席側に回り込んだ。ドアを開くと、シュリ・シュリが車を降りた。その姿は、ちらりとしか見えなかった。すぐに群衆に飲み込まれたからだ。手を振り、歓声を上げ、花を投げ込む人々。手紙や贈り物を握りしめ、シュリ・シュリの手にそれを押し込もうとしている。いい大人が、足元で彼のクルタを引っ張りながら、人目もはばからずに泣いている。

私は急にその場から逃げ出したくなったが、この人だかりを抜けられるはずもなかった。じっと耐えるほかなかったが、なんとも皮肉なことに、シュリ・シュリの瞑想技術のおかげで、パニック発作に襲われずに済んだ。気分が乗らなかろうと毎日呼吸法を実践していれば、瞑想の最中でなくても、その鎮静効果が1日中持続するのだ。

一瞬だけ人垣が割れてシュリ・シュリが見えた。茶色い肌。黒いひげ。私から90mも離れていないところで、伝統的な白いクルタに身を包み、居並ぶ人たちに順に満面の笑みを送っている。当時50代後半だったはずだが、その笑みを見ていると、どういうわけか実年齢よりもずっと若く見えた。長い髪は伸び放題だが、ふさふさした黒い口ひげとあごひげは、丁寧に整えられている。高くなだらかに傾斜した鼻、でんと口ひげにまでかかった鼻先。ロング丈の白いローブをまとい、長い髪に口ひげを生やし、大勢の熱狂的な信者に囲まれているそのさまは、まさにキリストのようだった。

シュリ・シュリの信奉者は彼を見て愛と光を見いだした。私は彼を見て驚きと恐怖を感じた。それは、また自分を失うんじゃないかという哲学的な恐怖――一歩間違えれば結局、克服した色々なものへの依存が、瞑想への依存に変わっただけということになりかねない――だけじゃなく、動物としての恐怖、本能的な恐怖、茶色い肌と長くて黒いあごひげとクルタを見た瞬間に覚えた反射的な恐怖でもあった。この精神の導師は、イラクで私を殺そうとした男とそっくりじゃないか。そう思ったとたん、私の視界は、ぐるりと居並ぶ茶色い肌と黒ひげの男たちに埋め尽くされた。信奉者たちが——平和の探求者である彼らが、まるでイラクの反乱兵に見えたのだ。

37 ナッツ投げ

シュリ・シュリが瞑想センターのロビーへと入ってきた。インドの澄ましバターであるギーがたっぷり入ったランプに、次々と火が灯される。シュリ・シュリの額に、歓迎を表すティルカと呼ばれる点がつけられた。シュリ・シュリは、高みの見物をしていたジェイシュリーの前を通って階段を上り、自室へ去った。そこで休憩し、心身を清め、瞑想をするのだ。

一方、信奉者たちは、2階の瞑想場へと続く階段に押し寄せていた。私はロビーの壁にもたれたまま、熱狂した集団がどやどやと通過していくのを眺めていた。突発的な潜在意識のフラッシュバックは治まりかけていた。

やばかった。さて今からどうしよう?

部屋に戻って仕事を片付けようか。それとも集団瞑想に出ようか。周りの勢いにまったくついていけず、どうすべきか見当がつかない。経験上、あんなふうにキャーキャー誰かを持ち上げるのは、国民的有名人が来たときぐらいだと、ついさっきまで思っていた。聖職者がその対象とは思えない。私のようにカトリック教徒として育った人や、アメリカでプロテスタントなどの慣例に親しんできた人からすれば、司祭や牧師をあんなふうに歓待することはありえない。今までと違う新しいものに出会ったら、自分の知っているものに当てはめて理解しようとするのが当然で、うまく当てはまるものがなければ、取り残されたような、薄気味悪さを感じるのも無理はない——その対象が教祖と信奉者となればなおさらだ。なにしろ西洋では大衆文化に教祖が登場するのはスキャンダルがらみのときと相場が決まっている——教祖が信徒を虐待したとか、信徒をいいように操って私欲を肥やしているとか。でも正直に言おう。その日瞑想センターの壁にもたれて、瞑想場から1階へと絶えず伝わってくる上ずったしゃべり声を聞きながら私が恐れていたことは、1つだけだった。これまでと違う新しいことへの挑戦を恐れていたわけじゃない。少数の腐ったリンゴのせいで、アメリカの他の教祖たちが濡れ衣を着せられてきたことも、べつに気にしていない。一部の司祭が悪事をはたらいただけでカトリック信仰を捨てる信徒はほとんどいない。今ここで何かおかしなことが起きているとは考えていないが、もしそう気づいたら、一目散にこの場を逃げ出せばいい(もちろん、瞑想の技術は忘れずに持って行く)。

そのとき恐れていた唯一のこととは、自分の頭で考えず盲目的に組織に従う危険性だった。軍に入隊したときは、まさにその状態になった。戦闘中は考えずに行動しなくてはやっていけなかった。命令に従うことが生き残る鍵だった。しかしそういう状況にはもう二度と戻りたくない。瞑想と呼吸法は私には効果が出ている。私が求めているのは、自分のペースで成長し、自分に一番合った方法を選ぶ自由だ。宗教や規則は求めていない。再び集団に埋もれて自分を失いたくはない。信奉者たちは、客観的、多面的な視点からじっくり検討し葛藤した末に導師に従う決心をしたのだろうか。それとも自分で考えるより楽だからと盲目的に従っているのか。実際のところは分からない。しかし他人の動機はどうでもいい。大事なのは、癒やしの過程で二度と自分を失わないことだ。

深呼吸をする。続けて、もう一度。呼吸に意識を向けたおかげで、頭で考えるのをやめ、自分にとっての正解をよく知っている部分の自分とつながることができた。引き続き、その内なる声を聞こうと努める。意識的な呼吸をしていると、雑念が消えてゆき、自分の本心に耳を傾けやすかった。その日、ひと時立ち止まって呼吸をすることで見えてきたのは、疑いようのない芯の強さだった。自分を失うことは二度とないのだと、はっきり思い知った。自分にとって何が正解で何が間違いなのか、以前よりもはるかに理解していたし、自分のアイデンティティーや理想像にそぐわない物事に対しては、疑問を呈し、立ち向かえる自信があった。

*

自分は大ホールでの集団瞑想に本当に参加したいのだと結論を出したときには、良い席はすべて埋まっていた。信奉者に混じって導師と集団瞑想をしたことがない人向けに説明しておくと、押さえておいてほしい重要なポイントが3つある。その1。「立見席以外満席」の本当の意味は、瞑想場に入り、参加者たちが文字通り重なり合って座っているのを見てようやく理解できる。私は座れる場所を探したが、皆目見当たらなかった。こうなったら、無理にでも立ったまま瞑想する（これはできれば避けたい）か、無理にでも座るかだ。そこで、ひしめき合って座る信奉者に強引に割り入って（ほぼ隣の人に乗っかるようにして）座ってみた。

その2。信奉者の一群に体を押し込んだが最後、立ち上がることはまず不可能だ。仮になんとか立ち上がったとしても、席を離れた瞬間に席を奪われるのは間違いない。シュリ・シュリが瞑想場に着き集団瞑想を始めて間もなく、私はひどい尿意をもよおした。私の体は、フランネルシャツのチェック柄並みに、周りの人たちの体と絡み合っている。抜け出すに抜け出せない――瞑想が終わるまでは。だから我慢した。ひたすら我慢した。誰もが深い呼吸をし瞑想状態に入り込んでいるというのに、私は息を殺して乾燥したものを思い浮かべようと必死だった。

その3。おやつが配られても驚かないこと。瞑想が終わると、まるでコンサート中に客席向かって空気銃でTシャツを飛ばすポップスターよろしく、シュリ・シュリが参加者たちに向かってアーモンドやトレイルミックスの小袋を投げ込み始めた。この習慣は、儀式や瞑想の後に清められた供物を食すプラサードというヒンドゥー教の伝統にちなんだものだそうだ。カトリックの聖体拝領で、司祭が聖体のパンをフリスビーのように投げれば、これとかなり似た感じになるだろう。

トイレに直行するために絡まり合った体をほどこうとしていたところ、シュリ・シュリが私めがけて一直線にアーモンドの小袋を投げてきた。キャッチしようと手を伸ばしたが、宙で誰かにかっさらわれた。シュリ・シュリを見返すと、微笑みをたたえながらこちらをじっと見つめていた。もう1袋アーモンドを手のひらに収め、再び私へと投げてくる。私は焦ってじっと見つめていた。大部屋の向こう端から飛んでくるちっぽけな袋をキャッチするのは相当難しい。それなのに、いまや全員がその結果を見守っているのだ。このときは、手が勝手に動いた感じだった。何をしようとしたわけでもないのに、手がぐんと伸びたとでも言えばいいのだろうか。アーモンドの袋が私の手のひらにまっすぐ飛んできて、5本の指がそれをあっさりと包み込んだ。

なんだかキツネにつままれたみたいだな、と思いつつ、はじかれたように部屋を出て、プラサードを手に最寄りのトイレに滑り込んだ。

＊

ナッツを投げ終わると、シュリ・シュリは側近に付き添われながら3階へと引き上げた。3階は彼がこの街に来たときの宿泊場所であると同時に、集会の開催場所でもあった。3階の廊下に入りたい者は、手前の階段で守衛のチェックを受け、素性やアポイントの有無に応じて通過の可否を判断してもらう。階段の最上段と廊下を仕切るドアは施錠されているため、通過を許可されたら、内側から鍵が開けられるのを待たなくてはならない。後で知ったところによると、シュリ・シュリの元に一度に大人数が押し寄せるのを防ぐため、入室人数を調節することが重要だったので、訪問者は全員入室前にあらためて名を名乗る決まりになっていた。

2階の瞑想場の外に立っていると、私の恩師で上司でもあるジェームズが隣に現れた。

「君を導師様に会わせたい」とジェームズ。

「いいですね」と答える。

ジェームズについて階段を上がり、3階の入り口のドアに着いた。

「彼も一緒に入ります」とジェームズが守衛に言う。

ほどなくして内側からドアが開き、シュリ・シュリの部屋に面した廊下へと案内された。廊下は警備がかなり手薄だった。部屋はいずれも鍵がかかっていない――シュリ・シュリがいる集会室のドアさえも例外ではなかった。

「ここで待っててくれ」とジェームズが言った。声は穏やかだったが、その目は「死刑になりたくなかったら、ここでじっとしてるんだぞ。迎えに来るから、それまで部屋に入ろうなんて思うなよ」と語っていた。

私は外の廊下に座り込み、ジェームズが戻ってきて部屋へ入れてくれるのを待った。何分か経った頃、守衛によって信奉者が1人廊下へ通された。サリーをまとった白人のアメリカ人女性だった。そのくつろいだ雰囲気から察するに、前にもここに来たことがあるのだろう。女性は脇目も振らずにつかつかと私に歩み寄り、目を覗き込み、首を傾《かし》げた。

「入らないの？」

「いや……」

「ほらほら、入りましょ！」女性はそう言いながら立ち上がり、身振りでドアへと誘ってきた。

「うーん……」

女性はにっこりし、くるりと背を向けると、ドアを開けるためにハンドルに手をかけた。

「分かった」。私はあわてて立ち上がった。「行こう」

女性がドアを押し、２人一緒に部屋へと入った。

まず目に飛び込んできたのは、私へと向けられたシュリ・シュリの笑顔だった。

次に飛び込んできたのは、私へと向けられたジェームズの驚愕の表情だった。目は飛び出さんばかりで、口はあんぐりと開いている。棒立ちの私をよそに、女性はすたすた歩き、導師の前であぐらを組んでいる10人あまりの集団に加わった。シュリ・シュリは２人掛けのソファにあぐらをかいて座っていた。ソファの周りには食べ物や貢物があふれている。なんだかクリスマスの朝に大量のプレゼントに囲まれてゴロゴロする子供みたいだった。ジェームズはこちらに殺意のこもった視線を注いだまま、ゆっくり、音を立てずに、隣の空いている椅子を叩いた。

奥の壁に並ぶ窓から、晩秋の日光が差し込んでいた。背後の壁と、奥の壁に沿って椅子が並べてあったが、座っている者はいなかった。シュリ・シュリは私に手を振ると、床に座っている人たちに注意を戻した。5人ほど子供が交じっていて、縦横無尽に走り回っていた。その中の誰かが立ち止まり、手に持っていたおもちゃか何かを見せるたびに、シュリ・シュリは「おっ、いいねえ」と言ってから、みやげや菓子を配る作業を再開していた。

「待ってろって言っただろ」ジェームズが耳元でかみついてきた。「シュリ・シュリは誰が来るのか事前に把握しておきたいんだよ」

「あ、そういうことだったんですね。すみません」と謝ってから、私は隣の椅子に腰をおろした。

同席している人たちの顔は、ランタンのように明るく照って見えた。頬はゆるみ、控えめな笑い声が漏れている。みなすっかり導師の虜《とりこ》になっていた。信奉者が彼のことを「悟りを開いた」人だと考えていることは分かっているが、その言葉の意味を私はよく分かっていない。魔力を持っているという意味だろうか? 人の心が読めるのか? 私の目に映るシュリ・シュリは、小柄でニコニコした善良な師でしかない。信奉者に大量の知識を授け、慈善事業に大金を投じている、善良な師だ。しかしここに座っている人たちから——そして廊下や中庭や集会室ですし詰めになっている信奉者から——彼がそれ以上の存在と思われているのは確かだ。

私が入室してそう経たないうちに、シュリ・シュリは訪問者の受け入れを打ち切った。

「さあーて」と突然言ったかと思うと、ソファから立ち上がる。

他に一言も発していないのに、参加者が一斉に立ち上がり、ぞろぞろと部屋を出始めた。ごくわずかだが、出口に向かわず、シュリ・シュリに質問をしようとしている人もいた。そのタイミングで、ジェームズが私の腕を引き、シュリ・シュリのもとへ連れて行った。

「グルデブ」。信奉者の間で親しまれている尊称で、ジェームズは呼び掛けた。「常に師であり続ける者」的な意味の言葉だ。

「こちらはトム・ヴォス。復員軍人支援活動を担当する新メンバーです」

「お会いできて光栄です」。私は握手しようと手を伸ばした。

シュリ・シュリはこちらを見ると、両手を大きく上げてから私に巻き付け、盛大なハグをした。そのままぎゅっと抱きしめ、一歩下がり、正面から目を合わせてくる。

「幸せかい?」と彼は聞いた。

返事をしようと口を開いたが、言葉が出てこなかった。

＊

翌日、私はアンソニーをはじめ戦闘経験者5人を率いて、混み合った瞑想センターを抜け、階段をのぼり、警備を通過し、廊下へ入り、シュリ・シュリの部屋のドアをくぐった。6人で、ソファの前に半円形に並べられた椅子に座った。復員軍人をシュリ・シュリと引き合わせる目的は、シュリ・シュリの呼吸法を始めてから人生がどう変わったかなど、彼らが体験した重大な変化を伝えるためだった。また、復員軍人たちが自由に質問できる時間も20分設けていた。

ジェームズに先導されてシュリ・シュリが部屋へ入ってきた。昨日とそっくりの格好だった。カラーのパイピングが施されたロング丈のクルタを着て、同色のショールをなびかせている。

「あなたのプログラムの卒業生たちです」とジェームズが言った。

シュリ・シュリが一同にプラサードを配り出した。みんなはその菓子を受け取るとナプキンの上に置き、きれいにアイロンされたズボンとボタンダウンシャツに落ちた菓子屑をはたいた。アンソニーは短パンにTシャツ姿で、頬をぽっこり膨らませて噛み煙草をしゃぶっていた。それが、講演をこなすときや、今回みたいに重要なイベントに出席するときの彼のお約束だった。

「この呼吸法を開発してくれて本当にありがとうございます」と、あるメンバーが言った。

「ええ、私たちはあなたの手法に本当に感謝しています」別のメンバーが言った。

「私の手法なんてものはないよ」とシュリ・シュリが言った。「誰もが使える手法だ」

そう言うと、彼はメンバーに視線を泳がせた。まずアンソニー。それから順に視線を移して私に目を留めた。

まじまじと見つめてくる。私は見返した。なんで私を見るんだろう。どう対応すべきなんだ？

するとと彼は片目を閉じ、もう一方の目で相変わらずレーザーのような鋭い視線を送ってきた。しばし――永遠に感じられたが実際には3～4秒だったに違いない――そうやって片目で私を凝視していた。それが終わると、目を開き、引き続き残りのメンバーを順に見ていった。

今のはいったい何だ？ 私はいぶかしんだ。**他の人は気づいたのか？**

横目でアンソニーたちを盗み見たが、今しがたシュリ・シュリが片目だけ使う海賊スタイルのまなざしを向けてきたことには気づいていないようだった。シュリ・シュリは何をしていたんだ？ 私の魂を透視していたのか？

せっかくシュリ・シュリに自由に質問できる機会であるにもかかわらず――その機会を手に入れるためなら何でも差し出す、という信奉者が階下にはいっぱいいることだろう――何を聞いたらいいのか、みんな判断しかねていた。しかしアンソニーだけは違った。

「よくワシントンD．C．みたいな街に来ましたね？ 腐敗と憎しみだらけなのに」とアンソニーが聞いた。

シュリ・シュリはアンソニーに微笑んで見せる。

「だからこそ、こうして会う必要があったんだよ」

集会が終わった。全員でシュリ・シュリに再び礼を述べると、雑談の声と椅子を引く音があちこちから上がった。私は、一部のメンバーを空港へ送る段取りについてジェームズと話したり、質問に対応したりしながら、みんなと一緒にドアへ向かおうとした。

気づくと、隣にシュリ・シュリがいた。忽然と姿を現したような印象だった。私に流し目を送ってから、退室するメンバーたちに視線を落とし、ささやくような声で、何気ないふうにこう言った。「そのうち必ずインドにおいで」

38 恍惚

基礎訓練で頭を剃るときは、ＡＡＦＥＳ（米陸空軍生活品販売業務）の店舗――軍隊版ウォルマートみたいなものだ――にある理髪店に行き、50～60人の列に並ぶ。その際、私語はせず、足を開き、手を後ろで組み「休め」の姿勢を取る。新兵が順に床屋の椅子に座っていく。羊のごとく毛を刈られたら、立ち上がって次の6人へと席を譲る。自分の番が来たら、席について、鏡の中の自分を見る。髪は長いほうではない。すぐ終わるはずだ。鏡越しに隣の仲間を盗み見る。バリカンが鳴り響くなか、肩先まであった彼の頭髪がバサッと床に落ち、まるで空から降ってきた体のように、鮮やかに放射状に伸び広がった。視線をそらす。

くしの付いていないバリカンが押し当てられて、ブレードが頭皮をガリガリとこする圧を感じる。乱暴で、異様に手早い。やがて鏡に目をやれば、丸坊主、一丁上がり。椅子から立ち、何十もの坊主頭が並ぶ隊列に加わる。誰が誰かほぼ見分けがつかない。基礎訓練で頭を剃ると、個は失われるのだ。

同じことをインドでやるときは、瞑想場裏の野原でやることになる。現場に行くと、高く茂った草むらの中に人が何人か立っていて、横にプラスチックの椅子が置かれている。いずれかの椅子を選び腰をかける。そのとき、水の溜められたバケツを見つける。これはいったい何に使うんだろう？　隣に立つ係の男が手で水をすくい頭にバシャバシャとかけてくる。このタイミングで折りたたみ式のかみそりが目に入る。

最初は痛みは感じない。友人であるルドラが目を丸くしているのが見えるだけだ。ルドラはやはり髪を剃ってもらうために並んでいる。ヒンディー語の怒声が飛び交うのが聞こえた。ルドラが男に向かって「落ち着いてやれって！」と叫び、男が「うるせえ、黙りやがれ！」と返す。

シャッ、シャッ、シャッ。

イタタ、とうとう来たか。

髪がはらはらと地面に落ちる。たぶん、その中に頭皮も多少は混じっているんだろう。髪はその男が取っておき、近くの川に流すことになっていた。流水に髪を放つ行為は、古い自分と決別して新しい自分に生まれ変わるのと似ている。そうやって死と転生を疑似体験することが、人生の新しい期間の幕開けとなる。これからは、精神の道に入り、精神の師から学び、質素に暮らすことを選び、とどのつまり、一生懸命瞑想をするのだ。

しかし、男が髪を落としっぱなしにしているため、ルドラがまた叱りつける。

「まさか1本1本拾って川に流す気じゃないだろうな?」

男がヒンディー語で怒鳴り返す。内容は理解できないが、「うるせえ、黙りやがれ」より下品な罵り言葉のオンパレードになっていたとしても、驚きはしない。

頭を剃る列に加わろうと、友達が続々と姿を見せる。瞑想場を出て、目を細めて太陽を仰ぎ、こちらに気づいて寄ってくる。そして頭皮を横切る複数の真っ赤な裂傷と、元々あごひげだったところにある細かい切り傷に気づき、唖然とする。自分は今やすっかり、血にまみれたツルピカ頭の赤ん坊だ。違うのは、なぜか剃り残された、頭蓋骨の付け根からひょろりと伸びる尻尾のような髪だけ。それはラットテイルと呼ばれ、地に足をつけておくためのいかりの象徴だと、のちに聞くことになる。髪のほとんどが川ではなく丈の高い草むらに消えた今、むき出しの頭皮がじかにインドの過酷な要素にさらされる——朝の暑さ、付きまとうハエ、あたりに立ち込めるゴミを燃やす臭い。

「なあ。殴り合いのけんかしたみたいな面《つら》になってるぞ」とルドラが言う。

インドで頭を剃ると、個が引き立つ。皮膚を切られるわ流血するわでぶざまだが、目立ってはいる——まあ、見る側は引き気味だが。もう自分を失うおそれはない。集団思考に支配されるおそれはない。消えるおそれはない。自分の心と体は自分のものだ。自分を動かすのは自分。自分の責任は自分で取る。過去は健在だが、カリカリと背中を引っ掻き今この瞬間を乗っ取ることはなく、隅っこに行儀よく座っている。そして過去が行儀よくしているなら、今現在に恐れるものは何もない。生きている。この世にいる。納得のいくかたちで今この瞬間の一部になっている。ひょっとしたら深刻な皮膚感染を起こしていて対処が必要かもしれないが、自分が消えてしまうことは絶対にないのだ。

*

私はインドのバンガロール〔現在のベンガルール〕の某所で、屋外の巨大な瞑想場にマットを敷いて座っていた。頭上では15匹前後のサルの一家が垂木から垂木へと飛び回っている。瞑想場の経営者から参加者に向けて、何があってもサルにはちょっかいを出さないようにしてください、と説明があった。ここの赤ん坊ザルや子ザルや大人の雌ザルは、よく垂木からぶらさがって目の前の床にドスンと飛び降りてくる。すると、他の楽しみを知らない無邪気な人が、床のサルたちに近づき、なでたり餌付けしたりしようとすることがある。そんな彼らに、唯一の大人の雄ザルが垂木を伝って間近まで忍び寄り、今にも飛びかからんとする光景を何度も見てきた。私の隣、瞑想場の男性用スペースには、ルドラが座っていた。向こう側の女性用スペースにも、ワシントンD．C．から来た友達や知人が見える。みな、ウパナヤナ（入門式）と呼ばれる式典に参加するために集まった人たちだ。ウパナヤナとは、正式に師の門下に入るにあたり執り行われる由緒ある儀式だ。「聖紐《せいちゅう》式」とも呼ばれ、その1つに、胸にかけておく紐を授かる工程がある。この聖紐は、精神世界について学び精神の道へ入る決意の表明であると同時に、自分、家族、地域社会に対し責任を果たす決意の表明でもある。この儀式を終えると、晴れてブラフマチャーリン――瞑想や勉学を中心に、質素で純潔な生き方を追求する、精神道の学生――と見なされる。

インドでブラフマチャーリンになりたければ、スカートをはかなくてはならない。私はまるで誕生日プレゼントのように、伝統衣装のドウティにくるまれた。このとき着たドウティは4・5mほどの光沢のある黄色い長方形の布で、てこずりながらもルドラの手を借りてなんとか着ることができた。布が黄色いのは、その色が精神の豊かさと健やかさを象徴しているからだ。ドウティを着るには、まず腰と脚をくるみ、その後両肩へとかけ、最後に腰で結ぶ。首回りは、ドウティとそろいの生地でできた大判のショールを、タートルネックを作るようにこんもりと巻いてから、巨大な布ナプキンのように胸元へ垂らす。まさか自分がこんな衣装を着ることになるとは思ってもみなかったが、バンガロールの暑さをやりすごすにはぴったりで、とても通気性がいい――あえてたとえるなら、夏用の着る毛布みたいな感じだ。

聖紐式が始まった。聖紐、すなわちヤジュニャ・ウパヴィータを授かる。ドウティとそろいの黄色だった。ターメリックがすり込んであるだけなので、ゆくゆくは色が抜けて白くなる。聖紐は、実は3本の独立した紐から成っていて、それぞれに異なる意味がある。1本目の紐は家族に対する責任を、2本目の紐は地域社会に対する責任を、3本目の紐は自分自身の知識に対する責任――精神の知識を追求し、適切に用い、尊ぶこと――を表している。その3本の紐を合わせて、頭と片腕をくぐらせ、左肩から右腰に向けて斜めに掛ける。右手は昔から、強いほうの手もしくは利き手と考えられている。重要なことをするときに使うのは右手だ。体の右側は強さと関連している。だから、3つの責任が重荷とならないことを――体の強い側を使う必要すらないことを――示すために、聖紐は左肩に掛けるのだ。その責任を果たすのは簡単で、重荷ではない――私はその責任を歓迎し、感謝の念とともに、やすやすと達成する、という意味を込めて。

聖紐は1年に1回、自然に返すかたちで使い納めにする。たぶん、木の枝にかけるか、花壇に埋めることになるだろう。その後、もう一度聖紐式を受けて、精神の道における責任を果たす決意を新たにする。そして新しい聖紐を肩にかけ、この先1年の精神を守り固める。晩年を迎え、家族と仕事と自分自身に対する責任を果たし、かつ長時間の瞑想が無理になったら、最後の聖紐を使い納めにする。きっと川の急流に浸すか、山の頂上から放つかすることになるだろう。聖紐を放つことで、私の精神は放たれ、自然へと返る。神のもとへと返る。

＊

私は目を閉じた。ショールを広げて頭にかぶされているので、何も見えない。式典を執り行う師たちが、見えない工程を進める間、私たちはじっと待った。師がやっていることも、何が起きているのかも、分からなかった。続いて、スワミ、つまり高位の師が入信者を1人

1人回ってガーヤトリーマントラをささやいた。私の耳元で、神聖な言葉がささやかれるのが聞こえた。聖紐や剃髪と同じく、ガーヤトリーマントラもウパナヤナで伝統的に行われる工程だ。この祝福の言葉は、解釈次第で様々な意味に受け止められるが、大まかには次のように解釈できるだろう。「創造主である神について瞑想いたします。神の聖なる光は存在するすべてを照らすもの。かの聖なる光により、私たちの体と心と精神と知が照らされますように」

スワミによって耳元でマントラがささやかれた後、ずっしりとした分厚い花輪が首に掛けられるのを感じた。ジャスミンと、ハイビスカスと、マリゴールドが混ざっていた。まるで、でっぷりとした薫り高い大蛇に巻き付かれたような感触がした。ぎっしりつながれた花弁の重みによって、地に足がついているというか、危なげない心地がした。隣ではルドラが泣いていた。この儀式に参加することを子供の頃から待ち望んできたため、感激し、黄色いドウティの前面に涙の染みをつくっていた。

ウパナヤナの式典ではその後、米をお供えし、サンディヒャバンダナムという神聖な儀式を教わった。アメリカに帰国したら1日に3回やってもよいという。その儀式では、瞑想だけでなく、詠唱《えいしょう》もする。詠唱は、カトリックでロザリオの祈りを唱えるのとよく似ている。ロザリオの祈りでは同じ文言をずっと繰り返す。そうやって雑念の余地をなくすことで、瞑想状態に入りやすくなる。サンディヒャバンダナムで詠唱する文言も、きわめて神聖なもので、なかには何千年も前から詠《うた》われてきたものもある。詠唱をするのは初めてでやや違和感があったが、これまでの瞑想の劇的な効果を考えると、アメリカに帰ったら詠唱も試したほうがいいだろう。モラルインジャリーを癒やす手段は、多ければ多いほどいいのだから。試してみて瞑想の半分程度でも気持ちが落ち着くなら、絶対に習慣にするつもりだ。私にとってサンディヒャバンダナムを行うのはとても気楽なことで、その最たる理由は、実施するかどうかを自分で選択できることにあった。実施するにしても、好きな頻度で、好きな回数やればよいのだ。それはヒンドゥー教の儀式ではない。宗教儀式ですらない。私は自分と世界を理解するのに役立つ道具を与えられたのだ。儀式をやらなかったからといって、罰せられることはない。間違いを犯したからといって地獄や浄罪界に落とされる恐れもない。周りと同じように考える必要も、周りの信念に同調する必要もない。熟考のうえ反対するのも自由。賛成しつつ集団思考に溺れないのも自由。自分の精神の運命は自分で握りつつ、支援が必要なら支援を、自由にやりたいなら自由を、必要なだけ享受できる。

ウパナヤナが終わりを迎え、自分の座席に戻った。頭上ではサルが飛び交っている。私は4・5mの艶やかな黄色い布に包まれている。酒は飲まず、ペパロニピザの味は忘れかけていて、モラルインジャリーを聖紐という名の包帯にくるみ、ドウティを巻くことで自分を一つに保ち、頭皮と顔の傷はすでに治り始めている。そんな私にとって、ウパナヤナに参加したことはどんな意味があったのか。それは次のマントラが代弁している。

自然よ
神聖なるすべてのものよ

命の与え手と受け手よ
苦しみをもたらし、苦しみをなくすものよ
すべてであり、無であり、万物であり、その間のすべてのものであるあなたよ
あなたの光で私を満たしたまえ
あなたの愛に目覚めさせたまえ
私があなたの愛と光を認識できるよう助けたまえ
それは私の中で常に燃え輝く
汚れをはらいこの道へと私を導きたまえ
耳を傾ける分別を与えたまえ
私をつなげたまえ　あなたに、他者に、私自身に
あなたの創造したすべてに
ひどい気分の日でさえも。
オーム。シャンティ、シャンティ、シャンティ。

このマントラと式典の前後には、「オーム、シャンティ」と詠唱した。「オーム」は原初音であり、すべての始まりであると同時に終わりであり、あらゆる言語と宗教と人と時代を超えてつながる偉大な音だ。「シャンティ」は「安らぎ」を意味する。「オーム」は「A」「U」「M」の3つの母音から成り立っていて、それぞれ宇宙の3つのステージを表している。「オ

ーム」すなわち「A-U-M」は見た目も発音も「amen」（アーメン）によく似ている。そして「amen」（アーメン）の発音はほとんどの言語で酷似している。ポルトガル語では「um homem」（ウム・オーメン）、セルビア語では「ameh」（アメー）となる。アイスランド語、リトアニア語、スウェーデン語、ベトナム語、アフリカーンス語、そして英語では、「オーム」を意味する言葉は「amen」（アーメン）と表現される。アラビア語では、「ʼaˈmiːn」（アーミーン）だ。それは信者の祈祷の言葉だ。戦闘地帯で悲しみに打ちひしがれた親の、救いを求める言葉だ。そして混乱のさなかに亡くなったイラク人の子供の唇から漏れた最後の言葉だった。

私は地面に座った状態で聖紐にくるまれ、神の恵みを受けたまま、永久に続く「オーム」の世界に入り、溶け込んだ。

「オーム」が「アーミーン」になり「オーム」になり「アーミーン」になる。

私は自分が奪ったすべての命になり、自分が失ったすべての人の命になった。すべての戦友になった。彼らはみなここにいて、彼らはみな私であり、私たちはみな自由だった。

*

式典の翌日から10日間連続で、夜明け前から夕暮れどきまで瞑想と詠唱を行った。暗闇に包まれたアシュラム（僧院）の自室で目を覚ますと、ベッドから抜け出し、床に座る。そして、シュリ・シュリから学んだ呼吸法を――コロラド州の瞑想研修で流されていたテープは彼の声を収めたもので、彼の声を聴いたのはそれが初めてだった――実践する。ゆっくり、ふつう、速く、のパターン呼吸を繰り返す。その後詠唱に入り、日の出、正午、日の入りに合わせ、1回当たり数時間かけて詠唱をする。日が沈んだら、全学生が集まる「サットサンガ」（神聖な集会）に出席し、「バジャン」（献身歌）を歌う。

10日間連続で何時間も詠唱をしているとどうなるか、分かるだろうか？　答えは、「至福に浸る」だ。私は10日間、舞い上がる凧のように高揚した気持ちでアシュラムをうろついていた。

そんなふうに、至福以外の何ものでもない状態を現実に生きていると、過去の苦痛は完全に消失する。私はありのままの自分に満足していた。新たな出会いを楽しみ、人との関わりを楽しんだ。一方で、1人で過ごすことも心地よく、不安は微塵《みじん》も感じなかった。未来を案じることも、過去を思って落ち込むこともない。余計なことは考えない。木か動物か子供にでもなったような気がした――ただ存在していた。これと言って何をしようとも、何を作ろうとも、何になろうとも思わなかった。今いる場所以外のどこかに行きたいという、心から離れることのなかったかすかな痛みが和らぎ、消えてなくなった。内からスポットライトが光を放つ。私が光の源になった。

気づけば、心を癒やそうとも、モラルインジャリーについて熟考しようとも、「もっと神聖な気分」――その言葉の意味が何であれ――になろうともしていなかった。宗教のことは頭になかった。この間ウパナヤナを受けたということは、私はヒンドゥー教徒になったんだろうか、という思いすら湧いてこなかった。そういえば、ヒンドゥー教についてああだこうだ言ってくる人は一人もいなかった。あの本を読むべきだとか、この精神指導者に従うべきだとか、1つの宗教を信仰するために他はすべてやめるべきだとか。そうした強制は皆無だし、私も望んではいなかった。何であれそのもの本来の姿と少しでもずれていることは、望ましくないと感じた。生まれて初めて、人生をあるがままに、人々をありのままに受け入れた。それはとりもなおさず、自分をありのままに受け入れられるということだった。過去を――そしてモラルインジャリーをもひっくるめて。

身の周りにあふれる古代からの伝統をさらに探求した。手を伸ばしさえすればそこに、何千年も受け継がれてきた智恵があり、自由に触れることができたし、たとえその時点では自分の考えに沿わないとしても、どの考えにもまんべんなく目を向けた。そのなかで、最高神の3つの様相の1つであり、無限と破壊の両方を象徴するシヴァ神について、知識を深めた。シヴァは始まりも終わりもないと同時に、世界が終末を迎えたときに世界の破壊を司る恐怖の戦士でもある。始まりも終わりもない存在が、どうしたら世界を終わらせる責任を負えるのか？　神の中でも最も慈愛に満ちた無限の神が、どうしたら不屈の戦士になれるのか？　破壊能力を持つ戦士が、どうしたら自身の中の無限性を保ち、神聖な愛を全細胞にみなぎらせることができるのか？　シヴァが破壊と戦いを仕掛けながらも神聖な愛という成分でできているのだとしたら、私もそうなれるということか？

こういうあからさまな矛盾は成立しうるのだと分かった。自然はすべてを包括しているからだ。自然、すなわち神の愛は、山に降り注ぐ雨と、戦闘中の車両に降り注ぐ弾丸を区別しない。神は万物に宿り、神は万物である。私の武器から飛び出した弾丸を浴びて男たちが死んだとき、神はそこにいた。自殺したいと思うとき、神はそこにいた。どうしたって神から私を切り離すことはできない。神は万物に宿り、神は万物そのもので、すなわち私でもあるのだから。実感や認識が伴っているかどうかは別として、私はその愛の一部で、神性の一部で、過去も現在も未来もひっくるめた時間との一体性《ワンネス》の一部なのだ。私は神に由来するのだから、神とつながっていていているのだ。神は私とともに戦場にいて、戦争として姿を現し、苦痛と悲しみと戦争の後遺症に宿ってもいた。

だから、モラルインジャリーは呪いや罰ではなく、神からの贈り物、聖なる教訓、瞑想によって克服すべき業《ごう》なのだと、私は受け止めている。

要するに私は戦争を容認しているのか？　戦闘中の自分の行為を正当化しようとしているのか？

そうではない。

戦争は、できるだけ避けるべき選択肢だ。神は戦時にも存在すると確信しているが、戦争が起こる理由は分からない。戦争に限らず、私たちの人生で起きる悪いことが、なぜ起こるのかまったく分からない。ただ、悪いことが起きるときは、自然の外側で起きるわけでも、神から離れたところで起きるわけでもないことは分かる。だとしたら、その経験を生かせば、成長や癒やしや平和を促進できるはずなのだ。悪いことは神と本質的に対をなしている——毒には解毒剤があるように、最悪の経験さえも、その対極にある救済の源とワンセットで用意されているのだ。真剣に見つめれば、苦痛の中に意義を見いだし、トラウマを力に変え、苦しみに何らかの価値を与えることができる。最後に本当の自分を発見できるなら、戦争は無意味ではない。

＊

私がインドに滞在している間に、シュリ・シュリがバンガロールにあるアシュラムに帰宅した。ワシントンD．C．のときとほぼ同じ熱狂的な光景が繰り広げられたが、今回のほうが観衆が多かったため、規模も歓声も一回り上だった（当然、配られた菓子も多かった）。シュリ・シュリは世界中で名を知られ、崇拝されていたが、祖国インドでの人気は格別だった。彼と直接会いたいと願う多数の信奉者が、アシュラムの院内をうろついていた。私はシュリ・シュリの到着を、ワシントンD．C．のときと同じようにひっそりと見守っていた。車列が止まり、白いクルタを着た男たちが出てきて、助手席のドアが開き、シュリ・シュリが現れた。群衆が両手を広げて飛び出していく。そのさまは、母と再会し狂喜する子供のようだった。

帰省中のシュリ・シュリに会える機会があるというので、参加した。ワシントンD．C．

のときもそうだったが、この地にも、接待専用の集会室があった。しかしワシントンD.C.では10~12人だった参加者が、ここではその3倍近くいた。各者にはシュリ・シュリと話したり、贈り物を渡したり、祝福を受けたりする時間が2~3分ずつ与えられていた。

師に会う番が回ってきた――ウパナヤナを終えた今、彼は名実ともに私の師と言えた――ので、混み合う室内に入り、座る場所を探した。

シュリ・シュリは他の人と会話中だったが、部屋に入るとバチッと目が合った。こちらに手を振ってくる。

親友と5年間会っていない状況を想像してみてほしい。あなたはコンサートか何かのイベントに出席していて、会場の巨大な講堂は人であふれかえっている。座席を探しているとき、不意に人混みのなかに親友の姿を見つける――どこにいたって、見ればすぐに分かるのだ。そのとたん、親友がこちらを向いて、まっすぐに見つめてくる。たとえ会場の向こう端にいようと、その距離をものともしない。そしてあなたであることに気づき、喜びで目を輝かせる。満面の笑みを浮かべながら、手を振ってくる。その笑顔と手ぶりには、2人の分かち合ってきたすべての歴史と、友情をはぐくんだすべての瞬間と、あなたに対するすべての愛情が表れている。部屋に入ってシュリ・シュリに見つかり手を振られた人は、そんな気持ちになる。

床に座れるスペースが見当たらなかったので、部屋の後ろに立った。何を待っていたわけでもない。ただ立ったまま息をし、この上なく落ち着いた気分で、頭はほとんどからっぽだった。頭に花が咲いたバカのように、ひたすら微笑み、自分が自分であることに満足しきって、安らいでいた。

何分か経った頃、スタッフの一人が近づいてきた。

「あなたの番ですよ。準備がよろしければ、行きましょうか」

「いえ、私は結構です」

「聞きたいことがないんですか？」

「何も思い浮かびません」

「そうですか」スタッフは肩をすくめ、歩き去った。

シュリ・シュリに言うべきことは何もなかった。言うべきことがあったとしても、彼ならすでに何らかの方法でそれを察しているだろう。しかし、何も言うべきことがない理由は主に、知りたいことが何もないからだった。そのときは、知る必要のあることは、そのうち明らかになるような気がしたのだ。こつこつと瞑想と詠唱に励み、入ったばかりの精神の道を地道に歩んでいけば、しかるべきときに、しかるべき場所にたどり着けるという確信があった。予想もしていなかったことだが、最終的にたどり着くはずの場所は、単にモラルインジャリーの苦痛を麻痺させるとか、現在と異なる未来を望み小さな種を蒔《ま》けるようになることとは違った。苦痛を麻痺させ、過去を解き放ち、未来に希望を抱く段階はもう越えていた。自分の一部へと入り込んでいた。それは間違いなく、あなたの一部でもあり、過去も未来も含むすべての人たちの一部でもある。それは神の愛で、すなわち意識で、すなわち何と呼ぶかはその人次第だが「安らぎ」を意味するものだ。深く、時間を超越した、絶対的なものだ。私たちはそれをつかの間しか味わわないため、あっという間に過ぎ去るものと錯覚している。しかし実際は常に存在する。瞑想や詠唱や呼吸法などエクササイズや自然を通じてそこに入り込むと、誰しも本当の自分を思い出す。そしていつか、本当に心身を制御し本当に現在にとどまれば、至福に浸り安らかでいられる時間がどんどん長くなっていって、それがむしろふつうになる日さえ来るかもしれない。

＊

姉貴はかつてラオスを旅行中に、仏教寺院に行き、そこに住む僧と瞑想をした。集団瞑想の後に、質疑応答があった。姉貴は僧にこう聞いた。「私は瞑想中にすばらしい超越体験をしたことがあります。宙に漂う純粋意識の点になるのを感じました。体から離脱したような、というか、体がなくなったような感覚すら覚えました。でもそうなったのは2回だけで、それからは1回もそういうことは起きていません――きっと、起こってほしいと思っているから起きないのでしょう。そういうふうに願う行為は純粋な存在状態――何の願望も思考もない状態と対局にあるような気がしますから。もう一度ああいう超越体験をするにはどうしたらいいでしょうか?」

僧たちは質問に英語で答えられるほど英会話ができるわけではなかったので、聴衆のインド人が代わりに答えた。

「瞑想の目的は体験ではありません」と彼は言った。「特定の体験を狙って瞑想をするべきではありません」

「でもその体験によって、神に近づいた感覚があったとしたらどうでしょう？」と姉貴は聞いた。

「体験が目的ではないのです。大事なのは、鍛錬し献身することです。それが瞑想を実践すると得られる報酬です。運よく充実した体験もできればそれに越したことはありませんが、それを主な動機にすべきではありません」

私はそうは思わない。すばらしい体験を求めていて、それが瞑想を続ける動機になるなら、それでいいじゃないか。そういう体験を追い求めればいい。説明のつかない奇跡が起きて神聖意識を体験できるかもしれない——その可能性があるだけで、生涯瞑想を続けられるかもしれない。瞑想をしたからといって、体からの離脱を体験できるとは保証できない。信仰が不要になるほど神や真理をはっきりと理解できるとは保証できない。瞑想をすれば誰もがそうなるとは限らない。でも瞑想を続ければ、少なくとも今より気分が良くなるのは間違いない。そして続ければ続けるほど、気分は良くなっていく。瞑想を続ける習慣こそが——そして続けることで得られた体験が——あなたを癒やし、また癒やし、永遠に癒やし続けるのだ。

＊

私は見たこともないほど大きな野外競技場に立っていた。全長約300mの場内は、無数の人でごった返している。私がインドに来た期間は、偶然にもワールド・カルチャー・フェスティバルの期間と重なっていた。ワールド・カルチャー・フェスティバルは、数ある文化の多様性と、異文化の尊重を理念に掲げる3日間のイベントだ。2万8328㎡のステージ上で、155の国から来た3万7000人のアーティスト、音楽家、パフォーマーが、その才能を世界と共有する。シュリ・シュリが率いる組織の1つが35周年を迎える節目の式典で、完全にボランティアにより運営されている。このステージは絶対に宇宙からでも確認できるに違いない。

イラクから帰還してからというもの、人混みに入れば必ずパニック発作を起こしていた。モスルが人の多い街だったからだろうか。それとも、自己嫌悪が激しく、その矛先を外界にまで向けていたせいで、人と関わるのが嫌だったのだろうか。アメリカでは、雑踏の人々の顔つきやバカげた発言に、いちいち不快感がこみ上げたものだ。しかしワールド・カルチャー・フェスティバルでは、イラク駐留当時のモスルの全人口の倍近い観衆に囲まれているにもかかわらず、気分が良いどころか、狂喜していた。

私は観衆の中の小さな点だった。そして観衆は点が寄り集まった1匹の巨大な獣として動き、うねっているようだった。その中には、マイケル・コリンズがいて、財布をすられそうになっていた。同じくその中にいたガブリエルは、なんと携帯電話と財布とパスポートを盗まれた。ルドラもいた。私と同じ、つるつるの丸坊主だ。私たちは完全に不完全で、残念かつみごとなまでに人間味にあふれ、互いが互いの犠牲者であり、互いが互いの擁護者だった。機能不全を抱えて機能する巨大な家族だった。観衆は踊り、叫び、笑い、祈り、瞑想し、歌った。中でも最も熱狂していたのは、どう見てもアルゼンチン人だった——アルゼンチン人は何かにつけて歌い、踊り、歓声を上げ、笑っていた。私たちはミネラルウォーターを一気飲みし、チャイのミニカップをぐいっとあおり、してはいけない所で小便をした。スリや罪人が聖人とともに踊り、聖人になった。シュリ・シュリがステージに立つと、みな一体となり、狂喜の歓声を上げた。

シュリ・シュリの心地よい柔らかな声に従って数百万人で瞑想をするうちに、私は例のあるがままの境地に再び入り込んだ。この3日間に祭典に参加したすべての人とつながっているような気持ちになった。350万人全員と。その連帯感はいつしか、彼ら一人一人への愛へと変わった。そして彼らを愛したとき、私は彼らになった。そして私が彼らになったとき、私たちは全員一体になった。そのときやっと、集団思考と本当の連帯感、本当の一体性の違いを理解した。集団思考では、ある集団に属する人たちが同じ心を共有する。それは小さな心、知性に根差した心、怖がりで、仲間の小さな心に加わることで身を守り固めずにはいられない心だ。しかし他者との本当の連帯感、本当の一体性はそれとは別の次元にある。本当の一体性は、個々人が大いなる心に入り込んだときに生じる。知性と知性がつながるのではなく、魂と魂がつながる。この次元では、私たちは相互につながっていて、体と小さな心はもはや存在しない。この次元では、クラークやディアスをはじめ、すべての故人が再び見いだされ、自由に飛び交う。

競技場で瞑想している間も、私のトムとしての部分はそっくりそのまま残っていた。私の小さな心は依然私のものだった。しかし私の傷ついた部分、まだ完全には癒やされていない部分は、周りのすべての人に手を伸ばし、つながった。大いなる心の次元で、魂の次元でつながった。それから、いわば一体性の世界へと——1つの大いなる心、1つの魂へと入り込んだ。その魂の一部となったとき、私は無になった。小さな心という構成概念は消え去り、純粋意識以外の何ものでもなくなった。その瞬間の無はすべてだった。私は永遠の中に浸っていて、それゆえに永遠に消えてなくなることはない。どこでもなく何もない場所、体や小さな心や過去から分離された場所から、純粋意識である私が、トムである私を観察できた。私はトムを大いに愛した。トムと、トムの過去と、彼の痛みに、深い慈悲を抱いた。それどころか、念のためもう一度トムを許した。

瞑想が終わると、大いなる心を明敏に察知したまま、私はまたトムになり、体に戻り、小さな心に入り込んだ。戻ってきたこの美しい世界で、狂おしいほどの感謝の念に襲われていた。足を振り上げて派手に側転をしてしまわないよう耐えるので精いっぱいだった。

私は安らかだ。私は許された。私は自由だ。

39 昼休み

ワシントンD．C．のあなたは、昼休みに入り、道路を公園側へと渡ると、15番通りをU通り方面へと南下した。同年代の人々が、ビシッとしたスーツやペンシルスカートに身を包み通り過ぎていく。みなやつれ顔で、声を張り上げて電話をしたり、ヘッドホンから音を漏らしながら横断歩道でいら立たし気にため息をついたりしている。青いブレザーを着た若い男が、まっ闇な窓が並ぶバーの前で立ち止まり、携帯電話を睨みつけてから、歩き出した。その足早な歩き方を見て、ゆっくりした動作を意識する。引き続き南へと向かい、14番通りをぶらぶら歩いていくと、女性2人ががっちりと手を握り合っていた。お互い化粧で整えた顔に満面の笑みを上塗りし、胸を張って必死で完璧な姿勢を保っている。

修士号を持っているわけでもなく、羨望の的となる要職に就いているわけでもなく、有力なコネもない。ワシントンD．C．であなたの姿を認識できるのは、あなたが支援している復員軍人だけだ。彼らからは、思いもよらぬことを勧めてくる人間と認識される。無料の瞑想研修に参加しませんか、と言っても、最初はたいていあっさり断られる。瞑想だって？何のためにそんなことを？そんなインチキ臭い健康法には興味がない。そんなの、ヒッピーやビーガンがやることだ、と。しかし1年近く声をかけていると、コツが分かってくる。完全に腰の引けている復員軍人たちに研修に参加してもらうには、どうしたらいいか？

——研修に参加することがいかに人助けになるか、説明すればいいのだ。

「研修に参加してみませんか？　あなたに救われる参加者がいるかもしれませんよ」と。

それは事実だ。もちろん、本人のためになることも事実だ。ただ、他者への奉仕という体裁を取ったほうが、抵抗感が減る。もしかしたらこの仕事も、同じように考えたほうがやりやすいかもしれない。事実通りに、自分を癒やすための手段ととらえるのではなく、人助けの手段ととらえたほうが。どちらにせよ、すばらしいことだし、立派であることに変わりはない。

アムステルダム・ファラフェル・ショップに入り、カウンターで注文をする。ボブ・マーリーの曲がやや大きめの音量でビートを刻んでいる。注文を待つ間にできることといったらふつうは席を考えておくことくらいだが、壁紙に描かれた裸の女性たちが具材の並んだカウンターを取り仕切っていたおかげで、いい具合に気がまぎれた。あたりをしげしげと見回す。ヨーロッパ調に統一された内装。ヨーグルトにホムス、ビーツに紫キャベツ。カリフラワーのピクルスは入れずに、好物のハラペーニョ・コリアンダー・ペーストをたっぷり塗ろう。サンドイッチが出てきた。サンドイッチと大量のフライドポテトで山盛りのトレイを渡され、カウンターを抜けながら、ミックスサラダと野菜とソースを盛っていく。すべてベジタリアン食にした。あと選ばないといけないのは座る席だけだ。

建物の正面にある窓際のカウンター席からは、ドアや表の通りがよく見える。出入りする客を常時把握しておきたい――つまりドアに背を向けて座れない――ＰＴＳＤの復員軍人にとっては、理想的な席だ。

カウンターから距離のある、部屋の中央のテーブルに着く。そしてドアに背を向けて座る。ただ、どんな心地がするか知りたくて。11年間できなかったことが、できるようになったか確かめたくて。

ドアが開き、客が2人入ってくる音がした。ごくわずかに脈が速まったが、じっとしていた。振り返ってどんな輩《やから》か確かめはしなかった。武器や爆弾を持っているんじゃないかとは思わなかった。そんなことは、頭をよぎりもしなかった。2人のしゃべり声は一瞬だけ頭上を通り、長くなっていく客の列に加わった。……さんが……を退職して……に入ったんだってさ……。ほっと笑みが漏れる。

サンドイッチにかぶりつく。香辛料の効いた分厚いファラフェルの皮をざくざくと噛み、ハラペーニョペーストを舌いっぱいにまとわりつかせた。あらためて壁紙の裸の女性と、部屋中の多彩な装飾品を眺める――オランダの少年少女を描いた額入りのイラスト。アムステルダムから送られてきた絵はがき。上半身を露わにし、黒いスカートと黒いブーツをはいた若い女性の絵。この女性はおそらくオランダ人で、夜の女か、過去の女なんだろう。自分は過去のことは考えない。未来のことは考えない。壁にあふれる芸術を見てその意味を思いめぐらすこともなければ、自分の人生の意味を問うこともない。ただ1人で座り、昼食を取る。

その一口一口を味わう。たとえ食事の連れがいなくても、真の孤独にはなりえないと知っている。いつだって、誰とでもつながっているのだから——壁に掛かっている絵の女性とも、レストランの客とも、ワシントンD．C．を駆け巡る人々とも、地球の裏側のバンガロールでサットサンガに出ている人たちとも。さらには、体を失った人々、つまり永遠に大いなる心の一部となった人々とも。失われた人々はいなくなったが、滅びたわけではない。絵の女性たちの隣にディスプレイケースが掛かっていて、その上に置かれた手書きの立て札が目に入った。「戦争を作らずに、ファラフェルを作ろう」と書かれていた。

「ジャイグルデヴァ」。あなたは心の中でつぶやいた。

あとがき

あなたに一縷《いちる》の望みを与えられたら。そんな思いで私は本書を書いているつもりだった。そもそも本書を書き始めたのは、あなたが苦痛から少しばかり解放されるよう手伝いたかったからだ。でも、それだけで終わってしまうのはもったいない。あなたは、それをはるかに超えるものを手に入れられる。あなたは、それをはるかに超える存在だ。

もしかしたらあなたは、気分が晴れることは二度とないと感じているかもしれない。それどころか、今より少しでも気分がましになることは１００％ありえないと確信しているかもしれない。今すぐ自分から解放されたいと思っているかもしれない。過去に押しつぶされて、日々自分でいることがあまりに苦しくて。

それがどれだけ苦しいか私には分かる。時としてどれほど耐えがたく見えるか分かる。

しかしその苦痛には神が宿っている。

神は万物に宿っている。神は万物の創造主で、万物そのものだ。だからあなたの苦痛にも神はいる。

とはいえ究極的には苦痛は真理ではない。苦痛はこの世に映し出された幻想だ。大局的に見れば、それは本当のあなたではない。私たちの世界では、神は幻想にも現実にも姿を変えるし、真実にも嘘にもなるし、光にも闇にもなる。しかし人間の真の本性はこの世で起きていることよりはるかに大きい。

　神は万物に宿っていて、すべての出来事には理由がある。でも、その考えをあなたに押し付けるつもりはない。モラルインジャリーは神からの贈り物で、正しく活用すれば、本来の自分を痛切に再認識する絶大な効果があることも。私たちに起きたひどい出来事は、私たちを揺さぶり、目覚めさせ、向上させる最大の学びの機会であることも。モラルインジャリーによって、「自分が誰でないか」が浮き彫りになる——苦痛や悲嘆や罪悪感や屈辱感にひどく苛《さいな》まれるのは、それが自分の真の本性にあまりにも反しているからだ——ことも。モラルインジャリーを体験することが苦しいのは、モラルインジャリーがあなたと食い違いすぎているからだということも。何ひとつ、信じなくていいし、理解しなくていい。

　しかし私の物語から得られる教訓が1つあるとすれば、それは今から言うことであってほしい。モラルインジャリーにより追い詰められ、世界中に自分1人しか存在しないと感じるときでさえ、あなたはここに存在する美や善から分離しているわけではない。その一部であることに変わりはない。つながっている。それを今この瞬間に実感しているかどうかは別として。望むなら、その美や善を再び体験することができる。

　助けと解放を求めて叫べば、助けと解放が訪れる。その姿は様々だ。あるときは、顔を白黒に塗り、頭に羽と狼の毛皮を載せた男かもしれない。あるときは、口ひげを生やした物静かで優しい男か、窓辺に現れる鹿の群れかもしれない。親切な師の姿をしていることもあるかもしれないが、砂糖菓子をねだる茶色い瞳の少年や、あなたの友に抱かれて死んだ少女の姿をしているかもしれない。あなたを殺そうとして、駐車されていた車の陰に飛び込んだ、黒い服の男の姿をしていることさえありえる。

その姿かたちにかかわらず、人生で出会った師に抵抗するのをやめ、関心を向けたときに、癒やしは始まる。自分の苦痛に関心を持ってみよう。苦痛について問いかけよう——苦痛がどこから来ているのか。原因は何なのか。苦痛を和らげる方法はないのか。次に、現在試している癒やしの手段に関心を持とう。たとえばこんなふうに聞いてみるといい。「酒を飲むと、どうしていつもあんなに嫌な気分になるんだろう?」「薬を飲み続けているのに気分が改善しないのはなぜだろう?」。そうやって問いかけて、気持ちを偽らずに真実を追求すれば、答えが浮かんでくるだろう。それと並行して、ともかく今できることから始めることも大事だ。だから腰をおろし、じっとしたまま深呼吸をしよう。できそうなら、続けてもう1回。じっと座っているのがつらければ、その理由を考えてみよう。抵抗をたくさん感じるなら、それに関心を持とう。自分に寛容に。何度頓挫してもかまわない。頓挫は起きるものなのだ。それでも呼吸を続けていれば、正しい方向を向いてはいる。それでも呼吸を続けていれば、希望はある。

謝辞

本書の出版にあたり力添えいただいた多くの方々に、心より感謝を申し上げます。出版の足掛かりとなるご縁を取り持ってくださったエマ・セッパラに最大級の感謝を。そして、私たちに賭けてくださったエージェントのジャイルズ・アンダーソン。あなたに信じてもらえたからこそ、自信を持てました。常に私たちを支え、このような企画を実現させてくれたジェリー・グリーンウォルドには、そのご厚志とひたむきなご尽力にお礼申し上げます。トーマス・F・スワンソンには、物語をどこから書き出すべきか助言していただきました。

ニュー・ワールド・ライブラリーの皆さまには、何からお礼を申し上げればよいか分からないほど、お世話になりました。ジョージ・ヒューズは、「すばらしいお話ですが出版は……」という反応に私たちがすっかり慣れっこになった頃、「すばらしい！」と言い切りました。本書の重要性を信じてくれました。ジェーソン・ガードナーは優秀な編集者としての才能を発揮し、気さくでどんなときも前向きなだけでなく、創作のことなど右も左も分からない私たちを導いてくれました。引くべきときは引き、ここぞというときには励まし、背中を押してくれました。あなたに導いてもらえたことを、嬉しく、誇りに思います。ミミ・クッシュには、この物語がより多くの読者の心に訴えるように、俯瞰的に捉えることを教わりました。モニク・ミューレンカンプ、マンロー・マグルーダー、アミ・パーカーソンは、本書ができるだけ多くの人の役に立つことを願って、本書を世に送り出してくれました。そしてトレーシー・カニンガム、クリステン・キャッシュマン、トナ・ピアース・マイヤーズ、ターニャ・フォックスほか、ニュー・ワールド・ライブラリーで本書に携わったすべての方々の熱意と、手腕と、ご意見に対し、謝意を表します。皆さまのご意見は、細やかなものから、大胆なものまで、いずれも貴重なものでした。どれか1つでも欠ければ、この物語は現在のかたちには仕上がらなかったでしょう。

アンソニー・アンダーソンへ。記憶をたどり、記録を提供し、過去の体験と時間——トムだけでなくあなたのものでもある体験と時間——を深く掘り下げさせてくれたあなたに、尽きることのない感謝を捧げます。マイケル・コリンズ、ウォルフウォーカー、ジム・ウォーレン、エメット・カレン、ギデオン・デ・ヴィリアーズ、クラリッサ・デ・ロス・レイエス、そしてウランスキー家の皆さまへ。皆さまがいなければ、この物語は違ったものになっていたでしょう——本書においても、トムの人生においても。特に、『夜明け前（Almost Sunrise）』でみごとに描き切った様々な瞬間を本書でも語ってかまわないと言ってくれたマイケルの、驚くほど寛容な精神に、感謝いたします。

初稿を読み、ご意見をくださった方々へ。本書が立派に仕上がったのは、初期段階からご協力いただいた皆さまのおかげです。レベッカ・アムライン、J・T・カードウェル、エメット・カレン、ダニ・デ・ヴァスト、メーガン・グリーソン、アンジェラ・プライア、ライアン・スピアリング、インドゥマティー・ヴィスワナタンをはじめ、率直な感想を聞かせてくださった皆さまに、この場を借りてお礼申し上げます。

デバンティ・セングプタは、私たちのために時間を割き、プロの技を提供し、労を惜しまずフィードバックを返してくださいました。そのご献身がなければ、本書の大部分はこれほどの出来にはならなかったでしょう。というより、そもそも出来上がらなかったでしょう。

家族と友人たちへ。出版達成の裏には、あなた方の多大な貢献がありました。パトリック・ヴォス、マギー・ヴォス、キング・グエン、パトリック・グエン、エイデン・グエン、レベッカ・アムライン、アレクシス・マクモリス——あなた方なくして、このプロジェクトを成し遂げることはできませんでした。

本書の中で、そしてトムの心の中で生き続ける、マック、ソロ、ザック、イアンへ。あなたたちは自由になったけれど、忘れられることは永遠にありません。

もっと知りたいあなたへ

アートオブリビング財団：
https://www.artofliving.org/us-en

プロジェクト・ウェルカム・ホーム・トループスのパワー・ブレス研修：
http://www.projectwelcomehometroops.org/power-breath-workshop

ストップ・ソルジャー・スーサイド：
https://stopsoldiersuicide.org

アメリカ合衆国自殺防止ホットライン：
1-800-273-8255

本書では、生き残った方々のプライバシーを守り、
また亡くなった方々を尊重するために、
ほとんどの名前が仮名に変更されています。

著者略歴――――
トム・ヴォス *Tom Voss*

2003〜2006年の3年間、アメリカ陸軍で現役勤務。陸軍初のストライカー歩兵旅団の1つ、第25歩兵師団第1旅団を構成する第21歩兵連隊第3大隊に所属。前哨狙撃兵小隊の偵察歩兵を務める。

レベッカ・アン・グエン *Rebecca Anne Nguyen*

トムの姉。ノースカロライナ州シャーロットを拠点として活動する作家。

訳者略歴――――
木村千里 きむら・ちさと

上智大学文学部英文学科卒業。システムインテグレーターにてシステム開発および英文抄訳に従事したのちフリーランス翻訳者となる。訳書に『ウォートン・スクールの本当の成功の授業』(ディスカヴァー・トゥエンティワン)、『ウェルビーイングの設計論』(共訳/ビー・エヌ・エヌ新社)、『1440分の使い方』(パンローリング)、『HYPNOTIC WRITING』(共訳/IMKブックス)がある。

帰還兵の戦争が終わるとき
歩き続けたアメリカ大陸2700マイル

2021年6月4日　第1刷発行

著　者　トム・ヴォス
　　　　レベッカ・アン・グエン
訳　者　木村千里
装幀者　トサカデザイン(戸倉 巌、小酒保子)
発行者　藤田博
発行所　株式会社 草思社
　　　　〒160-0022　東京都新宿区新宿1-10-1
　　　　電話　営業 03(4580)7676　編集 03(4580)7680

本文組版　株式会社 キャップス
印刷所　中央精版印刷 株式会社
製本所　大口製本印刷 株式会社
翻訳協力　株式会社 トランネット

ISBN978-4-7942-2517-7 Printed in Japan　検印省略